追影子的女孩

[美] 杰夫·阿伯特 著

李娟 译

百花洲文艺出版社
BAIHUAZHOU LITERATURE AND ART PRESS

图书在版编目（CIP）数据

追影子的女孩 / （美）杰夫·阿伯特著；李娟译
. —— 南昌：百花洲文艺出版社，2022.7
ISBN 978-7-5500-3526-3

Ⅰ.①追… Ⅱ.①杰… ②李… Ⅲ.①长篇小说－美
国－现代 Ⅳ.① I712.45

中国版本图书馆 CIP数据核字（2022）第 033200号

江西省版权局著作权合同登记号：14-2019-0295

追影子的女孩
〔美〕杰夫·阿伯特　著　李娟　译

出 版 人	章华荣	
出 品 人	连　慧	
策划编辑	李　艳	
责任编辑	胡艳辉	
封面设计	介　桑	
出版发行	百花洲文艺出版社	
社　　址	南昌市红谷滩区世贸路 898号博能中心 1期 A座 20楼	
邮　　编	330038	
经　　销	全国新华书店	
印　　刷	河北照利印刷有限公司	
开　　本	880mm×1230mm　1/32	
印　　张	11	
字　　数	253千字	
版　　次	2022年 7月第 1版	
印　　次	2022年 7月第 1次印刷	
书　　号	ISBN 978-7-5500-3526-3	
定　　价	59.80 元	

赣版权登字：05-2022-63
发行电话　0791-86895108　　　　网　址　http://www.bhzwy.com
图书若有印装错误，影响阅读，可向承印厂联系调换。

献给林德赛·罗斯，连同我最衷心的感谢和敬重

1

玛利亚·邓宁瞥见她失踪的妈妈就站在人群的那头。

购物中心的美食广场曾是这对母女逛街聚餐的地方。因为玛利亚喜欢,所以妈妈才能勉为其难地接受这里。妈妈很讲究饮食,玛利亚却相反,她喜欢鸡仔饼、蒙古烤肉和意大利辣香肠比萨饼,这些东西妈妈碰都不碰,玛利亚则会在打篮球的过程中消耗掉这些热量。玛利亚上高中时的一份暑期工是在电影院卖票,所以她们总是会在饮食区后面角落里的摊位碰面。妈妈会在出差之前跟玛利亚好好聚上一个小时,按妈妈的话来说,就是"这里的东西怎么说都要好过飞机餐"。

自从妈妈失踪,玛利亚再没有去过饮食区。她也不怎么来商场,每次来她都小心翼翼地避开了这里。不过,她跟父亲去了苹果专卖店,父亲要为她买新电脑和新手机,虽然她已经成年了,可以自己添置行头,但爸爸还是很乐意送她礼物。他的礼物就像是两个各自看向一边的人的拥抱,你无法知道其中蕴藏的情感有多深。她不想去饮食区,那个地方让她感到头皮发痒,根本坐不住。但爸爸已经说了"我们去买点小吃",他那么费尽心思地想让这一天变得有意思一点,玛利亚根本不忍心拒绝。玛利亚在喧嚣的音乐和谈话声中吃着泰式炒河粉,抬头的间隙,她瞥见了她的母亲。玛利亚愣在那里,手中的筷子上缠绕着的仿佛不是河粉,而是锁链。

她母亲已经失踪近一年了,而那个人就站在那儿,站在饮食区边上的太阳镜展示台后面往外窥视。她戴着墨镜,擦着红色的唇膏,皮肤苍白,甚至嘴角的那条与众不同的伤疤都在证明那只能是妈妈。有那么五秒钟，玛利亚动弹不得，出不了声，感觉自己好像再也说不出话来。她与她四目相对，就像是在跟一个鬼魂玩对视游戏。玛利亚站起身，筷子掉落在碗中。

她的母亲退到展示台后，不见了。

"玛利亚？"爸爸抬头看了一眼她，问道，"怎么了？"

"妈妈就站在那儿。"她指着那儿，手在颤抖。

爸爸盯着那里看了一会儿，然后转过身："不可能。"

玛利亚的步伐开始加快，然后跑了起来，穿过迷宫一般的餐桌和饭馆。

"玛利亚？"爸爸站起身，伸长脖子，"你要去哪儿？"

"我刚刚看到她了。"玛利亚茫然地跑向太阳镜展示台。但现在她又看不到她了。她推搡着越过两个女人，差点撞翻她们手中的中餐和奶昔。

"妈妈！妈妈！"

"玛利亚！"爸爸压低了声音喊她，显得十分焦急，仿佛不希望别人注意到他们。他匆匆跟在玛利亚后面，向她撞到和推搡过的人道歉。"玛利亚，等等。"他的语调变冷，想叫住她。

"妈妈！"她拖长了声音大声尖叫，希望用自己的声音截住妈妈，仿佛她还是个孩子，而不是现在二十二岁的她。她像只无头苍蝇一样四处乱跑，对被她推开的人视而不见。她围着太阳镜摊主转。妈妈不见了。她对职员说："刚刚这里有个女人，深色头发，深色外套，嘴角有道疤，四十岁。她去哪儿了？"

职员耸耸肩道："抱歉，我没看到。"

"她刚刚就在这里！"玛利亚声音发颤地环视四周。

"我没看到她。"职员重复道。人们都在盯着她看，玛利亚看到一个女孩将智能手机对准了她。

玛利亚穿过展示台，又跑过四个商场购物车，来到了宽敞的购物中心，这里是商场两边的相接处。她前面是一栋两层的百货商场，左边是很多专卖店，右边是永远客似云来的苹果专卖店，还有几家小店铺。

"你没看到她。"爸爸握着她的手臂说道，她开始往后退，"宝贝儿，如果那是她，她不会跑开的。那只是你的想象。"

那不是我的想象，她就在这里，我看到了她。

"你没有。"爸爸说道，好像玛利亚心里的念头都被写在了她的额头上，"玛利亚，我们走吧。"他的声音里带着些许尴尬，"不要搞这么大动静。"

"你有病啊？"一位女士叫道，她的白衬衣上流着洒出来的巧克力奶昔，眼中充满了怒火。

"抱歉，她不是故意的。"爸爸说道，他看到商场的安保人员正在往这边走，"我来付您清洗费吧。"他打开钱包，开始往出掏钱。他压低声音，极其不希望引起别人的注意。

"嘿，我是不是在电视上见过你？"这位女士说道。

"没有。"爸爸说，"没有。"

玛利亚并没有理他们。

她想看你。她来了，就那样直直地看着你。

到处都没有她的踪影。所以玛利亚跑着，全速奔跑，跑向前面的百货商场，身后传来爸爸绝望的呼唤声。

玛利亚穿梭在百货商场里，躲开一个正在喷香水小样的女人，然后转身抓住她的手臂。样品瓶掉到地上摔碎了，法式薰衣草香水的气味在空气中散开。

"一位女士，黑发，黑外套，你有没有看到她经过这里？"

"我想有吧，她从那个出口出去了。"这位女士挣脱开来，眼中带着恐惧。

玛利亚跑向邻近的出口，撞到了一个推着婴儿车的女士，暴怒和急躁驱使着她跑出来，来到一个小小的路边停车场。她扫视着停在这里的车辆。

"妈妈！"她尖叫道。但妈妈不见了。她看到了一辆车，那是这里唯一一辆正在驶出停车位的车。深蓝色的本田在她的面前加速，飞驰而去。

那一定是她，只能是她。

玛利亚跑向她的车子。谢天谢地是她开车来的，而不是爸爸，所以她手中有车钥匙。她钻进车里，还没来得及关上车门就往后倒车。她看到后视镜里的爸爸正向她跑来。她踩下油门，沿着车道加速，冲进了车流，险些撞上一辆迎面而来，载着母亲和孩子的小型货车。那位母亲按着汽车喇叭冲她尖叫，玛利亚大声回了句"抱歉"就转弯飞驰而去。本田车转弯，沿着陡坡往下行驶，从商场出口来到交叉路口。

她跟着那辆车穿过一个四向车道，转而驶向一座山。蓝色本田强行右转，驶离高速公路，往后哈文湖中心驶去。玛利亚加速，她几乎将自己这辆老福特的油门踩到了底。距离开始缩短，她看到车里的司机是个黑发的女人。

追上她，确认那就是妈妈。你没有疯，那是妈妈。

她加速逼近那辆本田，然而它却突然来了个急转弯。玛利亚转弯过度，竭力不让车身漂移，车子打着转进入了反向车道。她刚看清另外一辆车车顶的警灯，那辆警车就撞上了自己的车尾，又将她的车身撞得旋转起来，最后终于伴着刺耳的摩擦声停了下来。她看到后视镜里的哈文湖警车。而那辆本田不见了。

"下车，马上！"警察严厉地冲着她大喊道。她颤抖着，咬紧了嘴唇。现在他们家又有供大众娱乐的谈资了，再添一笔新的耻辱。

玛利亚·邓宁下了车，举起双手："您好，警官，先说明一下，我后备厢里有一堆枪械装备。而且，我靴子里还有个伸缩警棍。"

2

一个小时后，玛利亚跟爸爸拼车回到了自己不太起眼的家。他们家距哈文湖高中并不远，是二十世纪六十年代的农场风格的房屋，位于山顶。大部分这种风格的房子在哈文湖附近已经被拆掉了，取而代之的是更宽敞、更豪华的麦克豪宅。有时候，玛利亚回家时会看到爸爸站在窗前，四处看邻居家的院子里有没有待售标志。过去的一年里已经有好几家出售了。大家都急于在这场翻新热潮中赚一笔钱。她不知道爸爸是担心房子被拆除后抬高财产税，还是只是希望这儿能搬来些新邻居——不知道他妻子失踪这件事的新邻居。那些勉强微笑却不肯直视他的邻居看起来总像是在窃窃私语：

你是怎么做到的，克雷格？你是怎样处理掉尸体的？

这些流言蜚语总是可以通过这些待售的房子传递出来。玛利亚或她爸爸站在前院或在车道上投篮时，邻居们从来不跟他们打招呼。

今天她带着他出来探险，结果情况糟糕到无法想象。

妈妈失踪后玛利亚立即搬回了家，她知道自己该再找个公寓搬出去住，但她做不到。她还没准备好就这样离开爸爸……剩他孤单一人住在家里。她以最快的速度拿到了德克萨斯大学的计算机科学学位；她不想让爸爸一个人这么长久地无所适从下去，就算是为了课业和实验室，她也不能这样对爸爸。教授允许她单独进行小组任务，虽然会使难度加倍，但这样她就不必任他一个人在内心的阴郁里徘徊了。

他们与警察对抗，与整个世界为敌。派对、服务项目、为履历润色、大学的欢乐时光对她来说都不再重要了，这些都随着妈妈的消失而不复存在。要跟那些从未有任何污点、前途一片光明的人解释这件事，实在是太难了。"看吧，我妈妈消失了，无影无踪，而且我们根本不知道她是被谋杀了、被绑架了还是就这样离开了自己的生活，我爸爸是犯罪嫌疑人，但这一切都无从证明，所以我们就像是住在监狱里。你是什么专业？"

现在，玛利亚感觉到一股强烈的窘迫感在胸口蔓延，涨红了她的脸。她失控了。她在世人眼中良好的自控力崩溃了。现在爸爸也知道她一直在硬撑着。后备厢里有装着跟妈妈有关的剪报的文件盒、警棍和泰瑟枪，还有装了很多用于跟踪和寻人的软件的手提电脑。她不得不把她为什么会有这些东西跟警察解释清楚，而且是在被同时带到警局的爸爸面前。她本可以拒绝，说自己不需要解释任何事情。但告诉他们这些能博得他们的同情，让他们直接放她走，不予指控。对了，他们都知道克雷格·邓宁是谁。

在他们眼中，他有罪，是个逍遥法外的杀人犯。

爸爸从冰箱里拿出一罐冰茶，拖着步子，身上像是负有千斤重担。克雷格·邓宁曾经是哈文湖高中的足球运动员，高中毕业后他拿到奖学金成了孟菲斯罗兹学院的足球运动员。他肩膀宽阔，金发碧眼，下巴突出。大学时，他还在南部几家服装型录公司当模特，妈妈一直保存着他的那些照片，这让他无比尴尬，倒让玛利亚乐不可支。看到他身穿保守的游泳衣、西装、毛线衫摆姿势，她常常假装觉得十分惊悚。每当她看到其中的某一张照片时，她都会说："我以为重点是卖衣服呢。"因为他知道她在拿他逗乐。她爸爸很帅。当职业足球球探并没有任何收入，所以他将自己的奖杯摆在了架子上，然后拿到了会计专业的硕士学位，通过努力成为了国内某家会计师事务所的合伙人。现在他提供咨询服务，也就是说他不去奥斯汀市中心的办公室上班，也不会穿西装，事务所派给他的工作大部分都可以在家完成。有时候，他会鼓足勇气去参加会议或拜访客户，他不再参加事务所的节日派对或美国独立纪念日野餐。现在，他骨瘦如柴，双颊凹陷，头发中夹杂着一丝丝的淡灰色。他还是很帅，但是曾经让他精神饱满的快乐和笑容都消失了。对玛利亚来说，他就像是一幅油画，你会觉得他脸部的线条都很匀称，色彩也都还好，只是缺了点什么。

"布鲁萨尔没有起诉你，是你走运。"克雷格说道。丹尼斯·布鲁萨尔是哈文湖警察局局长，他一言不发地听克雷格陈述玛利亚的……神志不清，"对，我们正打算带她重新接受治疗。不，她以前没有跟现在一样想象看到她妈妈，只是因为压力太大了。"

爸爸完全无视了警官们的注视，因为他们认为他可能就是杀人犯。而且，他女儿的后备厢里还有各式武器和工具，就像是在谋划抢劫。

"你是否同意我们搜你的车？"警察问她，她同意了。她还能说什么？拖车公司已经拉走了她的车，还有那辆警车。

"你不该同意警方搜你的车。"克雷格说道，仿佛知道她在想什么，"他们有必要搜你的车吗？他们可能会在你的车上放毒品之类的东西。”

“爸爸，他们不会那么做的。别做梦了。”

“但他们讨厌我们。或者只是讨厌我。”

“我也没得选，错的是我，爸爸。”

“你没……你没必要在车里放那些武器和工具，也不必跟他们说你要去抓绑架你妈妈的人。你不能跟警察说那些事。他们不喜欢我们这些普通人越俎代庖。这很危险，玛利亚。他们竟然没有逮捕你，这倒是让我很意外。”

“反正警方本来就对我们有成见。”

“他们只是对我有成见。”克雷格说道，“他们只是为你感到难过，尤其是布鲁萨尔。”

玛利亚见过布鲁萨尔开着自己的车驶过她们家门口。当时他好像想在这儿停车，又好像只是想监视她爸爸。一位警官呼叫了布鲁萨尔，因为涉事的是邓宁一家，玛利亚说她正在追她失踪的妈妈，布鲁萨尔就在赶往事故现场的途中顺便将克雷格带上了车。玛利亚能够想象，他们俩同乘一辆车的那几分钟气氛一定无比尴尬。可是爸爸并没有提及任何细节。

克雷格倒了两杯冰茶，玛利亚拿过杯子时，手还在颤抖。她不得不发问：“你有没有看到她？”

她希望他会说：“嗯，那个女人看起来确实像你妈妈。我知道你为什么会认为那就是她。”

“没有，亲爱的，我没有看到。”克雷格的声音里透出一丝疲惫。没有怒气，没有气恼，只有精疲力竭。

“那你看到那辆蓝色本田了吗？”

“警方看到了，但他们并没有看到司机。”克雷格的声音变得柔和了一点，“也许那只是个无关的女人，她看到你在追她，所以慌了。”

那是妈妈，玛利亚想这样说，但她没有说出口。他不相信她的话。大家都不相信。父女俩沉默了一分钟。

　　"不知道商场有没有停车场的监控录像。"玛利亚的语气平静了下来，她开始深思，"我可以问一下。"

　　克雷格深吸了一口气："玛利亚，立刻停止吧。不要给商场打电话，让他们回看录像。他们不会让你进商场的。你开车那么鲁莽，撞坏了一辆警车，警方没有把你关进监狱里的唯一理由是他们同情你。"

　　玛利亚不喜欢听这些话，所以选择充耳不闻："我真的觉得那是妈妈，真的。"

　　"我知道你觉得你看到的是她，宝贝儿。我真的了解。为了见到她，我有什么不能放弃的呢……"他嘶哑而低沉地说道，然后再次深呼吸，"我们来聊一聊你车里的那些东西好吗？有警棍，还有把泰瑟枪？你准备绑架谁？"他苍白而憔悴的脸上带着忧虑的神色。

　　玛利亚放下茶杯："我说过了，那些枪械和工具都是依法买来的。"

　　"你车里怎么会有个军械库，宝贝儿？"

　　"我必须做好准备，万一哪天我找到妈妈，而她正被坏人挟持着呢？爸爸，没事的，我上过课了，知道怎么用这些枪械。"

　　他坐在她对面，伸手握住她的手："你上过课？"

　　"我也在网上看过视频。"

　　"宝贝儿，你不是什么赏金猎人，也不是电影里的侦探。玛利亚，停止这一切。为了你自己，为了我，你都不能做这种事。"他声音嘶哑。

　　"警方已经不去找妈妈了。"她说道，"但必须有人这么做，必须查明她到底发生了什么。"

　　"我很爱你。但你今天并没有看到你妈妈。"他说道，"你明白吗，玛利亚？那个女人不是你妈妈。你之所以会产生幻觉，是……是你内心的悲伤在作祟。"他的声音在颤抖。

"即便如此……我还是必须搞清楚她发生了什么事，我还是必须搞清楚是谁带走了她。"她竭力稳住自己的声音，"我就是必须搞清楚。"

"不，你不需要！我是说……不需要以这种方式。我们只需相信总有一天警方会找到她。但你必须置身事外。"

玛利亚深吸了一口气："爸爸，我从来都没有机会跟她和好。我……"

"我不知道如何帮你跟她和好，我真的希望我知道该怎么做，希望让大家知道这件事对我们来说有多么难以接受，远远超过一切。"

都是因为哈文湖，玛利亚心想。因为那么多人都认为是她的爸爸杀死了她的妈妈，然后设法让她的尸体消失的。虽然一点证据都没有，但朋友或熟人里也没有别的犯罪嫌疑人了。

只有大家日复一日地窃窃私语，说着关于爸爸的流言。但那样的话语，即使只有零星的几句，也足以让他只剩一具空壳。贝丝·邓宁再没有出现过——信用卡交易记录、电话、监控录像机里都没有她还存在的证明。她就那样离开了这个世界。

"我先弄点饭吃吧。"玛利亚说道。他们在美食广场没有吃完午餐就离开了。通常是克雷格做饭，他的厨艺好过玛利亚太多。但她想给他做点好吃的。

"不，还是我来吧。想吃烤乳酪三明治吗？"

她点点头，并给了他一个拥抱。隔着已经褪色的篮球俱乐部上衣（多年以前她曾经效力于高中篮球队），玛利亚觉得爸爸骨瘦如柴。

爸爸，对不起。

克雷格偏过头，拖着步子走向冰箱，拿出黄油和切达干酪切片，在炉子上放好平底锅，融化黄油，开始制作乳酪三明治："我们已经骑虎难下，不能再这么做了。你有可能会伤害到自己，伤害到警察或者无辜的人。你觉得这座小城还能继续容忍我们吗？我不想再回到当初大家往我们家扔石头，半夜用油漆喷一些威胁我们的话的那个时候了。我不想让你再经历一遍那些事。"

"这儿住着杀手""贝丝在哪儿，克雷格"这样的字眼曾经以鲜红色的油漆喷在她们家车库门上。她永远都不会忘记。有些邻居帮她们清理掉了那些字迹，但她看得出来，他们的脸上满是怀疑。

"爸爸……"

"我想我们得为你妈妈举行葬礼。"他说道，"虽然我们必须等她失踪满七年，等她被依法宣告死亡。"克雷格咬了咬嘴唇，"可是……也许我们该给她办一场追悼会之类的仪式，我们得放她离开。"

"不。"她摇头道。

他与她四目相接，眼中有一种久违的坚定："这份悲恸……好吧，它可以毁了我，但不能让它也毁了你。你必须继续你的生活。如果你的客户听闻今天的事怎么办？"

"别人怎么会听说这件事？"玛利亚是个网页设计师。她只有三位固定客户，规模最大的客户是一家潮流时装店，他们家在网上的销量很好。

"人们会在社交媒体上议论你。他们是一群恶魔。也许有人用手机录下了你在商场发生的事，或拍下了你被押上警车的照片。你觉得那个美食广场没有住在哈文湖这边的人吗？还有警情通报，警察会把这件事登在我们这边的报纸上。哈文湖新闻网站也会发布关于这次的事故的报道。"他的嗓音嘶哑，"这样的事不能发生，不是每个人都这么看你……"

她不知该作何回应。她想起了那个拿着智能手机对着她拍的女孩。大家总是喜欢拍下别人糟糕的情形。她可以想象他们会怎么发布："美食广场某女幻想看到了失踪的母亲，驾车与警车相撞。"当然，大家不会那么残忍。可她知道，大家就是这么残忍。

　　"我可以去看心理医生。"她平静地说，"如果你想让我去的话。你当时是这么跟警察说的。"

　　"我觉得没有必要。"克雷格将滚烫的三明治从平底锅里小心翼翼地取出来，放到盘子里，然后切成了三个条状，这是玛利亚一贯喜欢的吃法。他将盘子递给她，然后开始制作自己的那份。他没有看她，是想结束这个话题，她心想。她每次提到要跟专业人士、悲伤顾问、精神科医生聊一聊，他都会反对。现在，他还对警察撒了谎。她可以自己去，她是成年人了。但如果他不喜欢，她还坚持这么做的话就像是在背叛他。她想他一定十分担心她要说的关于他的话：

　　所有人都觉得我爸爸是凶手，可我不这么认为，但是……假如……会怎样……

　　她拿着三明治坐了下来，但味同嚼蜡，黄油、乳酪和软面包在她口中就好像是未脱脂的羊毛："我是说，你不想让我跟心理医生聊一聊，这让我很惊讶。"

　　"这么做只会让我们很悲惨。我们必须学习如何靠自己应对悲恸。"克雷格说道，"而且，我想打消你去找带走你妈妈的那个人的念头。这是警察的职责，就交给他们去处理吧。答应我，不要再找下去了。"

　　他在等她的回答。她本想说"寻找妈妈就是我的治疗方式，只有这样我才能好过一点"，但她却说："我答应你。"

　　然后，在她脑中的某个角落浮现出一个邪恶又微弱的声音，那声音源自创伤、痛苦和难过：

爸爸为什么不让我去看心理医生，也不让我找出真相？为什么？

接着，在那个微弱的声音再度吐出毒液之前，她立即将它掐死在了脑海中。

3

克雷格蜷缩在电视前的皮质躺椅里，点开了流媒体服务，靠这些电视节目他能打发掉几个小时。他常常差不多一整晚都躲在电视前，睡得很少，蜷缩在各种故事节目的柔和光线里。有很多个夜晚，他就那样睡在躺椅上，这让玛利亚颇为担心，因为这不利于健康，但她怎么劝她爸爸早点睡都没用。

玛利亚告诉爸爸，她要回房间读会儿书。她已经改掉了沉迷于电视节目的习惯了，因为犯罪片会让她的情绪变得很尖锐，真人秀里面的人又总是很虚伪。因此，书已经变成了她的避难所。她关上卧室的房门，靠在床头。

但她并不是上楼来读书的。

她轻轻锁上门。爸爸好像总能听到锁舌进入锁体的声音，因为在妈妈失踪后的那些暗无天日的日子里，他总是害怕玛利亚会做出伤害自己的事情。她对他也有过类似的担忧。她调暗灯光，点燃了一根蜡烛，那是妈妈在她十五岁生日时送给她的。她一直觉得蜡烛是蹩脚的礼物，却很喜欢这一根。这根蜡烛闻起来有一股香草和肉桂的味道，她只会在悄悄进行自己的秘密仪式时才会点燃它。这会让她想起妈妈，想起她怀中的温度，想起她身上的气息，想起她的力量。

青春期的她跟妈妈就算是在吵架、互相尖声地大吼时，最后也会大笑起来。她是那么爱妈妈，虽然有时候会假装自己讨厌她。她从未告诉妈妈她有多爱她。这件没能做到的事似乎将她内心的那个洞越扯越大。

她走进自己的小衣柜里，伸手去拿挂好的衣服。她慢慢将一块大软木板取出来，上面用针固定着报纸和照片。上面有妈妈的照片、她失踪时的新闻报道打印件和全美境内妇女失踪案件的犯罪嫌疑人画像。还有一位名叫"揭露"的真实罪案博主所写的博文的打印件，这位博主对她妈妈的案件很感兴趣。还有3月4日妈妈最后一次出现那天的行程表，以及一些关于妈妈的案件的零碎东西。她跟电视节目里的侦探或《国土安全》里追捕恐怖分子的克莱儿·丹尼斯一样，一一将其标好，想在突然之间看到这些资料时识别其中的关联，然后找到真相。她过去经常将这块软木板放在床上，跟它一起睡，仿佛这些资料会钻进她的脑袋，在她的梦中揭晓答案。但自从妈妈失踪后，她就没能记住任何梦，就算醒来时满身大汗，脑中一片混乱，甚至泪流满面，她还是记不起梦中发生了什么。爸爸曾颤抖着要她停止这种愚蠢的行为，放下这块软木板。她跟他说她会把它丢掉，却只是将它藏在了衣柜里的衣服后面。

很长一段时间以来，她都没有再往木板上添加任何资料，因为没有任何新的消息。

她坐在手提电脑前，像往常一样输入"贝丝·邓宁""失踪""奥斯汀"。

搜索结果出来了：从她失踪那一刻开始的新闻报道，有奥斯汀和哈文湖的报纸，还有地方新闻电视台。妈妈失踪的事并没有多少全国性的报道，她只看到CNN和其他平台有零星的几篇，然后这个世界就将这个案子遗忘了。她已经将这些报道都牢牢地记在了脑子里，还记住了"揭露"的相关博文，但今天"揭露"的博客底下出现了一段新的文字。

她点开了它。

《名字里有什么？》

有些特定的案子，我已然写过很多次了。其中就有贝瑟尼（贝丝）·布莱文斯·柯蒂斯，她在十八个月前离开了奥斯汀，表面上来看是抛弃了她的丈夫。但她自从搭上飞往休斯敦的飞机后，就再没有跟朋友或家人进行过任何联络，也没有留下任何痕迹。没人见过她。六个月后，居住在奥斯汀郊区的哈文湖的贝丝·邓宁也消失了，人们在哈文湖山上的一处空地上发现了她的车，她跟丈夫打算在那儿盖一座房子，她也经常去那儿享受安静的时光。

来自同一座城市的两位贝丝，在不到一年的时间里消失得无影无踪。

六个月的间隔符合某些连环杀手的周期……但是，你有没有听说过有的连环杀手会对拥有特定名字的受害者下手？我没有。而且，我也没看到去年还有名叫贝丝的人的失踪公告，不过，我们应该感激，在这座美丽的城市里，并没有这样的连环杀手（有关奥斯汀和连环杀手的历史，请参见我早先写的关于美国第一位连环杀手的播客系列，他曾于十九世纪八十年代把奥斯汀闹得人心惶惶，也就是著名的"午夜暗杀"，也叫作"女仆歼灭者"）。有人非常痛恨某个名字，恨到必须杀人泄愤的地步，这样的心理难道不是很令人着迷吗？当然，这两位失踪女士的尸体都没有被找到，所以也不能断定这是连环杀手的手笔，那么这就可能是巧合，有趣的巧合。

这个不幸的巧合是我在兴致勃勃地撰写《未解之案一览表》时发现的，是这两个案子的新特点，你可以通过网站链接找到我以前的博文，与每个案件的主要日期相关联。这两位的失踪也很特别，但是她们的名字和时间范围让我的精神为之一振。在我看来，寻找巧合并挖掘出更多的关联是件有趣的事。

在混乱中寻找规律难道不是人类所做的最多的事吗？

如果你同意我的观点，那就请点击我的"支付支持"，这样我就能继续为大家提供播客内容……

"在混乱中寻找规律"，没错。玛利亚几乎是在对着屏幕点头。一定要找到那个规律。那就是她所需要的：一种规律，一个在这个荒唐世界里的合理解释。她点击了有关贝瑟尼·柯蒂斯案子的所有链接。

第一个链接是某个科技新闻网站发布的关于她失踪的文章。贝瑟尼·布莱文斯·柯蒂斯，拥有齐肩黑发，嘴巴较大，有着那种令玛利亚羡慕的颧骨，笑容很美，二十七岁。她就职于奥斯汀南部某运输公司，担任办公室经理，她的丈夫是一家小型软件公司的首席执行官和创始人，是科技界的后起之秀，他的公司正在筹备公开发行股票，估价几百万美元。玛利亚试着回忆自己有没有听说过这个案子，但在妈妈失踪之前，她不太看当地新闻。她越往下读就越同意"揭露"的看法：和抛弃丈夫的行径相同，此为失踪事件的可能性几乎为零。

十八个月前的9月4日，贝瑟尼·布莱文斯·柯蒂斯离开了她位于北奥斯汀的家，搭乘西南航空的航班飞往休斯敦。监控录像捕捉到她独自一人穿过霍比机场航站楼。那段监控录像被人发到了社交平台"脸家"上某个关于她的专门页面上，显然是她朋友做的。人群中的贝瑟尼·柯蒂斯是黑发，拉低了宽松的棕色帽子，脖子上围着柔软的围巾，戴着墨镜，正在回头看。不知怎么地，她躲开了机场的摄像头，再没有出现在监控录像中的人群里。有人去接她了吗？她是否已经订了车在机场外等她？她有没有脱下外套、围巾、帽子，以免被发现？她就那样消失了。

这个案子跟她妈妈的案子不太像。妈妈没有从银行账户里提款，也没有搭乘飞机，更没有出现在机场的监控录像里。妈妈去上班了，她是一家软件公司的销售代表，中午出来吃饭，之后就再也没有出现。贝丝·邓宁的车子后来在哈文湖的某块地产附近被发现，那块地归她和爸爸所有，而且他们打算在那儿建座房子。妈妈很喜欢去那个地方，那儿很空旷，景色优美，也很宁静，她喜欢谈论要把房子建成什么样。她喜欢去那儿享受清净，暂时逃离忙碌的工作和压力，想象着这栋房子将来有一天会屹立在这儿，而周围则是哈文湖群山的秀丽风景。

"揭露"说得没错，唯一的相似之处是她们都叫"贝丝"，但这两位失踪女士的住址相距约几英里，而且两个案子的情况也大相径庭。

但是……但是……她又返回到贝瑟尼·柯蒂斯案件的链接。这个贝丝离开了她的丈夫杰克——一位软件企业家，他坚持说自己跟妻子的失踪毫无关系。他的公司在贝丝失踪几个月后就要上市了，显然他的投资者只能接受这一点。他赚了几百万美元。当地媒体以及高新科技产业媒体纷纷报道了这些信息，仿佛他处理掉自己的妻子，只是为了不与她分享他即将获得的财富。

他也被起诉了，跟玛利亚的爸爸一样。

玛利亚还读了一篇一年后的文章……贝瑟尼·柯蒂斯也没有在失踪之后留下任何踪迹，没有使用过信用卡，没有从银行提款，信号塔也没有侦测到她的手机信号。她离开了她的生活，然后也离开了……这一切。

玛利亚将这篇文章打印出来，将其固定在记录妈妈失踪资料的那块软木板的空白处，然后将贝瑟尼·柯蒂斯的照片摆在妈妈的照片旁边。

她们两个的名字。

她们两个失踪之间短暂的时间间隔。她们的家相距不远，她们的生活很相似。

令人惊愕的是，两个案子都是证据不足，就好像有人从中做了手脚。

两个案子尽管有很多不同之处，这些相似点却是真实存在的。

除此之外，她什么也总结不出来，也确实没有别的线索可以查了。仅此而已。她还有个选择，那就是在商场里寻找妈妈，在爸爸和警察面前出丑。

最终，她下定了决心。她必须知道答案。两个案子的时间间隔，她们名字的相似性，两人都失去了踪迹……突然之间，这变成了一种渴望，她得知道啃噬着她的那个东西是什么。她会找出其中的规律，只要它存在，她就会把它找出来。

她会不惜一切追寻到妈妈的踪迹。

她给"揭露"发邮件："你好，查德。读了你写的关于我妈妈和贝瑟尼·柯蒂斯的博文。今晚要不要跟我碰个面喝杯东西？我想知道你所说的那个规律。"

"揭露"的回复来得比她想象中要快："当然要。"

跟这个人见面就是在忤逆爸爸，所以她打算瞒着他。

4

玛利亚问"揭露"能否在哈文湖繁华的购物中心的一家美墨餐厅喝杯玛格丽特，就在环线360旁边，而"揭露"同意了。她下楼时发现爸爸在躺椅里睡着了，高高的酒杯已然见底，旁边是一瓶喝了一半的梅洛红酒，电视上播放着一部英国犯罪片。他开了字幕，因为他有时候听不懂英式英语，而且晚上他一般都会把电视的音量调低。有时候，她会停下来探一探他的鼻息。她知道他在家里藏了些安眠药，所以有时会担心他就着夜里的酒把它们吞下去，将妈妈的案子置之脑后。这是她内心深处的恐惧。他的胸腔正在缓慢地起伏。她就那样看着他睡觉。他想为她搞定这一切，但她得做这件事，起码要试一试。她将红酒放入冰箱，为他盖好毯子，关上电视，然后在酒杯上留了一张字条，上面写着："我要去月亮餐厅见一位朋友。我得过点正常的生活了，我会小心开车的。谢谢你的理解，爸爸。我很爱你，很快就会回来。"

她拿上他那辆雷克萨斯的车钥匙，然后开往餐厅。"揭露"已经坐在餐厅的露台上了，手里拿着瓶啤酒。他站起身，朝她招手。

晚餐高峰期已过，餐厅里人并不多。空气潮湿，而且除了他之外，露台上只有一位年轻的女性客人，她靠着栏杆而坐，捧着一本厚厚的书在读，啜饮着一杯玛格丽特。那杯酒看着挺不错的，玛利亚也想来一杯，酸橙的辛辣搭配龙舌兰的钝感。

"揭露"的真名叫查德·常，但他坚持让别人称呼他的艺名。他也曾就读于哈文湖高中，比玛利亚早几届，而且他们相互认识，不过自从她妈妈失踪，两人变得更熟络了。关于玛利亚妈妈的案子，他写过几篇博文，他没有像大家预期的那样指出犯罪嫌疑人就是她爸爸。他曾在圣安东尼奥的三一大学读心理学，也就是在那时，他开始录制真实罪案的播客，因此大受欢迎，这有点出人意料。他的观众是一群新潮的年轻人，他给他们讲述过去和现在发生的罪案。他播客上的广告商有出版公司、时装设计师，还有汽车公司。今晚，他身穿牛仔裤和太空人队的运动衫，戴着闪闪发亮的墨镜，虽然现在是晚上。

"酒水算我的。"他说。

服务生来到他们这一桌，她点了一杯玛格丽特："谢谢。我以为你买完这副墨镜之后就破产了呢。"

他不以为意地耸耸肩："有个好消息。一位好莱坞制片人对我的播客很感兴趣，他们让我向一些初级有线电视网络推销我的内容，也就是让我主持一档真实罪案节目，这样我就可以跟名人一起讨论这些事了。这对我来说意义重大。"

"太棒了，查德——'揭露'。"她提醒自己他其实喜欢别人叫他的博客名。

"于是我就去洛杉矶参加了第一次会议，但我感觉自己根本不是什么名人。我只是个生活在哈文湖的孩子。所以我觉得戴上墨镜可能会酷一点，跟推销的专业人员一样。"

"管用吗？"他还没有说事情谈成了没有。

他摘下墨镜，放在啤酒旁边："弗雷迪，也就是制片人，他会再来找我的。"

听上去并没有多大希望，但她还是微笑以示鼓励："但愿有用。"

"你妈妈有新消息吗？"

"我想跟你聊聊你写的那篇关于我妈妈和贝丝·柯蒂斯的文章。"

"那么，嗯……我写的东西更像是一种推测，而不是就你妈妈的案子下结论。"

"贝瑟尼——"我说的是柯蒂斯的全名而不说两个贝丝，因为这两个名字可能会比较容易混淆，"柯蒂斯离开了她丈夫。如果我妈妈也一样呢？"

"揭露"皱了皱眉："有新进展吗？"

她不想跟他坦白今天在商场发生的事。她必须小心地提防这个人，他是朋友，但他的主要目的是将自己的名字载入罪案调查史册："没有，有的话我刚才就跟你说了。但如果我能找到这两个案子的共同之处……"

接着她留意到露台栏杆那儿出事了。"揭露"发现玛利亚并没有在看他，于是他也转过头。一个年轻男子脸上挂着狡黠的笑容，停在购物中心通道与露台栏杆相接的地方，试图跟独自一人看书的年轻女士搭讪，但那位女士并不想理他，努力地继续看书。

"那本书好看吗？"他问，"你可以来翻阅我这本书。"

女士并没有回答他，目光还停留在书页上，但她显然坐立不安。

"问题是，像你这样年轻漂亮的宝贝儿为什么要靠读书打发时间呢？我就站在这儿，准备请你喝东西。"

"谢谢，但我不感兴趣。"年轻女士说道，"我有男朋友。"

"但你现在是一个人。"

"不了，谢谢。"

那个浑蛋转头就开始冒犯那位女士："你听好了，你以为你有多好，我配不上你？你才没有多好。"

"打扰一下。"玛利亚说道，起身朝那个餐桌走去。

"玛利亚……""揭露"开口说道，但他没有起身。

"拜托，我只想安静地读书。"那位年轻女士对那个浑蛋说道，现在她的声音里透着一丝怒意，"请你走开，我不感兴趣。"

"听着，在我看来，读书只会让你变成一个呆子。"那个浑蛋说道。

"嘿。"玛利亚说道，她已经来到那张餐桌旁，站在那个浑蛋对面，她很高，但还是不如那个浑蛋高，"她说了她不感兴趣。快走开。"

那个浑蛋笑了笑，随之开始大笑。玛利亚看得出他正在观察她、打量她，她可以想象他此刻在想什么。这个出言不逊的男人身穿黑色休闲裤和黑色仿制的高领绒套衫，还用黑色的条状发夹别着头发："听着，我有跟你这个丑女说话吗？这个露台是婊子集结地吗？因为你们都需要……"

说到"需要"这个词的时候，他冲玛利亚伸出一根手指，她内心突然升腾起一股强烈的怒意。她迅速伸手抓住他的手指，猛地一扭。那个浑蛋痛苦地叫起来，他想抽回手，但他们俩之间隔着张桌子，玛利亚占了上风。

"这位天才，再靠近一毫米，你的手指就会断掉。"她轻轻说道，"给我退后，然后走开。考虑到你跟女性说话的方式，我是说，你这种白痴一样的戏谑奏效过吗？有过吗？"

"你这个贱人……"他试图猛地抽回手。

他骨折时响起的咯吱声很大。他们互相凝视着对方，然后她松开了手。他深吸了一口气。读书的年轻女士盯着他们两人，然后按着桌子往后站起身。

"抱歉。"玛利亚说道，"我不是故意的……"

那个浑蛋将断掉手指的那只手捧在胸前，他太吃惊了，都没顾上咒骂或叫喊，然后跟跄着走向停车场。

"是你弄折他的手指的。"玛利亚冲着他的背影说道。她感到一阵恶心，一股强烈的战栗在她的骨髓中蔓延开来。

我不是故意的，我不是故意的。

但是这种感觉很爽。

"玛利亚！""揭露"喊道，"你在搞什么鬼？"

"我不是故意的。"她静静地说道。他们看着那个浑蛋钻进车里，然后驱车离开。

"我感觉有点恶心。"玛利亚说道，然后坐了下来。她不是故意的，但事情还是发生了。

"多谢。"那个看书的女士说道，声音里透着震惊。她甚至无法正视他们，随即在桌上放下些现金，虽然服务生还没送账单过来。

"不客气。那本书好看吗？我的读书会下个月选的就是它。"这是个谎话，不过玛利亚发现她那一瞬间的粗暴行为把大家都吓到了，所以她努力让自己看起来像一个会参加读书会的人，而不是掰断陌生人手指的人，"我叫玛利亚，刚才的事我很抱歉……"

"别这么说，玛利亚，谢谢你，很感激你刚才帮了我……这本书很好看。"这位年轻女士说道，她站起身匆忙地离开了露台，握着那本书往停车场走去。

"那好吧。"玛利亚坐回"揭露"对面，他正盯着她看。

"玛利亚，你疯了吗？你真的弄断了他的手指……这种行为很可怕，也很了不起。"有一瞬间，她很怕他会拿起手机拍她。

"那是个意外。"她清了清喉咙。那个浑蛋会报警吗？她可不能在一天之内跟哈文湖警察见两面。他看上去很丢脸，所以她希望他不会带着警察回来找她。她喝了一大口玛格丽特。她一直都在搞砸这一切，把事情闹到不可收拾。她得控制住自己，控制自己的幻觉和愤怒。她需要集中精神，清醒一点，专注于自己的目标。

"嗯……我回洛杉矶的时候，你要不要来当我的保镖？""揭露"想开个玩笑，让她放松一下。她的样子大概看起来像要大哭或者呕吐。

听到他的玩笑话，她挤出一个微笑。

"那么，你有贝瑟尼·柯蒂斯家人的联系方式吗？"玛利亚问道。

"她丈夫叫杰克，在软件行业赚了不少。有很多人接近他，想知道这个行业的信息或秘诀，或者想让他付一笔钱，这不足为奇。他给我发过电子邮件，但也只有一次，内容很短。我跟她的母亲莎伦聊过，她更愿意跟人交流。我邀请她上节目接受采访，说那样有可能帮忙找到贝瑟尼，但她说这样太过痛苦。"玛利亚的父亲上过"揭露"的节目，他恳求大家提供他妻子的行踪信息，但并未得到准确的信息，还出现了很多说克雷格就是杀害自己的妻子并处理掉尸体的人的评论，很是伤人。在那之后，她的父亲再没有上过任何播客。

"我想先试试跟她母亲联系。"

"能请教一下吗？根据你的推理，这有可能是个……"她没办法说出"杀手"，"是个专门对有着某个特定名字的女人下手的行凶者？我的意思是，你了解犯罪心理学，还有那些侧写之类的东西。"

"揭露"往后斜靠在椅子里："他不可能是泰德·邦迪或肯尼

斯·麦克达夫那样随机寻找受害人的杀手，这有可能是有计划的谋杀。我不想惹你心烦……"

"没关系。"她马上说道，"我们只是在讨论。"她又清了清喉咙，"假如他恨某个名字叫作贝丝的女人，并且将他的恨意发泄在其他名叫贝丝的女人身上呢？"

"你是说这些受害者是那个人认识的贝丝的替代品？他对她们下手是因为她们的名字跟那个女人相同，或者说让他想起了那个女人？"

"对。"

"揭露"思考着这种可能性时，服务员过来看他们有没有什么需要，并从那位读书的女士的餐桌上拿起现金然后离开。

"揭露"喝了一大口啤酒："我没听说过奥斯汀还有别的名叫贝丝的女人失踪。"

"我感觉这值得深究。"她说道，"我是说她们失踪的时间，还有她们的名字。"她期待地看着他，等待着他的回答，"我愿意冒这个险，即使这可能是在浪费时间。"而她心中的真实想法却是，她冒这个险，就有可能发现杀害妈妈的凶手。但她没有说出口。

"揭露"又喝了几口啤酒："好，但我想让你答应我件事。"

"什么事？"

"首先，要小心。其次，你不管发现了什么，都要告诉我。如果有所发现，我想要独家新闻。毕竟是我给了你这条线索。"

"好。"这听上去理所当然。

"因为这种事……这么说吧，我看过很多案子。如果能找到某种关联，这个案子显然会很不一样。"他停了下来，低头盯着自己面前的食物。

"什么关联，查德？"

他没有纠正她不要叫他的真名："玛利亚，我知道自己的话在别人听来是什么感觉。我会特别专业地对待每个案子，别人可能会因此觉得我很冷酷。我知道，我侧写过的人都有他们自己的故事，都曾经热爱他们的生活，都曾为他们的生活奋斗过，都曾有过爱的人、在意的人、每天都在思念的人。我可能戴着副傻乎乎的墨镜，但我并不是个彻头彻尾的浑蛋。调查一些棘手的悬案有时候并不是个好主意，有时候涉案人员会生气，感觉受到了威胁，就好像你在指责他们。"

她闭上眼睛："我只是想知道真相，特别想。"

"揭露"清了清嗓子，又喝了口啤酒。玛利亚心想，他这是在尽力让自己的语气强硬一点，因为在刚才她跟那个浑蛋对质的时候，他只是坐在那里看着。他深吸了一口气："那么，还有一种更可怕的可能性：你可能会查到某些无关的案子，杀了贝瑟尼·柯蒂斯之后逍遥法外的人，可能会对你四处打听的行为怀恨在心。你可能会因为查到跟你妈妈的案子无关的事情而陷入危险。"

这个想法十分提神醒脑。

"你虽然报道这些案子，但你无法想象真正经历那些案子是什么感觉……大家都会告诉你应该如何看待，应该如何往前看。"玛利亚紧紧地握着餐桌的边缘，"问题是你无法向前看，就像是被那件事困住了。这让我怒不可遏。我伤害了那个男人，但我不是有意要伤害他……我不能继续这样下去了。所以，如果这根本不是什么线索，那就这样吧，如果帮不到妈妈，也许能帮到别人呢。"

"我不会小瞧你的决心，而且喜欢你跟那个变态对抗时的坚韧。我不会介入那件事，因为我怕被那个人揍一顿，我这星期要与制片人碰面。"

"当然。"她说道，声音里透着一股中立的态度。

"你说得对，我不知道那是什么感觉。但你知道我为那些有亲人失踪的人组织了一个互助小组，你应该加入。两晚后在苏格兰圣公会教堂，过了老特拉维斯快车道就是。"

他还有不做的事情吗？互助小组、播客、电视节目。这一切让她有点应接不暇。

"我或许会去。"她说道，虽然她无法想象自己站起身跟陌生人谈论她妈妈的样子。

"揭露"微微一笑："这或许能帮你平息怒火。"

"弄清楚妈妈发生了什么事就是我需要的治疗方式。"她说道，也感觉到了自己语气中的决心。她阻止了那个男人的无礼搭讪，她不知道自己有多大力量。她可以学着控制自己。她做得到。

他冲她扬起啤酒，重新戴上那副新潮的墨镜："那么敬你的治疗方式。除了真相，别无他法。"

5

玛利亚放在车子方向盘底下的手机响了。她盯着那个号码出了会儿神。

是哈文湖警局。

她把警方的号码存了下来。她接了，一股寒意渗入胸口。他们会不会因为她弄断了那个浑蛋的手指，就这么冲到月亮餐厅来逮捕她？在接听电话之前，她看着"揭露"——这是今晚这场事故仅剩的目击证人——钻进他的车子，驶出了停车场。那甚至都不算正当防卫，那个浑蛋只是伸出手指"指"着她。

"我是玛利亚。"

"玛利亚，你好，我是丹尼斯·布鲁萨尔。"哈文湖警察局局长，也是她父亲的强劲对手。

"你好。"她说道。

"我只是想打来看看你是否安好。"

"我很好。"她说道，尽量让自己的声音不带感情。

"我很担心你。我很遗憾，真的。"

她不知道该作何回应："谢谢你打来。现在我得挂断了。"

"玛利亚，作为你妈妈的朋友，你有没有什么话要跟我说？"

你才不是什么朋友。

"没有什么话要说。我今天犯了个错，很抱歉。"

"我担心的是你后备厢里为什么会有那些装备。"

"我没有必要向你解释。"

"是为了自卫吗？你很害怕？"

"不是。"她说道。

"好吧。"他轻轻地说道，"但我很担心你。如果我能帮上忙，肯定会帮。"

帮我把妈妈的失踪归咎于爸爸。

不用了，谢谢。

"我真的没事，我会赔偿你们警车的损失的。我会搞定的。"

"警车有保险。我再说一遍，我关心的是你。"

"既然你这么关心我，那么我想问你个问题。你认为是我爸爸杀了我妈妈。如果我可以向你证明他没有这么做，这件事还有另一套可行的理论，你会去调查吗？"

"当然。"他说道，"但是调查罪案不是你的职责。"

"是你们的职责，但你们并没有找到我妈妈。"

"我向你保证我们会找到她。但我希望你别插手，玛利亚。我希望你能安全。如果你在你父亲家里有任何不安全的感觉，你随时都可以来警局。"

"我为什么会觉得不安全？他是我爸爸。"

"我觉得你今天出现的幻觉是对你经历过的事情的应激反应，也许就是你妈妈消失那天给你造成的创伤。"布鲁萨尔停了下来，他在等她开口。

"你又不是心理学家。"

"我确实不是，但如果你在保护你父亲，那么你身上就背着沉重的负担。这本不是你该承担的。如果他是伤害你妈妈的人，那么你保护他就是背叛了你妈妈。"

"你不必对我说这些，我跟爸爸在一起再安全不过了。晚安。"她挂断了电话，怒气在胸腔里打了个死结。布鲁萨尔既想跟她做朋友，又千方百计地证明她爸爸是个怪物。今天这场事故恰好给了布鲁萨尔一个迂回潜入她生活的好机会，他假意关心她，却没有做好自己的本职工作。

何不先顺着贝瑟尼·柯蒂斯的线索开始调查？她不想回家，而且布鲁萨尔的电话让她觉得自己该有所行动了，就是现在。她要证明他错了。她打开智能手机上的浏览器。

她在网上搜索杰克·柯蒂斯的信息。他有个"脸家"的账号，而且玛利亚跟他还有个共同好友——罗伯·罗德隆，玛利亚的高中同班同学。她查了下朋友的页面，上面说罗伯曾就职于"数据奇迹"，也就是收购了柯蒂斯的公司的公司。她跟罗伯的联系其实并不多，不过他可能帮得上忙。

她看了眼杰克·柯蒂斯的状态。他不经常更新，这一点她能理解——如果你所爱之人失踪了，你其实并没有心情分享自己看过的电影，随手拍下在新开的高档餐厅吃的菜色，也不想拍摄猫咪的视频。不过，他也写过几条状态，比如广为人知的技术问题，还有温馨的周末读书或垂钓时光。玛利亚突然发现那些都是独居者才会进行的活动。页面上有一条链接，跳往贝瑟尼的页面，玛利亚点了进去。"寻找贝瑟尼"是这个页面的名字，但奇怪的是，这个页面很冷清。有几条发文听着像是"安乐椅侦探"的语气，只是在苦想她去了哪里，她的命运又将如何。玛利亚继续往下翻。这个网页最初是由贝瑟尼的妈妈莎伦创立的，几乎每天都会更新，恳求女儿能回来，恳求带走贝瑟尼的人放了她，为提供信息的人提供酬谢。但后来，莎伦就沉寂了。也许是因为问了这么久却没能得到有用的信息，所以她心力交瘁了？杰克"赞"了那些状态，偶尔恳求大家帮他找到妻子，有一条是这么写的："我只想知道她没事，不再纠结于其他的事了。"但他也很久没更新了。

她回到杰克的主页。他"赞"了其他当地软件公司的相关页面、母校的足球队以及几档电视节目，还有"揭露"的博客。杰克"赞"的页面还有哈文湖北边的一个酒吧，就在从360环线下来那里，酒吧里每周都会办一次冷知识问答比赛，这是他很喜欢的活动，今晚刚好有一场。也许他会去那儿。她在房产税数据库里查到了他的住址，就在哈文湖边的一处高档社区，离那个酒吧不太远。

她的手机响了起来，屏幕上显示着"查德"。她按下接听键。

"我是'揭露'。有人一路从餐厅那儿跟踪我。"

"什么？"

"跟踪我的是一辆深色的车。我发现了它，就拐了几次弯，没走回家要走的路。那辆车追着我不放。这边的哈文湖街道很安静，我很难藏身。"她知道查德为了省钱，还住在父母家里。

"跟踪你的是不是我掰断手指的那个人？"她说道。

"也许他是想要找我报仇。一个自称不打女孩的家伙决定把她的男性朋友暴揍一顿。"

她想他是不是反应过度了。

"那辆车还跟着你吗？"

"没有了。"

"那是辆什么车？"

"深色越野车。我觉得是辆丰田。"

她之前看到那个断掉手指的男人走向停车场……他进的是什么车？当时她还震惊于自己的所作所为，所以不记得那是辆什么车了。是辆深色的车吗？她全程都盯着那个人，他尴尬而愤怒地将手覆在胸前。如果他当时是假装离开，然后跟在"揭露"后面怎么办？

不对。

难道他没有直接去急诊室吗？他确实有可能没这么做。一个怒火中烧、痛苦又超级自恋的男人可能会觉得报仇比接受治疗来得重要。而且他那样的人永远都不会承认，他的手指是被一个女人弄断的。

但他跟踪的人为什么是"揭露"而不是她？

"你还好吗？"她问"揭露"。

"没事，只不过觉得有点不安。"

"肯定会有这种感觉。"她尽量保持语调平稳，"你想不想报警？"

"不想。"片刻之后他说道，也许是意识到自己刚才的语气听起来太过害怕，现在觉得有点尴尬，"我没事。只要他不知道我住哪儿就行。我到家时他并没有跟着我。"

如果她去警局自首，向警察坦白事情的经过，他们就会去找到那个男人，查出他的名字……而且会问他是不是跟踪了"揭露"。但是如果她承认攻击了那个人，不管指控是什么，布鲁萨尔都会把她关起来。因为这件事就发生在撞车事件之后。她决定保持沉默。

"那明天再跟你聊。"她说道。

她驱车驶往杰克·柯蒂斯家附近的那家酒吧，那是一家爱尔兰主题酒馆，卖桶装健力士和啤酒，还有一个精选的爱尔兰威士忌酒单。出人意料的是，在这样一个工作日夜晚，酒馆的客人竟然这么多，她本以为冷知识问答比赛不会这么受欢迎。边上的栅栏隔间里有几桌客人组了四队玩冷知识问答比赛，大家一边开怀大笑一边喝酒。她看到杰克·柯蒂斯就在其中，他安静地坐着，轮到他时就主动回答问题，不过声音不大，也没有表现出很开心的样子。她在酒吧里找了张凳子坐下，点了一品脱拉格啤酒，密切地关注着他，同时留意不让自己太显眼。不过她随即发现，酒吧里几乎所有的人都在观看比赛。

玩到最后一轮时，杰克·柯蒂斯帮自己那队赢了比赛，因为他知道美国第八任总统是马丁·范布伦。队友们纷纷欢呼，互相敬酒。玛利亚小口地喝着自己点的啤酒，看着他们，假装在发呆，就跟酒吧里的其他人一样。参赛选手们被拆分成了更小的组，有些人走了，有些人留下来庆祝这个小小的胜利。杰克跟一男一女（后者明显是夫妻）在吧台边找了个地方，点了浓啤酒，伸了伸腿。那个女人就站在玛利亚旁边，她有点醉醺醺的。

"马丁·范布伦。"那个女人说道，"这是我没听说过的最伟大的总统。"

"你没听说过他？"杰克·柯蒂斯说道。他是个很帅的男人，相貌端正，约六英尺高，有着微微泛红的金发，脸上有点雀斑。他的声音低沉而平缓。

"我讨厌历史。"那个女人说道。

"那么你注定还要再讨厌一次。"她的搭档大笑着说。

"呃，我讨厌把时间花在那些已故的人身上。"那个女人说道，接着好像觉得自己用错了词，迅速地喝了口啤酒。杰克·柯蒂斯的脸上什么也看不出来。

这尴尬的沉默持续了十秒钟，这时玛利亚大声说道："马丁·范布伦是第一位也是唯一一位英语是第二语言的总统。"声音大到不容忽视。

杰克冲她谨慎地微微一笑，那个女人则朝她眨了眨眼，说道："真的？那他的第一语言是什么？"

"荷兰语。"玛利亚说道。

"移民不能当总统。"那个女人说道，"至少现在不能。比如阿诺德·施瓦辛格。"

"他出生在美国，不过他跟家人先学会了荷兰语。"玛利亚说道。

"哦，你得加入我们的冷知识问答队。"那个女人说道，接着似乎在思索什么，"只是我不知道我们还会不会遇到关于马丁·范布伦的问题，好像概率挺低的。"

"该回家了，总统状元。"她的同伴说道。他冲玛利亚点头致意，并感谢杰克帮他们赢了比赛，之后扶着自己的伴侣往出口走去。杰克与玛利亚尴尬地沉默了片刻。他会留下来和她聊天，跟朋友一起离开酒吧，还是跟酒吧里剩下的队友聊天？

你不知道我们俩的情形有多相似。

这可能是她跟他聊天的唯一的机会。

他没有走开："很开心遇到马丁·范布伦粉丝俱乐部的其他成员。"

她微笑道："我记得我在迪士尼乐园里听到过这个解说，是在'总统厅'，还有他是说荷兰语长大的。"

"很高兴知道游乐场还有教育意义。"他大笑道，"我是杰克。"他伸出手，她跟他握手。

"我是玛利亚。"她说。

她猜他大概三十出头。玛利亚以为他会问她是做什么工作的，男人总是过分地关注这一点，不过他反而说："我其实不是那么喜欢冷知识问答比赛。"

"是吗？但你好像游刃有余。你的朋友也是。"

"比起冷知识问答，我更喜欢跟他们一起消磨时间。"他说道，"我们都经历了很多。他们……一直都陪着我。"

我能理解。

她的朋友并未如她希望的那样支持她，不过她的好友大多去了别的州上大学，这就使得在德州大学的她更孤独了。

"嗯，那你找到了个不错的方式，帮他们成为了这家酒馆的比赛冠军，报答他们的友谊。"

"那他们永远都会欠我的。我想你出现在这里是因为娱乐与体育节目忘了播比赛了？"

她点点头，然后他大笑起来。

今晚我掰断了一个男人的手指。我看到你失踪的妻子的信息。你好像并没有在为她哀悼。不过我也没有。你不得不适应不断发生变化的生活，不得不找到自己继续前行的道路。

他看起来并不像一个杀死了自己妻子的男人。她告诉自己这个想法既愚蠢又危险。她有可能正坐在一个杀手的身边。

别人就是这么议论爸爸的。这对他不公平，有可能对这个男人也不公平。

"好吧，我承认，我们以前从来都没有拉拉队队长。"他说道。
"错。我不是拉拉队员，更像是个监察专员，等待纠正别人出现的错误。"

"你是说如果我答错了，你就会把我丢到车底下吗？"

"对，然后再倒车。"她说道。

对于她的调侃，他微微一笑："我知道斯蒂夫，也就是这家酒馆的老板，他希望每周进行两次冷知识问答比赛。你应该组个队。"

"我不怎么合群。"她说道。她不擅长跟别人闲聊。她要怎么把话题引到他妻子身上呢？肯定已经有陌生人试过了，就是那些好奇的人，以及真实罪案的狂热分子。他们会在新闻网站或报纸上看到发生在他身上的事，于是丝毫不顾及他的感受，径直切入这个话题。她不希望用这种她也遭遇过的方式来对待他，也不想把他当作好奇、可怜或鄙视的对象。

曾经有个陌生人在乳品区当面质问她："你怎么能为你爸爸说话？"当时她将酸奶放回原处，就好像她根本没有资格买它一样，然后跌跌撞撞地走出杂货店。后来，她希望自己当时打开那罐酸奶，把它倒在那个男人的头上，然后再往他脸上喷一加仑的牛奶。有时候她的愤怒会令她颤抖，她不能让悲恸控制她的生活，她必须做回妈妈消失前的那个玛利亚。

她瞥向他的手，发现……他仍然戴着婚戒。她没办法问他是否结婚了这个显而易见的问题。

"你在奥斯汀住很久了吗？"他问。在一座遍布外来者的城市里，这个问题很稀松平常。

"从出生就在这儿。"

"哇，很少见的本地人。"他说，"我来自奥尔巴尼。"

"我是在哈文湖长大的。"

"啊，富人家的孩子。"

这句话惹恼了她："那儿的人并不都是非富即贵。我父母想让我在那边上学。我想他们买的是当时市面上最便宜的房子。"

"我敢打赌那儿现在一点都不便宜了。"他说道，"投资者嗅到了那边的发展机遇，包括住宅，还有你们接受的教育。"

"对，像我知道的诸如马丁·范布伦这类的冷门知识，就是他们看中的机遇。"

他冲她微笑，笑容很美。妈妈去世以后她就没怎么约会了——她的失踪几乎占据了玛利亚的全部生活。她曾有过一个男朋友，是她在德州大学遇到的男孩，不过妈妈失踪以后，他好像不知道该怎么安慰她，只会拍拍她的肩膀，跟她说一切都会没事的。渐渐地，她开始厌恶看到他。而妈妈失踪以后，她的生活里并没有出现新的男孩——没有优质的。倒是出现过几个想要利用她的脆弱情绪的。总是会有那种人，她凭借着狂怒给她带来的力量，将他们从自己的生活里赶了出去。

她适时地笑了一下："我设计网站，还有手机应用程序。你启发了我，我可以设计一款应用，里面全都是差不多已经被人遗忘的总统的信息。"

"我也从事技术这一行。"他说道，但并没有说自己创立了一家公开发行股票的公司，然后又把它卖给了一家规模更大的公司。

"它会占据你的生活。"她说道，"我是指一切进展顺利的时候。"

"杰克？"是个女人的声音，语调抑扬顿挫，透过酒馆内的喧哗传过来。那群客人身后站着一位极有魅力的女人，黑发，穿着昂贵的牛仔裤以及新潮的灰红色上衣。

"冷知识问答比赛结束了？"她不冷不热地看了玛利亚一眼。

"嗯。"他说道，"玛利亚，很高兴认识你，考虑一下我说的组一支冷知识问答比赛新队伍的事。"

"我会考虑的，我也很高兴认识你。"她看着他起身走向角落里的桌子，跟那个女人坐下来开始聊天，感觉自己的机会就这样溜走了。

她有点糊涂。他还戴着婚戒，虽然他的妻子跑去了休斯敦。也许他希望贝瑟尼回来。如果真的是他找到了妻子并因为她的离开而杀了她，那么也许戴着婚戒能让他看起来少一点罪恶感。也许他虽然不再爱她了，但出于敬意，还是佩戴着婚戒。不过，她没想到会有女人喊出他的名字，语气像是在宣示主权，然后挥手把他招了过去。他没有向她介绍自己，玛利亚心想，如果这个女人是他的女朋友，他就一定会向她介绍自己，即便只是为了向那个女人表示他只是在跟自己闲聊。

她小口地喝着啤酒。有个男人试着向她搭讪，要给她再买一品脱啤酒，但是她拒绝了。有那么两次，她看到杰克·柯蒂斯从酒馆那边看向她。于是她不再偷偷看他，这样做太明显了。

微笑以及成功的表相之下的他到底是谁？

我比她更懂你，比这间酒馆里的任何人都更懂你。

她离开了酒馆，发现自己之前吃得太少，却喝了很多啤酒。她不能冒险酒驾，不然今晚还得跟哈文湖警察碰面。她独自一人站在停车场里，身上笼罩着酒馆入口处明亮的灯光。她约了一辆车，三分钟后抵达。等车的间隙她四下张望着，心神不宁地想着那个被她掰断手指的男人。停车场上空无一人。

车来了，她钻进车里。司机把车停在了老特拉维斯快车道边，这条快车道是穿过哈文湖的主要通道。她很庆幸司机的话不多，心里想着如何再找个办法接近杰克。冷知识问答比赛之夜就是个切入口。她听到司机气恼地嘟囔着，抬头一看，从后视镜里发现后面的车开着车头灯。

"这家伙就差贴到我的车尾上了。"司机说道。

她回头，被明亮的灯光刺得眨了眨眼。一辆车就跟在她后面。她看向那灯光，司机一定也看到了她，然后那辆车转向开走了。她模糊地看到那是辆深色的越野车，然后车子就不见了。

"老天爷。"司机说道，"他是有什么毛病？"

是来找我的。

她想起了"揭露"。

不过，怎么会有人知道我离开酒馆后要去哪儿呢？

她不知道。她没有告诉任何人。所以如果有人跟踪"揭露"，之后又放弃了，那么那个人是不是接着又来跟踪她了？有没有可能是那个人返回月亮餐厅，看到她跟布鲁萨尔通了电话，之后一路跟着她离开？"揭露"住的地方离那家餐厅不远。她不由得打了个冷战。

她揭开了一个秘密。她险些刺破某个真相，就在这时，就发生了这件事。

你还认为今天看到了妈妈。你是反应过度了。不要放弃追寻真相。

司机沿着深夜的快车道行驶，在她家门前停了下来。家里一片漆黑，只剩门廊上的灯亮着，那是爸爸为她留的灯。

这曾经是最幸福的家，现在却像是座监狱。她不想待在里面。这栋房子总是那么黑暗，就算开着灯也无济于事。这栋房子像被什么东西附着了，但那并不是踏着楼梯上楼，或是躲在暗处窥探的鬼魂。真相是一盏灯。她只有这条线索，但也许足够她找出真相了。只有试过，才会知道结果如何。

6

克雷格·邓宁醒来，口中是红酒发酵的味道，整个人昏昏沉沉的。他蹬掉皱成一团的毯子，从躺椅里起身，然后喊着玛利亚的名字。但是没有回应。他跟跟跄跄地来到车库，心一点一点地往下沉。因为他的那辆车不见了。

她也不见了。

他回到屋里，发现了她留的字条，上面说她要去月亮餐厅见个朋友。她其实没什么朋友了，他就是她唯一的朋友。贝丝以前很喜欢那家餐厅。每次开车路过那儿，他都会感到心里一阵剧痛，那种痛楚来自于无法再次获得幸福的绝望。

那么，她究竟去干什么了？

他检查她的电脑。他知道密码，玛利亚也没有换过。他打开浏览器，看她的浏览记录。

他看到了她检索她妈妈的名字的页面，看到了"揭露"的播客。

他打开她的短消息应用程序，看到了她给"揭露"发信息要求见面，而"揭露"立即就答应了。

他胸口猛地一紧。她在寻求一个解释。

不可以。

他关上她的手提电脑，抬头瞥到墙上的照片——她在哈文湖高中打篮球时的照片，跟朋友参加派对的照片，跟他站在一起的合影，靠在他肩头的合影。曾经丰富多彩的生活，此刻变成了昔日的美好以及可以预见的惨淡的未来。

他必须解决这件事。

电话响了，是屋里的座机，除了电话销售，平常几乎没有人打这个电话。他接起玛利亚卧室的分机，希望是女儿打来的，希望她没有再出事，希望她没有碰上麻烦。

"你好？"

沉默。五秒钟的沉默。然后是十秒钟。

"你好？"他又说了一遍，全身紧绷。

依旧是沉默。他听到电话那头轻微的呼吸声。

他挂断了电话。电话几乎是立刻就再次响了起来。他接起来："你好？"

还是沉默，带着令人窒息的虚空。他的女儿先是追着别人跑，今晚又离家剩他一人，现在又来了这通电话。这些人先是打来这些莫名其妙的电话，接着就会在他们家门上、墙上喷油漆、扔石头，还会往门廊上扔狗屎。他内心深处的什么东西应声而断。"别再打来了。"他说道，"你是不是有病？为什么要折磨这么悲伤的一家人？你没有别的事可做了吗？"他没有挂断，而是听着电话那头的沉默。

"你究竟是如何自处的？"电话那边的声音问道。那是个温和、沉静的男中音，音量仅仅比耳语高一点点。

"我知道发生了什么。"

这八个字像一枚炸弹，在他脑海中引爆："你……你以为你知道些什么？"

"我知道太多你们的秘密了。要不要我跟你说一说你所知道的最后一个秘密？"那声音低沉，带着一丝嘲弄，令克雷格不寒而栗，"我知道发生了什么，我劝你永远离开这座城市，马上。"

克雷格有些气急败坏，这个人不像是那些恶作剧的人："你是谁？你知道些什么？"

接下来的沉默没有了呼吸声，而是挂断电话的声音。

他看向无绳电话基座的来电显示，号码不太常见。他把它记了下来，在网上搜索了一下，毫无结果。难道这是个一次性号码，用完就扔的那种？他把号码记在了记事本上。他试着打回去，响了六下，然后就不通了。

克雷格不知道该怎么办。他来到楼下，又倒了一大杯梅洛红酒，喝下时，握着酒杯的手在颤抖。

我知道发生了什么。

骚扰者从来不会说这些话，他们通常都只是语无伦次地冲他大吼大叫、威胁或发火。这个人不一样，跟其他打骚扰电话的人不一样，他的话有点令人毛骨悚然，怪诞，又异常冷静。

现在出现了两个麻烦。玛利亚挖掘过去的事，还有这个骚扰者。

他该怎么做才能阻止玛利亚继续查下去，就这样……接受贝丝去世的事实？

他坐回躺椅里。这是这个家里新添置的家具。贝丝还在的时候，绝不会让他买躺椅，她说过这是老年人才用的东西。她失踪了，几周之后他买了这张躺椅，在无数个无眠的深夜蜷缩在电视机前试图麻痹自己。当时警察一路跟踪他到家具店，外界对他的指责越来越多。他买了这个躺椅就回了家。次日哈文湖报纸上就登了一则关于他"回归正常生活"的新闻，使他在人们的眼中显得既无情又急于摆脱妻子失踪这件事。他只是买了张躺椅，好让自己在家里能有个安眠的夜晚。他不应该想着睡觉，他应该将每分每秒都用来寻找他的妻子，或者为她伤心，这就是大家的看法。买完那张躺椅之后，骚扰电话的数量直线上升。

不过有了这张躺椅，就好像在小房间放了一张床，无论何时困了都能躺下进入安宁的梦境，这种感觉太过美好。他不喜欢在床上睡觉，因为床的那一半是空荡荡的，被单就像从未用过的寿衣。而且，他真的太累了。他几乎从未迈出家门半步，一直处在筋疲力尽、步履蹒跚的状态中。他一直在等待，一直在凝望。

他给女儿发了一条信息：

我很担心，拜托你回家来吧。

几秒钟后，她回复了信息：

我离家只有一分钟的车程了。正在优步车里，不要担心。我没事。只是喝了很多酒。

如果她喝了很多酒，"揭露"为什么不送她回来？她又去了别的地方吗？

他挤出笑容，是为了让她安心，让她知道一切都好。他必须阻止她。如果那个骚扰者说的是真的……他就必须阻止自己的女儿探寻真相。

无论代价是什么。

7

早上七点，玛利亚起了床，因为昨晚喝的玛格丽特和拉格啤酒而口干舌燥，头也昏昏沉沉的。爸爸还在睡，这次是在床上。昨晚她回来时，他没怎么说话，好像在沉思什么，不过这倒让她松了一口气。

现在，她喝了一杯热咖啡，吃了一个牛角面包，接着洗了个澡，穿好衣服。她在餐桌上留了张字条："我出门去取你的车，然后试着招揽点新活儿，因为我得付修车的账单……可能晚一点回来。不要担心我，我没事。"

这是个再好不过的谎言了。

她约了一辆车，然后打开前门来到外面等，这时克雷格在她身后说："你要去哪儿，玛利亚？"

"我给你留了张字条。"玛利亚答道，说谎宛如呼吸一般容易，"今天我开你的车可以吗？你要不要出门？"

"不出门。"克雷格说道，仿佛这让他意识到自己的生活很可悲，"如果出去，我可以开你妈妈的车。"那辆车一如既往地停在车库里。妈妈失踪数周后，警方将车还给了他们，之后就没怎么被开过。他有时候会发动车子，只是为了确认电池是否还有电。那些时候，玛利亚会确保车库门是打开的。她不希望爸爸被一氧化碳慢慢夺走生命。

"我有几个潜在的新客户，约了他们见面。我得想办法支付车子的修理费，对不对？"

"我给你付。"

"那个女人是我的幻觉，爸爸。所以车子得我来修。"对于她的话，他好像非常诧异。

"玛利亚。"

"你说得对。如果那是妈妈，她就不会从我面前跑开。所以，她去世了，我追的是别人。我几乎每天都在想妈妈。我得工作，我得……找点事做。"

"我很抱歉。"克雷格尴尬地拥抱女儿，而她也回抱住他，"我只是希望你不要有事。我没能保护你妈妈，但我能保护你。"

"你不会失去我。"泪水涌了出来，她将脸紧紧地贴在爸爸的肩头。

"我知道。"他说道，"我们站在同一条阵线上，对不对？"

妈妈失踪后，她跟爸爸的关系一直很近，因为他们是彼此的一切。

父女二人悲伤地拥抱彼此，她感受得到爸爸在强忍着泪水，他不知道受了什么误导，觉得自己不该在女儿面前落泪。接着，共乘车来了，她退出他的怀抱，钻了进去，去取回爸爸的车。爸爸站在门廊上，身穿牛仔裤和衬衫，伤心地看着她离开。

她在特拉维斯县房产税网站上查到了莎伦·布莱文斯的住址，并将其复制到了手机的备忘录上。这位女士只会给她一次机会。悲恸的人是没有耐心应付那些试图勾起他们情感的陌生人的。如果方法不妥，莎伦很可能会永远将她拒之门外。

8

狗狗的名字叫利奥，克雷格曾这样对贝丝说："利奥是猫的名字，你知道的，狮子利奥，像狮子一样。这根本就是猫科动物的名字。"

"这个名字很适合狗狗。"贝丝说道，而且她说得很对，快乐又幸福的利奥是一只圆乎乎的卡迪根威尔士柯基犬。克雷格从来没怎么喜欢过这只狗。如果利奥觉得被忽视了，它就会坐在他脚边冲他叫。在玛利亚还小的时候，它还会试着带玛利亚和她的朋友们在后院里跑来跑去，就好像把孩子们当成威尔士山上的羊群一样放养，这都是克雷格不喜欢利奥的原因。不过现在，他不敢想象利奥不在身边会是什么样子，因为贝丝曾经那么爱它。虽然已经过了好几个月，利奥有时候还是会在贝丝以往回家的时间跑到前门躺下，耐心地等她回来，希望听到她轻轻的脚步声，听到她的声音。这时，克雷格会坐在利奥旁边，揉着狗狗的耳朵和肚子，努力咽下喉间的哽咽。

利奥还是需要人遛。遛狗是克雷格一天中的放松时刻，沿着人行道散步，看着利奥巡视着落叶，寻找有趣的气味，不厌其烦地在同一个院子里溜达，而院子的主人就跪在二十二英尺外照料着花圃。随着大家对克雷格的疑心越来越重，他决定在早上和下午遛利奥。他想，毕竟杀手是不会遛狗的。这样正好可以向邻居们表明他跟大家一样，只是个普通人，只不过妻子碰巧失踪了，他便因此被警察多次盘问。

他找出自己的德州大学球帽，将皮带戴在利奥的项圈上，又在皮带的手柄处系了个垃圾袋，这样在收拾利奥的排泄物时，他就不必伸手在口袋里乱找了。然后他们就出发了。他看到家长们正在跟上小学的孩子们一起等校车。有个孩子冲他点头致意，其他人则直接忽视了他。他们的父母跟他们说了什么？

离邓宁先生远一点。他是个坏人。他让自己的妻子消失了。

当然不会是这些话。只不过是因为这个时代的孩子都比较没有礼貌罢了。利奥转头看向孩子们——对它来说，这些孩子是一群需要放养的家畜。克雷格轻柔地把它拉了回来。

利奥对着校车叫了一声，表明了自己的立场，然后大摇大摆地继续散步。

车来车往——大家开车上班，高三的学生驱车上学，守在家里的父母开车前往杂货店、健身房或幼儿园。

他走过附近一栋又一栋的房子，想象着他们在屋中窃窃私语的情景：

克雷格不可能是杀手。

克雷格绝对有罪。

自从妈妈消失后，玛利亚就一直不对劲。

我真替他们难过。

他杀了贝丝，他们那个怪胎女儿在帮他掩盖事实。

大家发现他有罪，但没有证据，所以没法审判。真是太可怕了。

一定是他干的。妻子死了都是丈夫干的。都是这样。

还记得玛利亚曾经很风趣吗？而且她很聪明。但现在她像个游魂一样穿行在这座城市里。这件事毁了他们俩。如果他们有罪，肯定不会是这副样子。我知道有罪的人是什么德行。

昨晚是不是这帮人给他打的电话？克雷格心想。

他转过身，回到快车道上，他家是从拐角处数的第八栋房子。利奥完成了晨间遛弯，克雷格跟在它身后整理了一下，然后开始往家走。

他很快就会发现从窗户外扔进来的石头没那么可怕了。以前发生过这样的事，那时贝丝已经失踪了两周，而警方说他是犯罪嫌疑人。

但是现在，有个包裹正躺在私人车道的尽头，被节日用纸包裹着，上面系着一根绿色的丝带。有那么一刻，他一动不动地盯着它。接着，他环顾四周，发现街上没有其他人。利奥嗅了嗅那个包裹，然后转过头，显然对它不感兴趣。

把它拿进屋还是在这里拆开？克雷格屈膝并伸手摸了摸包裹，感觉里面像是石头，而不是个盒子，因为不软。他不想把它带进屋里，于是拆开了包装纸。里面是块灰色的石头。厚重的包装纸一面画着卡通气球和绽放的烟花，另一面标着虚线，以便测量并将它裁剪成合适的形状。

包装纸另一面的印花处写着："你该离开了。"

他小心地放下包装纸，捡起那块石头又研究了半天。他放下石头，站在那儿四处张望，并没有看到任何人，如果能看到临窗望着外面、研究他看到这份豪华礼物时的反应的邻居该多好啊。

利奥嗅着拆开的石头。克雷格颤抖着拿出手机，开始给警局打电话。但是他停了下来。

我知道发生了什么。

昨晚打电话的人，再加上现在这块石头……他得好好想想。

克雷格带着利奥进屋，还拿上了那张纸。他在利奥的碗里倒了水，给它添了食物。接着他回去捡起那块石头，把它带回屋里。

克雷格把包装纸和石头放到餐桌上——他曾经跟贝丝、玛利亚一起在桌前庆祝感恩节、圣诞节还有复活节。现在每逢过节，他跟玛利亚都只在厨房里吃东西，家里只剩他们两个人，节日就过得更简单了。贝丝像是第三个人，屋里满满的都是她的爱和气息。

他审视着这块石头，寻找着斑点和标记。都没有。这只是块石头。

但当然，这不仅是块石头。

如果他报警，警察会怎么做？提取石头和包装纸上的指纹？谁又会蠢到留下指纹呢？

十二个小时之内，他受到了两次威胁。一个声称知道他妻子发生了什么事，一个叫他离开这里。这两次威胁告诉他，有人正在向他挑起一场新的战争。为什么是现在？在冲他而来的辱骂已经平息的数月之后？他知道邻居希望他搬走。他们希望恢复常态，希望有个完美的家庭住在隔壁——可以邀请他们参加颂歌派对或烧烤，也可以请他们帮忙收信。他之前也收到过几个报价，但他家位于山上，可以饱览周围优美的乡村景色，而且这是他跟贝丝一同打造用来享受生活的地方，不管生活是朝着更好还是更坏的方向发展。他不打算离开这儿，也不打算让玛利亚离开这儿。他决定将这栋房子命名为"邓宁家的堡垒"。

警察不想帮他。他们从来都不想帮他。他回想起昨天他们脸上那倨傲的笑容，回想起他们对他的厌恶，这些人始终觉得他就是犯罪嫌疑人。

警察会如何看待这件事？他知道，他们看过之后一定会重新开始调查，然后加深对他的怀疑，指控放石头和字条的人就是他自己。鉴于玛利亚之前的遭遇，也许这并非巧合。

也许这是布鲁萨尔的手段。也许敌人就在他面前。如果他无法将克雷格定罪，他就会把他的生活搞得苦不堪言。他可以将他从哈文湖赶出去，不然克雷格的存在就会时刻提醒着他正义没有得到伸张。

他将石头和包装纸藏在烤箱上面的格子里，然后坐下来喝咖啡，仔细思考接下来该怎么办。利奥坐在他脚边，还想再要点好吃的。

他心中升起对那个想要伤害他或他女儿的人的憎恨。

我要引蛇出洞。让你自动现身。那么我就能对付你了。你想跟我要手段？我会终结你的计谋，终结你。我会想出办法的。

9

玛利亚将爸爸的车停在这栋整洁的小房子前，这片街区位于奥斯汀北部，历史悠久。房子是农场风格，始建于二十世纪六十年代，被保养得很好，花圃很整齐，草坪也被修剪过，砖是灰色的。她下车走向门口，心提到了嗓子眼儿里。她发现前院里的那棵橡树上系了根细细的黄丝带，已然褪色。前门把手上也系了根黄丝带。希望还在。她还在等待，等待贝瑟尼回家。

前门上刻着一个小小的十字架。她按响门铃，门随之打开，只开了一条细缝，里面露出一只眼睛。那是个女人，比玛利亚想象中要年轻，金发中有几根灰发，亮绿色的眼睛眯了起来，露出怀疑的神色。她的脸上挂着微笑。

"有什么事吗？"

"布莱文斯夫人？"玛利亚终于想起来要说话。

"是的，请问你是？"

"我叫玛利亚·邓宁。请问我可不可以跟你聊一下你女儿贝丝的案子？"

"我不跟新闻工作者谈话，年轻的女士。"

"我不是新闻工作者，夫人。"

"那我也不跟无所事事的猎奇人士聊天。日安。"莎伦·布莱文斯想要关门。

"我妈妈也失踪了，就在您女儿失踪约六个月后。她也叫贝丝，我在想这两个案子是不是有所关联。"

正要关上的门停在了那里，那个女人凝视着玛利亚："你说什么？"

玛利亚重复了自己的话："名字相近。她就那么消失了。"

"肯定只是巧合。"她的声音发紧。玛利亚看得出她眼中的不安，一如她爸爸。也许她自己也是这样。

她逼自己迎上那个女人凝视的目光。

"对于你的遭遇……我很抱歉。"玛利亚心想，莎伦·布莱文斯刻意避开了"失去"这个词，"这两个案子能有什么联系？"

"两个人都叫贝丝，失踪的时间那么相近，都毫无踪迹可寻。交换一下意见又有何妨？"

莎伦沉默了一段时间，她的嘴唇动了动，开始温柔地祷告："主啊，请你听到我们的祷告，听到我们的祷告，为我们揭开那些谜底……"

这祷告令玛利亚有点不安。她从来不信教，她们家会在圣诞节和复活节去做礼拜，但也仅此而已。那些圣公会教徒会跪下来在自己身上画十字，然后去跟牧师交谈，而邓宁一家只是坐在那里，仿佛被钉在了座位上。妈妈曾说："我不太喜欢那些有氧运动。我只想听音乐和教义，希望一切都会积极向上。"妈妈失踪时，人们总是会告诉玛利亚："我在为你祈祷。"

祈祷又能实现些什么呢？如果上帝让这一切发生，你觉得祈祷能让他改变主意吗？你祈祷是为了让自己心里感到舒服点，比如"感谢上帝没有带走我所爱之人"。

她想这样回答他们。不过每当听到别人这么说，她都会说谢谢，这是礼貌的回应，而她已经厌倦了这些话语。她学得很快，没人想看到她的真实面目。

"打扰了，夫人。"玛利亚说着转过身。

"等等。"莎伦·布莱文斯说道，"好吧，进屋待一会儿。"她的声音里透着一丝踌躇，"就像你说的，又有何妨呢？"

10

布莱文斯家里面也很整洁，一如外面的院子和修剪整齐的草坪。莎伦带着玛利亚来到后面的小房间，墙上摆着很多华丽的银十字架，还有被框起来的《圣经》中的章节，内容是关于善良和宽恕的，笔迹优美，字字清晰。莎伦身穿长袖米色衬衫和深蓝色的宽松长裤，脸上的妆容很精致。玛利亚不知道自己是否打扰到了莎伦的工作。

"我先把工作保存一下。"她消失在走廊尽头的房间里。玛利亚听得到电脑键盘的敲击声。随后莎伦就回来了。

"抱歉。那么，想喝杯咖啡吗？我刚煮了一壶。"

"好的，夫人，多谢。"

"我先给咱俩都倒一杯，然后我们再聊。"她走进了小厨房。玛利亚没有坐下来，而是走到壁炉旁边，壁炉架上摆了一长溜的照片，有贝瑟尼·布莱文斯·柯蒂斯和莎伦的照片，还有最近她与女儿的所有合影。上面没有贝瑟尼婴儿和孩提时期的照片，也没有贝瑟尼父亲的照片，最大的一张照片里贝瑟尼身上穿着学士袍。她有着黑色的长发和绿眼睛，笑容灿烂而温暖，很像她的妈妈。上面也没有贝瑟尼跟杰克的合影。

莎伦回来时，玛利亚转过身背对这排照片。莎伦手中端着一个古老却绚丽的托盘，上面放着咖啡杯和糖，还有咖啡伴侣。她将它们一一放到咖啡桌上。

"谢谢你的款待。"玛利亚说道，"托盘真可爱。"但愿这算得上闲聊。

"我没有机会用到这个，因为除了教会的朋友，我没多少朋友。而且如果不知道来人是谁，我一般不太应门。有段时间记者常来，还有些怪人跟我说这个案子的各种推理。"她倒了两杯咖啡，"有个男人拿着一个架子，上面全是各种图表，他跟我说是外国人诱拐了我的女儿。"

"那个男人也去了我们家。他并没有恶意。"玛利亚说道，"但我还是为你得应对这种事而感到抱歉。"

"去年我女儿失踪满一年时，有个记者打来电话，还发了邮件。那才真的让人难以承受。"

"我们也是这样。他们敲我的家门，发邮件，打电话。"

"对于你妈妈的失踪，我很遗憾。"莎伦在玛利亚抿了口咖啡时说道。她的嗓音很粗，带着点南方人特有的慢吞吞的语调，"不过我想这或许真的只是个巧合。我觉得杰克，也就是我的女婿，跟贝瑟尼的失踪有关。"

"她一直叫贝瑟尼吗？"

"她的小名是贝丝。"莎伦清了清喉咙，"不过上了高中以后就叫贝瑟尼了。她喜欢用全名。"

坐在长沙发边缘的玛利亚觉得有点不适。她以为这个绝望的女士会接受她的这套推论……或许能借此找到答案呢？但她没想到这位伤心的母亲会断定，杰克·柯蒂斯杀了她的女儿。

莎伦缓缓地抿了口咖啡："你觉得她们俩的名字有什么关联？我的意思是，贝丝这个名字虽然好听，但也很常见。"

"对比一下两个案子，我觉得我们或许能发现你女儿跟我妈妈之间的关联，我是说如果真的有关联的话。"

"但是杰克……"

"你好像很肯定他是真凶。"

"是的，我很肯定。"

"但是他并没有坐牢，对不对？他从未被逮捕过？"怒火刺痛了她。丈夫永远都是受到谴责的那个人。她知道为什么，但她不喜欢别人敌视她爸爸，她一直都觉得这种论调令人恼火。

"不。"莎伦·布莱文斯放下咖啡杯，"杰克现在有钱了，他很聪明，他想在他赚得盆满钵满的前一刻摆脱我女儿。但如果他想独吞，完全可以跟她离婚。"

"现在？"她假装不知道这件事。

"杰克创立了一家软件公司。当时他准备公开发行股票，你知道的，就是在股市上卖掉股份。贝瑟尼失踪几周后，他的公司就上市了。当时有传闻说他会取消首次公开募股，但他没有，就算当时我女儿已经失踪了。他赚了一大笔钱。接着，他的公司就被另一家软件公司以五千万收购，他就赚得更多了。"

她又抿了口咖啡，啜饮声很大，带着怒意。她放下咖啡杯，玛利亚发现她的指甲被修剪得很精致，指甲油是淡淡的天蓝色："当初他在家写那些电脑程序时，贝瑟尼出去工作养活他，后来他开了公司，然后得到了第一批天使投资者的青睐，开始成长起来。有很长一段时间，他们俩过得很辛苦，他把所有的钱都投到了公司里。她怎么会在他发迹之前搭上飞机离他而去？我现在并不关心财产，但她那时是关心的。我的意思是，不是想跟他争个你死我活的那种。"她抬头，仿佛看向天堂，"上帝请宽恕我。你知道我爱你，宝贝儿。"

玛利亚往长沙发的边缘挪了挪。莎伦试图跟往生者交谈，这令她感到不安。

不，你更喜欢在美食广场幻想她们。

"你觉得杰克是因为即将腰缠万贯才对她出手？那样不会危及他公司的上市吗？"

"金钱会令人变得残忍，他顾不了那么多。他把这一切搞得像是我女儿离他而去，所以大家都很同情他。"

"您可以跟我聊一聊那天的经过吗？我知道这有多痛苦。"玛利亚发现莎伦看着她，仿佛在判断她能否体会那种痛苦。

"我觉得这是一种惩罚。"莎伦突然说道，"有时候我们以前做的事会来惩罚我们。我们的生活……我们生活的方式……"她眼中盈满泪水。

"我从未做过什么坏事，不应该以这种方式失去妈妈。"玛利亚说道，尽量让语气坚定，"我妈妈也没有做过坏事。"

"上帝都看得到，也都知道。就在我们的心里。"莎伦擦掉眼泪。玛利亚知道她应该向这位女士伸出手以示安慰，但她不擅长这么做。于是，她垂头盯着咖啡看了片刻，然后抬起头与莎伦四目相接。

"那么上帝应该惩罚我，而不是我妈妈。"玛利亚说道。

"要是规则是这样就好了。很抱歉。我不了解你，我不能评判你的人品。"玛利亚心想，这就说明她会对熟人进行评判。莎伦做了个深呼吸，声音更加平静，"世上没有为我们这样的人所建的俱乐部，是不是？也没有这样的祈祷会或者互助会。"

"我认识的一个罪案播客在哈文湖组织了一个互助小组，专门帮助遭遇了这种事的家庭。"

"那个亚裔男孩？"

"对，他叫查德。明晚就有一场互助会，我可能会去。"她心中突然涌起一股冲动，"你该跟我一起去。"

"我不去。那对我没用。我知道是杰克干的，但是那个互助小组里面的人都不知道，对他们而言，家人的失踪仍是个大谜团。我知道是谁，关键是没人相信，除了上帝，他知道杰克心里的邪恶。"

"那天发生了什么？"至少那天是起点。

"前一晚，也就是9月3号，贝瑟尼跟杰克过来吃晚饭。我做了她最爱的千层面和沙拉。那晚有线体育频道在播英式足球，我都不知道我买了这个频道，杰克就在看比赛，很无聊。贝瑟尼跟我在厨房里，她悄悄跟我说她在考虑离开杰克。"

"她有没有说为什么？"

"没有。"她顿了一下，"我震惊了好一会儿，然后非常愤怒。她为什么要趁杰克也在的时候跟我说这个？当时我们根本没办法具体地讨论这件事。而且他的公司即将上市，他们就要发迹了。她的话就像是朝我扔了一枚炸弹。我的双手在颤抖。我跟杰克确实有些嫌隙，但婚姻是个严肃的承诺，我从来都没有觉得……嗯，我没有觉得他有打过她或实施过家暴，也不觉得他出过轨，我也完全没有理由这么想。我心想，也许是因为公司刚起步，他很忙，而她是位少妇，她失去了等他的耐性，虽然他很快就会有更多的时间陪她了。贝瑟尼可能只是一时冲动。"莎伦做了个深呼吸，好让呼吸保持顺畅，"所以事情的经过就是她悄悄跟我说她要离开他，却没说具体的原因。她还答应我稍后会跟我详谈。她问我她是否可以待在我这里，我说当然可以。我本以为她会留在我这边，让杰克回家，我想她只是想跟我待在家里。"

"她当时是什么样子？着急？害怕？"

"她很不安，倒不害怕。她的样子看起来就像是准备做出一个重大的决定，但已经下定了决心。"

玛利亚接着莎伦的话继续说，她只想搞清楚最后那几个小时发生的事："然后你们一起吃了晚餐。"

她之前不愿详谈的情绪少了一点，玛利亚猜想她应该不常聊到案子的这一面。

"是的，吃饭期间杰克一直在手机上查收邮件。我很讨厌他这么做，但贝瑟尼并没有说什么。他们俩的样子看起来还好，我心想杰克应该不知道，他不知道贝瑟尼要离开他这件事。所以我想，也许我应该让这个噩耗更加容易被接受一点。我说了些杰克的优点，称赞他有职业道德，虽然在他收发邮件、信息的时候，我做的千层面已经冷在了盘子里。他只是说'啊哈，啊哈，多谢，莎伦'。我说我有多么地以他为傲，因为他靠着一个梦想和贷款白手起家。我想贝瑟尼或许能借此明白她得缓一缓再做决定，不能鲁莽，但没用。我努力活跃气氛，她紧张不安，而他漫不经心，晚餐过后，他们很快就走了。临走前她跟我拥抱说再见，并告诉我一两天后她再跟我解释，叫我不要担心。我觉得我应该把这件事告诉安迪。如果她要跟杰克摊牌，安迪应该在场。"她滔滔不绝地说着，手背覆在嘴上。

"安迪？"

"安德鲁·坎多莱特，我们两家的朋友。他跟贝瑟尼一起上的学，也一起工作。"她双手交叉，放在大腿上。

玛利亚在脑海中默默地记下这个名字："你觉得杰克可能无法接受这件事。"

"我觉得他很有风度，但我们永远都不知道男人如何看待自己的妻子要离开自己这件事……"她摇摇头，又长长地啜饮了一口咖啡，"假如我……将会怎样，假如……将会怎样，如果……将会怎样。这样一直想一直想，会让一个人疯掉。"她的声音开始颤抖。

"那么，第二天发生了什么？"

"杰克说，早饭时她说她要离开他，他很震惊，恳求她不要走，但贝瑟尼说她要搬出去住。她带着一小包行李就走了。接着杰克就跟往常一样去上班。目击证人和摄像头证明贝瑟尼去了开户银行，取了几百块现金，其实也不够花多长时间。接着，我们就不知道她去了哪里，但几个小时后，她从网上预订了西南航空的机票，买到了飞往休斯敦霍比机场的最后一张票。"霍比机场是休斯敦的一处地区性小机场，"监控录像显示她最后出现在霍比，然后就消失了。她没有租车，没有叫出租车，没有从手机上约车，也没有入住酒店。"她双手摩挲着腿，最后停在大腿上，"她再也没有用过信用卡，也没有联系我和安迪。她本该让我知道她没事的。"她的眼泪就要夺眶而出。玛利亚凝视着她，她知道自己应该向这位女士伸出手，拥抱她，安慰她，但她只是盯着自己握紧的双手。其实，一直以来，能够安慰彼此的只有真相。

"她为什么去休斯敦？她在那边有朋友？"

"有几个大学时认识的朋友，不过他们都说她并没有联系他们，也没有见过她。他们没有理由说谎。"

除非贝瑟尼要求他们这么做。人总能找到说谎的理由。

"你的故乡是休斯敦吗？或者你有家人在那边？"

"不，都没有。"

"杰克有没有可能跟着她到休斯敦，然后杀了她？"

"我觉得她可能是因为知道杰克在生意上做了什么不光彩的事，所以才在最后一刻决定离开，躲在那儿，但很快就被他找到了。他虽然没说过她曾告诉他她要去休斯敦，但也许她说了呢。或者她在说要离开他之后刷了两人的联名信用卡，而他就监视着她。也许对杰克来说，监视贝瑟尼就等同于雇个人盯着机场，然后发给这个人贝瑟尼的照片，那个人只需要等她出现就好。直到次日他才报警说她失踪了。他说就在他上班之前，她告诉他她要离婚，我简直不敢相信他就径直去了办公室，但他确实那样做了。不过他又声称自己只在那里待了约一个小时，然后就离开了。他说他很震惊，不知道该怎么办。我永远也弄不懂这些工程师的想法。他说他开车去了马布尔福尔斯。"这个山区城镇与奥斯汀之间有约四十分钟的车程，"他们家在那边有一栋湖边小屋，他说他去了之后就坐在湖边，思考如何让她改变主意，如何当个更好的丈夫。次日清晨，他打电话过来找她，那时……我们才发现大家都没有她的消息。我不知道她在哪儿。"

"她那天并没有去你家，你没觉得奇怪吗？"

"我那一整天都以为她还没有告诉他，或者在家庭聚餐过后改变了主意。"她的悔意犹如响起的钟声，"大约午饭时间，我打她的手机，没人接。我留下语音留言时，差不多是她搭乘的航班起飞的时间，所以她应该是把手机调到了飞行模式。她没有打回来，我以为她改变了主意，或者当时没法聊这个话题……我试着不去打扰她，给她空间，当个好母亲。"她再次泣不成声，"我不该让她离开我的视线的。她跟他说要离开时，我应该陪着她，跟她一起离开，坚持跟她待在一起，把她的东西搬到我家来。但我没有，我全程置身事外。"她用手背擦掉眼泪。

屋内鸦雀无声，除了那座老式钟表在摆满失踪的贝瑟尼照片的壁炉架上滴答作响。

"所以，你不知道她为什么会去休斯敦？"

她陷入了沉默，在这长长的二十秒中，仿佛已经说了太多的话。玛利亚感觉到她不太常聊这件事，而她的猜想呼之欲出，莎伦说："显然，她必须从他身边逃离。她跟我说，过去的几个月里，她觉得她的生活变质了。很多事都不对劲。她因为生病失去了工作，也失去了朋友。"莎伦抱紧自己，双手摩挲着手臂，仿佛感到很冷。

"失去了工作和朋友？为什么？"

"她的朋友们受够了她总是不回电话。她的工作也出了问题，但她不肯说具体是什么。"

玛利亚觉得莎伦在撒谎。她不太信任玛利亚，所以不会明确地说出原因。玛利亚也没有逼问。

"她十分明显地感觉到生活出了问题。也许她只是想重新开始。这并非难以启齿的坏事吧？我不知道她在想什么。如果她之前有跟我一起去教堂，这样的事就不会发生了。她就不会想离婚了。"

"你觉得是杰克捣的鬼才让她……失去了朋友吗？他在孤立她吗？"

"他并没有多关心她，没有那个时间孤立她。这只是一连串的……坏事。我们偶尔都会经历这样一连串的坏运气。这就是我们需要上帝的原因，他可以让我们坚定地走在人生的路途上。"

"你有没有去休斯敦找她？"

莎伦·布莱文斯那一瞬间脸色惨白。

"没有，我没有。杰克去了，我敢肯定他是在作秀，警方也去了那边，尽他们最大的努力找她。我不……我不关心什么休斯敦，我这个人不爱旅行。"说到这里她站起身，走向摆在壁炉架上的女儿的照片，然后伸手拿起一张。

你怎么能不去找她？你到底在想什么？

她不知道是否应该告诉莎伦自己曾见过杰克，他沉静、有魅力、自信，但那也有可能是个假象。这个女人了解他，程度远超过她。但莎伦被悲伤蒙蔽了双眼，而且她的悲伤似乎强过杰克。但是，杰克是如何使出这些阴谋来让自己的妻子消失的，还有待商榷。

"杰克有虐待倾向吗？他是个控制狂吗？"玛利亚问。

"即便他是这样，贝瑟尼也没有跟我说过。"莎伦说道，"我从没见过她身上有淤青，不过他很聪明，可以用各种方式折磨她。"

"她有没有可能在休斯敦有个男朋友？如果她出轨了，她会跟你说吗？"这个问题令她感到一阵羞愧，脸红了起来，她不知道为什么，但这句话就这么脱口而出了。

"如果有，她也不会告诉我。我不会赞成的。我是说，她不能在已婚状态下这么做。"她双手揉搓着腿，"我不想对她过于严苛，但如果有，我希望她能告诉我，她应该告诉我。"

"也许她不想让你心烦。"或被你说教。

"警方并没有查到她有婚外情的证据。"

"她有两小时的时间不知去向。"

"对。"

"你觉得她去了哪里呢？她身上有现金，她要离开自己的丈夫——她为什么不在那时离开？每个小时都有去休斯敦的航班。她为什么要等那两小时？"

"我不知道！"莎伦说道，突然嘶哑着尖叫起来，"我不知道！"

11

克雷格走进洗手间冲澡，这是他思考的最佳环境。那么，如果找到那个折磨他的人，他会采取什么行动？让他们停手？羞辱他们？恐吓他们，让他们不敢再窥探他和玛利亚？

伤害他们？

他擦拭身体时，屋内的电话响了起来。他去卧室拿起无绳电话，他并不认识那个号码，但还是按下了接听键。

"先生，我觉得你应该知道，你的妻子是被外星人带走的。"那是一个女声，语调柔和。

"外星人。你是说另一个世界的人。"

"对，邓宁先生。"

"已经有好一阵子没听到这个说法了。"他说道，"这个推测十分的提神醒脑。多谢你告诉我，拿我的痛苦开玩笑。"他尽力稳住自己的声音。

"是真的，我看到她被带走了。"

那一瞬间，这些话像刀子一样刺痛他的心和大脑："你是谁？"

"一束金光将她从车里托起，将她带入了飞碟。"

"从空气动力学来说，飞碟好像并不是最好的航天器。"他说道，而这个声音柔和而礼貌的女人让他做出一个身体无法完成的动作，然后挂断了。

他放下电话。他已经好几周没有接到恶作剧电话了，现在却收到了字条、石头，还有这通电话。一定发生了什么事，让什么产生了改变。比起那块石头和字条，这个疯疯癫癫地打电话来的人没有那么可怕。石头和字条确实吓到他了，那预示着那个人的话还没有说完。

电话又响了起来。他不想接，但看到来电显示是哈文湖警局时，他接了起来。

"克雷格？我是丹尼斯·布鲁萨尔。你今天得来警局一趟，我们有话要说。"

"关于什么？这么突然地通知我，我不知道律师是否有空。"

"不需要律师，克雷格。这事与你女儿有关。"

不管何时跟警察谈话，包裹着他心脏的那个拳头都会收紧："是什么事？"

"最好是面谈。你能过来一下吗，一个小时以内？"布鲁萨尔局长好像知道克雷格不忙，只是坐在家里，看着自己剩下的时间一分一秒地流逝，"我只是想跟你好好谈谈。"

"好。"克雷格·邓宁说，"我一小时内到。"他挂断电话。利奥的头靠在克雷格的腿上，焦急地想要得到他的爱抚。克雷格想告诉它不会有事的，但他根本无法确定。

12

"抱歉，我很抱歉。"玛利亚说道。

莎伦做个了深呼吸："我只是……只是希望我知道答案。"

"是我逼得太紧了，我不该这样。"

"我应该坚强一点。"莎伦说道，"我有时候能做到，但有时候又不能。"她挤出一个笑容。

玛利亚续满莎伦的咖啡杯，加了点奶油和糖，她之前观察过莎伦喜欢怎么喝咖啡。莎伦点头致谢，然后拿起杯子。

"我没事。"莎伦说道，"我觉得她那两个小时或许是跟杰克在一起，他们俩又聊了聊，而他求她留下来。也许她想要再给他一次机会，却没这么做。所以她走了，这让他难以承受，然后等她抵达休斯敦时再买凶——"她艰难地吐出这几个字，"带走她，他不在场的证明就有了。"

"你觉得他认识那种一接到通知立马就能实施绑架的人吗？"她尽量让语气显得不那么……充满质疑。

她耸了耸肩，不想理睬逻辑问题："我也不觉得他不认识啊。"

这不算什么答案。两人沉默良久。

"跟我说说她和杰克吧。"玛利亚开始觉得这个案子跟妈妈的案子有关的想法有点荒唐了。

她们两人从未有过交集。但现在她对这件事本身产生了兴趣，因为这跟她所经历的悲剧仍有相似之处。

莎伦放下喝了一半的咖啡："那就从头开始。贝瑟尼很爱杰克。我倒看不出她爱他什么。当然他长得很帅，工作也的确不错——计算机信息安全。他人很沉静，但我觉得有点太沉静了。"她拼命挤出微笑，"不是特别寡言的类型，比如她爸爸，他像总有不可告人的秘密。"她停了片刻，同时做了个深呼吸，"杰克会坐在这儿冲我微笑，我看得出在他眼中我不完美。我想这是因为他的学历胜过我。或者是因为我有信仰。我从未试图教诲或改变他，也从未瞧不起他。有时候他表现得就像是在拯救贝瑟尼可悲的生活，但事实并非如此。"她停了下来，咬着唇，"但是贝瑟尼很迁就他，她爱杰克。我以为他们至少会为我生个可爱的外孙，所以咬紧牙关尽力容忍他的自负。"她向前探身，"安迪·坎多莱特曾在婚礼前将杰克拉到旁边跟他说，如果他敢伤害贝瑟尼，她所有的朋友就会让他痛不欲生。你知道杰克怎么说吗？"

莎伦·布莱文斯在等待回应，于是玛利亚说道："我猜不到，他说了什么？"

"他告诉安迪，贝瑟尼可以照顾自己，他这样为她代言是性别歧视。这是什么鬼话！"

玛利亚不知道该如何回应这种价值观上的冲突："可以问一下贝瑟尼的父亲在哪吗？"

莎伦抿紧嘴唇："他已经去世了，在贝瑟尼十几岁的时候。"

"抱歉。"

"我们熬过来了。但我觉得贝瑟尼看男人的眼光不太好。她觉得每个男人都很不幸，其实他们只是软弱而已。"她用纸巾轻轻擦了下眼睛。

玛利亚想知道布莱文斯先生是否也有点不幸，但莎伦明显不想多谈，于是她换了个话题："她告诉你她要离开杰克时，这是他们之间第一次出现问题吗？之前没有什么迹象吗？"

"跟他在一起，贝瑟尼看起来很幸福。"莎伦喝完了那杯咖啡。

"多数人在大多数时候看起来都挺幸福的。我们只是看起来那样，而事实不一定如此。"她重重地放下杯子，"这对你妈妈的案子有帮助吗？我倒看不出来。"直到现在，莎伦似乎才想起自己为什么要告诉玛利亚这些伤心事。

"我妈妈似乎跟你女儿没什么联系，除了名字相近。"她思索道，"还有杰克在软件行业工作，我妈妈是个小型软件公司的销售代表。"

这个关联很微弱。奥斯汀的软件行业有数以千计的从业人员。

远处的电话响了起来，是办公室里的："抱歉，我得接个电话。不同的铃声代表不同的客户，这个电话是个没有耐心的女士打来的。"

莎伦起身到走廊尽头的另一个房间内。玛利亚站起来伸了个懒腰。她走到书架前，上面摆着贝瑟尼年轻时的照片、学校年刊，还有一本带封面的纪念册。她把它抽了出来，听到莎伦在电话里跟客户说要检查什么。她浏览着纪念册，里面都是贝瑟尼跟其他两个孩子的照片——一个男孩，一个女孩。男孩是黑发，戴着眼镜，笑容狡黠；女孩喜欢笑，总是抱着贝瑟尼。年代更为久远的照片背面还有详细的笔记：

安迪、朱莉和我，7 月 4 日派对。

朱莉和我，圣诞颂歌派对。

安迪，在橄榄球露营时睡着了。

也许可以从这两个人身上打听到什么。

她瞥了一眼高中年刊。她在年刊的荣誉处上找到了朱莉·桑托斯的签名。玛利亚翻阅着高年级的照片，然后找到了安迪·坎多莱特。对了，这就是莎伦提到的男孩。看着有点眼熟，玛利亚喉头发干。熟悉的是他的名字还是模样？她不确定。他很帅，她觉得他长得像她见过的某个演员。然后，她确定了朱莉·桑托斯就是照片中的女孩的名字。

她把年刊放了回去，然后拿着手机回到长沙发旁坐下，听到莎伦还在讲电话，镇定地解释她安排的航班行程。

玛利亚在"寻找贝瑟尼"的页面上发现安迪·坎多莱特和朱莉·桑托斯是管理员。她顺着链接找到了他们两人的个人页面。朱莉是哈文湖附近一家当地健身房的健身教练，安迪在一家叫作"阿霍伊"的运输公司当保安。对了，她想起新闻报道上说贝瑟尼失踪一个月前一直在阿霍伊工作。莎伦回来时，她关上手机上的浏览器，挤出一个微笑。

"我很抱歉。"

玛利亚站起身："抱歉打扰了你的工作。多谢……你抽出时间跟我聊天。也很抱歉再次让你体会这种痛苦。"

"谈论女儿也不总是让我感到痛苦。"现在，莎伦似乎不愿让她离开了，"我让她的房间基本保持原样，现在成了我的办公室。你想看一下吗？我知道继续使用她的桌子有点奇怪，但我至少可以在她曾经喜欢的地方工作和生活。"

"我完全理解。"莎伦令她想起了父亲克雷格：迷茫，脱离现实，日复一日地应付着无边的痛苦。但莎伦并未涉嫌杀死自己的女儿，这是关键的不同点。

玛利亚跟着莎伦来到她刚刚进入的那个房间。这间屋子的墙上挂着更多的十字架，还将《圣经》上的一句话镶了起来：

回到家里，就请朋友邻居来，对他们说："我失去的羊已经找到了，你们和我一同欢喜吧！"

玛利亚看向四周。一张坐卧两用的长椅上放着枕头，还有一张书桌和一个文件柜。桌面井然有序地放着不同颜色的文件夹，纸张、笔记和一张机票收据被整齐地放在电脑旁，电脑桌面被一个日历应用程序覆盖了。

"你很有条理。"玛利亚说道，"我的书桌一团乱。"

"我是个VPA。"莎伦说道，"虚拟个人助理，帮个体经营者制定日程安排，但不是全职助理。我处理他们的预约，安排酒店和航班，从网上预订物资并安排发货，帮他们编辑文档，还会做些调研，总之是随时满足他们的需要……这些都可以远程进行。我有几个客户在达拉斯，还有六个奥斯汀本地的客户。"她挤出一个灿烂的笑容，"我可以在她的房间里工作。"

不是在家工作，而是在她的房间里工作。这让玛利亚有点困惑。她注意到显示器上贴着一张便利贴："我也是这么记密码的。"

"那是贝瑟尼的，她从学生时代起就把密码贴在显示器上。我跟她说这样不安全，但……我不忍心把它扔掉。"莎伦的声音嘶哑。

玛利亚往前探身，看到了密码：spiker44。字迹潦草，想必是贝瑟尼写的。玛利亚明白她的母亲为何留着这张便利贴。

"那是她在排球队的号码。"莎伦说道。玛利亚礼貌地点点头，心里一振。

莎伦为自己打造了一个泡影：家里、教堂，还有这份在她女儿的卧室里用电脑就可以进行的工作。这跟玛利亚所从事的网络和应用程序工作很相似——将与人接触的可能性降低到最小。莎伦是玛利亚的生活的写照，这个念头令她感到震惊。

玛利亚凝视着墙上的照片，多数都是贝瑟尼的，很漂亮，笑意盈盈，根本看不出有一天她会被人从这个世界带走，只留下支离破碎的生活、痛苦以及未解的谜团。

"你应该会喜欢贝瑟尼。"莎伦轻轻说道，顺着玛利亚的目光看着每一张照片，"大家都喜欢她。"

你只倾向于记得你失踪的女儿最好的那一面。

"如果能找到她们俩之间的关联……"

"你认为有人在寻找名叫贝丝的女人。动机是什么？我觉得连环杀手——"莎伦费了很大劲才吐出这几个字，"随机选择受害者。如果受害者是陌生人，杀手怎么会知道他们的名字？"

"那么就不是陌生人。"玛利亚坦白说。

"不过连环杀手不是都喜欢找特定的受害人吗？比如泰德·邦迪喜欢中分的黑发女孩。"莎伦清了清嗓子，"贝瑟尼读过很多关于真实罪案的书，也经常说从他们身上了解到的事。"

玛利亚想冒个险。她转身面向莎伦，然后坐到长椅上，莎伦则在办公椅上坐下："如果有人冲叫贝丝的人而来，肯定要通过某些方式找到她们。也许他是在佩戴胸牌的场合发现的目标，比如研讨会、会议、酒吧、募捐活动。她们两个可能都参加过奥斯汀的关于软件的会议，贝瑟尼陪杰克去参加，我妈妈则是因为工作而在场。"

"但专杀某个名字的人这个想法很不可思议。"莎伦的手覆在嘴边，微微颤抖，"我给女儿取的名字，是我选的贝瑟尼这个名字，那是《圣经》上的一个地名。是我的错吗？"

"哦不，你绝对不能这么想。"玛利亚惊讶道，"听我说，布莱文斯夫人，这只是个推论，仅此而已。动机也许是他恨自己生活中某个叫贝丝的人。"玛利亚希望"揭露"在这儿，他能解释得更清楚一点。

"这似乎是个大工程。"莎伦说道，现在她的声音很沉稳。

她想起一个更简单的方式："你有'脸家'吗？"

"有。嗯，但不常上。我不需要知道每个人的事，或者他们的生活有多精彩。"

"但他们经常发这些，对不对？实名发布生活的方方面面。如果想找到所有名叫贝丝的人，或其他任何名字，你只需在社交媒体上搜索，根据地理位置缩小范围。网站只会认为你在找某个特别的朋友，并不可疑。"

莎伦的脸色惨白，闭了闭眼睛。

"但是……我女儿那天去了休斯敦，只有杰克有可能知道。很明显啊。没人知道她的行踪。她没有在'脸家'上发布'嘿，我要飞往休斯敦了'。她甚至是在飞机起飞前几个小时才定的机票。我只是搞不懂一个陌生人为什么会冲她而来。贝瑟尼是不会随便跟陌生男人厮混的。"这个想法似乎冒犯到了莎伦。

"但你并不清楚她会做什么。她的几个举动都与个性相悖——离开丈夫，去休斯敦，不跟你联系。"

莎伦现在似乎生气了，她抿紧了唇，玛利亚这才意识到自己越线了："我只是说，你也料不到贝瑟尼会做什么。"

"这个推论适用于你妈妈的案子吗？她最后一天发生了什么？"莎伦问道。

玛利亚做了个深呼吸："监控没有拍到她，只拍到她早上在星巴克买咖啡。之后她去公司上班，打电话给潜在客户，与销售部门开会。那天下午她在北奥斯汀有预约，所以她要出去。午饭时她离开了——有时候她会在家吃午餐，办公室离家只有十分钟的车程——但那天她没跟任何人一起吃午餐，也没有去健身房，就那样彻底消失了。我当时生病在家，她打电话来问我有什么需要，我说我只想睡觉。"她清了清嗓子，"她的车子停在我们家所有的一处空地上，或许她是到那儿去吃午餐。她没有取空银行账户里的钱，就那么消失了。"她的喉头滚动了一下，"妈妈跟我的关系很亲密。我是说，我们虽然会发生争执，但我们也互相倾诉秘密。她没告诉我她不开心。而且就算她真的走了，她也不会让我以为她死了，永远都不会。"

就算在与她争执过后，她也不会这么做。

莎伦开始说些别的话题，然后陷入了沉默。但她的手放在玛利亚的膝盖上，就像妈妈对待女儿那样，突然之间，玛利亚意识到她们两个失去的是彼此——母亲和女儿。她内心深处有一种渴望喷涌而出，很久以来她都不知道它的存在。

她握住莎伦的手，两个人久久地坐在那儿。

她想帮你，但她又不想帮。她不愿意这么做。大多数母亲都会追寻每条有关失踪的女儿的线索。但她很踌躇。这是为什么？

"你可能会查到某些跟你妈妈无关的案子。""揭露"曾经警告过她。

莎伦站起身："我得工作了。如果查到什么，你会告诉我吗？"

"当然。稍后打给你可以吗？"

莎伦点点头，模样颇为感激。

莎伦在窗户前看着玛利亚的车离开。莎伦感到有点恶心。为什么？为什么是现在？人怎么会这么执着？她从不理解为什么有人会想要干涉别人的私生活，到别人家门口问这问那，指手画脚。他们总是指手画脚。她发现自己在颤抖，于是走过去倒了杯冰水，大口饮下。但她并未因此平静下来。哦，她讨厌这些人，讨厌玛利亚这样的人，他们总是去挖掘根本与他们无关的事。玛利亚很危险，因为她觉得自己有充足的理由这样做。

如果玛利亚再回来她该怎么办？她本该砰的一声关上门的。她本该拒绝跟她说话。但是，了解这个年轻的女士掌握了哪些线索很重要。了解了，她就能应付她。

这位年轻的女士会回来的。她了解这种人。她走到卧室的梳妆台前。卧室里空荡荡的。这里没有贝瑟尼的照片，她无法忍受贝瑟尼看着她的那种感觉。她凝视着镜子中的自己。她曾经那么年轻，怀上了贝瑟尼，然后结婚，确信自己将过上美好的生活。她曾经那么笃信这一点。生活从未脱离正轨，只有正确的选择和右转弯，但是当你做了个糟糕的决定，打了个左转弯，那个完美的世界便瞬间破灭，远比想象中脆弱得多。

她把枪藏在一组叠好的衣服底下，这是她丈夫曾经的衣服。哈尔的所有东西都不在了，但她留下了这些衣服。很适合藏枪。如果这么藏，手枪就不像是她的，而更像是他的。

她检查了下枪，它需要清洁，也很长时间都没上过膛了。上了膛的枪更具诱惑力。她拿来油和一块抹布，开始清洁手枪，接着小心翼翼地上了膛。

你用不到枪，没有这个必要。这个到处窥探的女孩没什么可查的，也没什么可知道的。警方都没查到什么。人们永远都查不到。

擦拭手枪并上膛的时候，她发觉自己在哭，于是停下了手上的动作，开始啜泣，为她失踪的女儿，为她失去的生活，为她进行的每个左转弯。她放任眼泪汹涌而下，炽热而恣意，哭完之后突然感觉自己精疲力竭。随后，她便只能感受到胸腔里的冷意，感觉自己是对的，就跟以前一样。

上膛之后，她在屋子里寻找手枪的最佳存放位置。长沙发上？不行，玛利亚在这儿坐过，下次再来，她会自然而然地坐到这里。那么……放在长沙发旁的扶手椅上——那是之前莎伦坐的地方。她小心地将手枪放好，藏在椅垫下面。她小心地坐上去，之后又把枪挪到了右边，因为她习惯用右手，而且右边更不容易被坐在长沙发上的人发觉。

请不要再回来了，可怜可怜一个悲痛的母亲吧。不要再回来了。走开，去找你妈妈。别把我和我女儿牵扯进去。

接着，她决定不能这样坐以待毙，寄希望于玛利亚·邓宁不再前来。她必须采取行动，掌握主动权。

莎伦坐到电脑前，开始研究玛利亚的网上生活。她需要了解自己的敌人，万一她需要跟她做朋友呢。

13

哈文湖警局不大，也不需要很大。警局里有局长、八位警员、两个下士、一个中士、一名警探，还有一名行政助理。贝丝失踪以前，克雷格只知道布鲁萨尔的名字，现在这些人他全都认识了。克雷格开着他妻子的车——红色的梅赛德斯，他觉得别人肯定会因此对他指指点点，然后把车停在了警车旁。这辆车已经很久没人开了，克雷格很庆幸电池里的电还够用。

他坐在小小的前厅里等待。助理看了他一眼，克雷格意识到她认识他。来来往往的警察也都会在路过时看他一眼。他坐在那儿接受大家的注视，就像是哈文湖的犯罪首脑，正坐在这儿嘲笑他们。

局长出来了。他又瘦又小，戴着一副角质框架的眼镜。警探卡门·埃姆斯站在布鲁萨尔的旁边。

"局长，埃姆斯女士。"克雷格决定有礼貌一点，镇定一点。

"请您跟我们来审讯室，先生。"埃姆斯警探说道。

克雷格跟在她身后。他们在一间小房间里坐下，里面有一张矩形的桌子。以前他也是在这个房间里接受审讯的，至少有四回。

"出什么事了吗？"

"没有，先生，但我们想跟你聊一下玛利亚以及撞车的事。"

"我的保险公司会支付警局的损失，我已经说过了。"

"是的，先生，但我们今天不是要谈这件事。"卡门·埃姆斯拿出一张被装在塑料盒里的DVD，上面写着"贝丝"。

他盯着那张DVD："这个东西是经你女儿允许后从她车里搜出来的，被她放在储物箱里。"

"这是什么？"

"是一张DVD。不过有密码。"

"你们怎么不试着播放看看？"他尽量让语调保持平静。埃姆斯和布鲁萨尔对视了一眼。

卡门·埃姆斯说道："我找到了这张被塞在储物箱里的DVD，上面压着车主的手册、过期两年的保险卡、急救箱以及一本旧平装书。也许玛利亚知道这张DVD被放在那儿，也许她不知道。这张DVD正面写有你妻子的名字——贝丝。"她这么说好像克雷格一开始没注意到似的。他们看着他，仿佛他的脸会因为这些话亮起霓虹灯。

"你说这张DVD有密码？"克雷格强迫自己保持镇定，十指交叉着放在腿上，一副漫不经心的样子。

"是的。里面可能有照片、文件或是文档，我们并不知道具体是什么。"

"可能是与工作有关的东西。她在软件公司工作。"

"那它为什么会在你女儿的车里？"丹尼斯·布鲁萨尔似乎想要让自己的声调保持平缓，但脸上挂着的那个微笑的意思分明是，他就要抓到他了。

"真奇怪。"克雷格说道，"我想不出任何理由。"

"你知道密码吗？"埃姆斯说道，"或者她可能会用什么密码？"

"我不知道。"他看着布鲁萨尔，"我是说，你可以试试我的名字、我女儿的名字或我们家宠物犬的名字。"

"这个发现让人感到十分意外。我们打给了贝丝的公司，他们说公司一般不会给销售人员发加密磁盘。产品小样都是在线完成的。"

"有可能只是家庭照片。"

"对，有可能。但是，它为什么会在玛利亚的车里？"

"抱歉，丹尼斯，我不知道。"克雷格说道，然后闭口不言。很久以前他就学会了，如果他主动提供信息，警察就会千方百计地利用它们来打造绞死他的绳索。

屋里一片沉默。

克雷格说道："那么，除了我妻子的所有物，还有什么要给我看？"

布鲁萨尔握着拳头敲了敲桌面："我们上次谈过之后，你有没有收到你妻子的消息？或是关于你妻子的消息？"

又来了，克雷格心想。

"请定义一下'消息'。"

沉默变得轰隆作响。

"有人因为她而联系过你吗？"

"我接到一通恶作剧来电，说她被外星人带走了。自她失踪以后，这或许已经是我接到的第二十通有关她的来电了。"他没有提及另外那通更可怕的来电，"今天不知道是谁在我家车道上留了块石头。"

"石头？为什么是石头？"

"我不知道。可能是一种含蓄的威胁吧。我家前窗被石头砸破过七次，你们也从未找到肇事者。"

"这块石头上还有别的东西吗？"布鲁萨尔问。

"一张字条。"

"克雷格，我非得一件件问你，你才会说。"布鲁萨尔说着摇了摇头，"什么字条？"

"上面说我是时候该离开哈文湖了。"

"如果你不走，有没有具体说要怎么威胁你？"埃姆斯问。

"没有。都是恐吓，我已经见怪不怪了。"

"我想看看那张字条。"

"稍后我会发照片给你们。"他说道。

"实物呢？"

"我觉得玛利亚看到会心烦，所以就毁了它。"谎言自然而然地脱口而出。他不想把它交给警方，因为这依然会使得整件事毫无进展。只有找到折磨他的那个人，这张字条才会有作用。

"那是证据。"

"我妻子的失踪也没有关于我的任何不利证据，你们却还是认为是我做的。你们无法侦破城里这么多年以来的最大的案子，真是可悲。"他盯着他们的脸，想看看他们对这种讽刺作何反应。

丹尼斯·布鲁萨尔说："你竟然觉得这是种游戏，真是让人费解。"

"这是我的生活，我女儿的生活。你们却把它当作某种脑力练习。"

"玛利亚怎么样？"埃姆斯问。

"她在努力面对。"

"她鲁莽地开车去追别的车。"埃姆斯说，"她言之凿凿地说看到了她妈妈。"

"她后备厢里全是武器和装备。昨晚我跟她通电话的时候，她说她有个新的推论。她真的在做私人调查吗？是的话，我会认为那毫无帮助。甚至可能会妨碍到案件的侦破。"

克雷格不知道布鲁萨尔跟玛利亚聊过了，他有点气她没有告诉自己，但他很肯定他们跟他说这些只是在吓唬他："她只是这么说说而已，根本没有线索。她也不知道该怎么去追踪。"但愿布鲁萨尔或埃姆斯不会发现"揭露"的博客，"她觉得……这样做会让她产生一种控制感，能让她感觉可以找到她妈妈，即便一切都是徒劳。她需要这种感觉，感觉自己能做点什么。你们能理解吗？"

"她经常出现幻觉吗？"布鲁萨尔问道，"她在接受药物治疗或吃其他的药吗？"

"只有赞安诺，五毫克。必要时可以缓解她的焦虑，但她有好一阵子没服用了。我觉得昨天她并不是出现了幻觉，更像是认错了人，都是希望在作祟。看吧，我们还抱有希望，但希望本身又是那么的残忍。"

"再说回这张DVD，储物箱是一个藏东西的好地方。"布鲁萨尔说道，"如非必要，没人会去翻那里。也许贝丝不想让你知道这张DVD，所以偷偷把它放进了女儿的车里。然后还没来得及取回，就遭遇了什么事。"

卡门·埃姆斯缓缓说道："怀疑出现，争执升级，事故发生。然后你觉得自己被困住了，是不是，克雷格？因为你一瞬间的冲动，一瞬间做出的糟糕决定。你是个大力士，前足球队员。推倒她，对她的咽喉来一记，也许她就这么死了。又或者你太生气了，双手掐住她的脖子……"

"你们是一开始就想好了这些台词吗？我没有杀我妻子。"克雷格说道，"这些话我之前已经听过了。"他站起身，"请通知我们的保险经纪人警车的损失估价。你们没有对我女儿提出指控，我很感激。她这段时间过得很辛苦。"

"我们或许会指控玛利亚。"布鲁萨尔说道，"她还把这个证据藏在自己的车里，不交给我们，可以被视为妨碍调查。我们不会把DVD还给你。"

克雷格无力地坐回原处。他现在终于明白了，这是个筹码："你们到底想要我怎样？"

"你有没有想过你给自己的女儿施加了多少压力？"布鲁萨尔问道。

他们认为玛利亚之所以崩溃是因为跟他住在一起，认为她怀疑他杀了妈妈，忠于爸爸和对妈妈的美好回忆来回拉扯着她，将她一点一点地推向悬崖的边缘。他从他们的表情看出了这个推论。车祸对他们来说是个新篇章，新的调查起点。要是他在商场拉住她就好了。要是……要是……

"知道某个人的罪行却隐瞒不报，这个人就是共犯。"布鲁萨尔说道。

他们要指控玛利亚是共犯，只是为了让他认罪，或者说出自己知道的事。

"我女儿不是你的人质，布鲁萨尔。"克雷格站起身，"除非逮捕我，否则我无话可说。你嘲笑我女儿，说她在找犯罪嫌疑人。你们有时间笑她，却没有时间去找我的妻子。"

"考虑下我们的话，克雷格。"布鲁萨尔说，"在你偷来的人生里，就这一次，为别人想想。想一想玛利亚。你正在看着自己的女儿——这个美好而聪明的女孩慢慢地消逝，我知道你爱她。你可以阻止这一切。你可以让自己从你在家里打造的那个小监狱里解脱出来。"

"你甚至从未试着去寻找别的犯罪嫌疑人，丹尼斯。"

"如果贝丝是在市中心或购物中心失踪的，我会认为可能是别人抓了她。也许是某个杀手。但她去的是为你们所有的那块地，而且那里从来没有其他人去过，有理由去那儿的人……只有你。"

"可能是短期居住者……"

"哈文湖没有这种人，很久以前就没有了。"

"也许是恨她的人……"

"但大家都喜欢贝丝。"

"可能是有人注意到了她，然后跟踪她……"

"这一点很难证实，我们没有任何证据显示这是一起陌生人绑架案。"

"也没有任何证据显示不是。"克雷格看向埃姆斯，"你知道你老板过去经常抄我的化学和数学卷子吗？他可从没有试着自己努力，自己写答案。"

"那不是事实，我也从不相信带有误导性的故事。"布鲁萨尔说道。

"再见。"克雷格起身离开，他以为会有一双有力的手落到他的肩膀上，然后将他的手铐起来。但是都没有。他走出警局，来到阳光下。他们想利用玛利亚来对付他，他们的确是这么做的。他钻进贝丝的车里，一路开车回家，强迫自己冷静思考。

这张带密码的DVD是哪儿来的？它意味着什么？

那些来电，那块石头，那些恐吓。现在又出现了这张DVD。

为了玛利亚，他必须找到并阻止这个折磨他的人。

14

离开莎伦家后，玛利亚在"脸家"上给朱莉·桑托斯发了一条信息，说她正在寻找贝瑟尼与她母亲的失踪案的关联，并留下了自己的电话号码。朱莉迅速打了过来，似乎很乐意帮忙。朱莉同意跟玛利亚谈一下，但她问可否在健身房碰面。她听上去很活泼，精力充沛。

"你有健身服吗？"朱莉问道，"我刚好有空，而且如果别人看到我跟你一起健身，会以为你是客户，就会把我叫住，再预订我的课。而且现在是工作时间，我不能就那么站着跟你聊天。"

玛利亚的锻炼方式一般都是独自跑步、跟武术搭档对打、投篮，她偶尔会做几次瑜伽，但她还是撒了谎，答应了朱莉。朱莉告诉她一小时后在附近的一家健身房碰面。于是玛利亚匆忙跑去商店买了一身装备，摘下标签并换好衣服。

玛利亚抵达健身房，前台把朱莉叫了过来。朱莉个子小小的，有着浓密的黑发，目光犀利，嘴边总是挂着心照不宣的笑容，仿佛对什么都见怪不怪。她的运动衣比玛利亚匆忙间买来的要时尚得多。

高中时代的朋友。

玛利亚心想，这往往是个有趣的途径，可以窥探一个人做选择时的所思所想。那个朋友可以成为你最伟大的拥护者、同盟或批评者。

"每天都要健身肯定很累。"玛利亚说道，希望这个女人能改变主意，跟她一起喝杯咖啡。她觉得一边健身一边问朱莉问题很奇怪，也很尴尬。

"你'精力充沛'这个词发错音了。"朱莉调侃道，接着神情严肃起来，"这边请。"她这样说像是在邀请别人参观，"这边，我儿子在日托中心。我先偷偷看他一眼，然后我们再找个地方谈。"

她们走到一间漂亮的日托房间，里面有五个孩子，父母可以在窗前观看。

"那是我儿子，格兰特。"她说道，骄傲地指着一个正在跟一个小女孩玩卡车的三岁男孩，"他是我的宝贝。"

"他很可爱。"玛利亚真诚地说道。

"是贝瑟尼给他取的名字。"她的声音变得很安静，"我是说，她向我推荐了这个名字。我是个单亲妈妈，他爸爸不在，也不打算回到我们身边，所以我需要一个简短有力的名字，于是贝瑟尼就对我说了这个名字。她说格兰特读起来就像是'礼物'这个词的发音，而他对我而言也正是如此。"她停了下来，看着她的儿子。

玛利亚感到心里一阵剧痛。她还记得妈妈把她送到女孩日托中心时的情景，那时妈妈告诉她："我很快就回来，你要乖乖的。不，你要做最乖的女孩。"

"介意去骑动感单车吗？我觉得这样聊天要容易一些。"朱莉说道。

其实坐下来聊更容易，玛利亚心想。

"听上去不错。"

她们找到既可以看到电视屏幕——已经转到了新闻频道，正在报道飞机坠毁事故和某位知名人士的丑闻，又可以看到举重室的两辆单车。玛利亚看着朱莉竖好单车，也照着做了，同时天真地将车速调得和朱莉一样快，好跟朱莉一起累到喘不过气然后休息。她们开始蹬踏板。

"你说你已经跟莎伦聊过了。她怎么样？"朱莉问道。

"很伤心。"

"嗯，她最擅长这个了。"朱莉瞥了一眼玛利亚，"那个可怜的女人就那样沉浸在痛苦中。如果格兰特被别人带走，我恐怕也会这样。简直不敢想象。"她叹了口气，皱着眉出神地看着数据屏。

"希望你永远都不会遇到那种事。"

"我不想评判什么，但贝瑟尼绝不会希望她的母亲将自己的生活变成一座监狱。莎伦很少离开家，她太相信教会了，我很肯定教友能给予她支持，但我上次跟她聊天，无论什么话题，她最后都会充满内疚、拯救和责备。没人能给她安慰。她不想要那些，我发誓她有时候表现得就好像应该失去贝瑟尼似的。我觉得她的精神出了问题。"

"她说贝瑟尼在失踪前的几个月里认为自己的生活变质了。"她努力跟朱莉保持同步，但后者显然求胜心切，瞥了一眼玛利亚的运动数据。朱莉加快了速度，但玛利亚没有。

"贝瑟尼失踪前的那几个月，一切都乱了套。你无法相信当时的情况有多糟，她的压力有多大。如果说她是动身去寻找更好的机会了，我一点都不觉得奇怪……"说到这里，她猛然换成了充满鼓励的语气，"就是现在！再努力一把，看看你的心率！漂亮！你办到了，姑娘！"

玛利亚跟着照做，发现一个女人往这边瞥了好几眼，接着又往举重室走去。

"抱歉，她是我的老板。这个月我的配额还没达到，得追加推销服务。你知道的，多做一点私教，上瑜伽课，做水疗护理，诸如此类。"她耸了耸肩，"我也想只给大家当教练，但那只是工作的一部分。"

你是在谈论你死去的朋友时向我推销服务吗？

有那么一瞬间，她无法正视朱莉："什么糟了？什么压力？"

朱莉放慢速度，回到跟玛利亚一样的节奏："有人用贝瑟尼的名字和信用卡买情趣用品，然后寄到她在阿霍伊公司的同事那儿，里面还附带一张她送的打印的礼品卡。真是一团糟。她差点因为这个被开除，但她说服大家相信那只是一个恶作剧。很显然，普通的小偷是不会这么肆无忌惮地用她的信用卡的。"

"有人想让她在老板面前出丑。"

"接下来，她又用补办的卡大肆挥霍，买各种奢侈品，对了，她还说自己没买这些东西，但杰克跟她妈妈好像并不相信她。我觉得他一直在留意她的举动。他从不在家里，一直在忙工作。她说她不想要这些东西，但我知道她留下了一些。杰克告诉莎伦，他后来发现了那些东西，全都被藏在她的床下——高档毛衫、珠宝、一只名贵的手表。但奇怪的是，她没有把它们带走。"

玛利亚等她继续。

"接着，她开始酗酒。她说她很无聊，很孤单，因为杰克几乎将全部的时间都花在刚起步的公司上，而她则一直深受信用卡事件的困扰。她跟新结交的朋友出去，说有人在他们的酒里下了药。贝瑟尼喝过之后表现得非常失态，她发了疯，出现了幻觉，往酒吧停车场上的人身上扔瓶子，还差点因此被逮捕。我是说，莎伦和杰克对此都表现得很漠然。我以为她的情绪会缓和下来，但事实并非如此，她很生气，因为他们都不相信她，还试着让她接受治疗。结果她喝酒喝得更凶了，常常喝得酩酊大醉。她在家对杰克大打出手，还乱砸东西，差点被警察带走。杰克告诉莎伦，他在她的后备厢里发现了处方药，但都不是开给她的，是别人的。她说那些药不是她的，她没有服药，但是得了吧，那些药丸就在她的车里。她有一阵子不吃也不喝，说有人要给她下毒，那些药就是证据。这简直太疯狂了。她跟我说这些，而我的反应是'当然贝丝，随便你说什么吧'。有一次，杰克迫不得已地报了警。”

“谁会给她下毒呢？”

“没有人会。这个想法太荒谬了，她逐渐失控了。”

“那么，谁有机会接触她的食物和水呢？她丈夫，也许是她妈妈，也许是同事，也许是她信赖的朋友。”

“听着，没人要给贝瑟尼下药，是她自己。”朱莉加快了骑车的速度，“哦，后来就更糟了。她丢了工作，因为涉嫌……嗯……向阿霍伊借钱。这份工作是安迪给她介绍的，所以他站出来为她辩护，公司还是悄悄地解雇了她，但没有起诉她。”

这个贝瑟尼的生活一团糟，还被指控犯罪，她跟莎伦形容的那个贝瑟尼并不一样。

“我想知道多一点细节。安迪会跟我聊吗？”

“他不喜欢聊她的事。他们俩曾经很亲近，在她结婚之前。”她清了清喉咙，“我跟安迪现在在一起了。这有点奇怪，虽然我们从小就是朋友，但我们现在都长大了，是不是？”她尴尬地笑了笑。

“我只是想知道她的失踪跟我妈妈的失踪有没有关联。这两个案子有几处相似点。”这么说有点夸张，但她没办法具体解释，“我妈妈叫贝丝·邓宁。你有听过她的名字吗？”

“没有，抱歉。”朱莉往右偏头看着她，接着去看读数，将额前的一绺黑发拢到耳后，“很遗憾你失去了你妈妈。如果我失踪了，但愿格兰特会来找我。”

“贝瑟尼似乎遭遇了一连串的倒霉事。”

而你根本不关心。这是为什么？你本该是她的朋友。

“她车里的那些药就是最好的解释。她是个瘾君子，药是从黑市上买的，我觉得这就是她的信用卡被盗刷的原因。我以为她拿那笔钱去休斯敦，是为了逃避这边糟糕的生活，她或许在那边也服药过量了。"

"但若是这样，人们应该会发现她的尸体。"

"或许会，或许不会。"

"你记得药瓶的名字吗？"

"不记得了，标签大部分都被撕掉了。就像我刚才说的，也许是偷来再倒卖的，也许是我们不认识的她的朋友给她的。"说话的时候，她没有看向玛利亚。

"她有告诉你她要离开杰克吗？"

"没有。不过我们那时不太向彼此吐露心事。"

"为什么？"

"当时安迪跟我在交往，我们是她结识最久的朋友。正常来说，人们会祝福一对相爱的朋友，她却很讨厌。她用最隐晦、最消极的方式警告我离开他。但是，拜托，她有丈夫。"她的声音低了下去。

所以，这段友谊出现了裂痕。

"那么，她从未提及跟杰克有什么具体的问题吗？"

"没有。那么大的事，我想如果有，她会告诉我的，虽然我们之间出现了分歧，她的生活就像一辆失事的列车。我很难过当初没有多帮她一点，但发生改变的是她，不是我。"

"你觉得杰克怎么样？"

"理论上来说，杰克堪称完美。长得帅，又很聪明，很有抱负，是个好男人，但不是个受气包。她为他着迷。"

玛利亚心里想着这段相当不错的形容："理论上来说，你不喜欢他。"

终于，她看向了她："人生短暂。我的双亲都英年早逝，他们都是工作狂，只留我跟妹妹在家，他们彼此也聚少离多。我希望我在我的另一半的心目中是最重要的，不希望工作比我和我们的孩子更重要。"

"而刚起步的公司对杰克来说比贝瑟尼更重要。"

"对，确实如此。或许这就是她不开心，走上自我毁灭之路的原因吧。这都是她自己的选择。"

"莎伦觉得是杰克杀了她。"

此刻，朱莉直直地盯着她："我从来不相信是杰克做的。她在酗酒、服药，还使用暴力，他本可以轻松地跟她离婚的。但他还是爱着她，而且他们就要赚到大钱了。这种时候，谁都不会杀掉自己的配偶的。"

或许，就是在那个时候，你开启了令人心动的人生新篇章；就是那个时候，你想要跟你的瘾君子配偶分道扬镳。

假如她不想安静地离开呢？假如他们大吵起来，而他推了她，她摔倒在地，他又打她的头或者用双手插住她的脖子呢……

她压下那个想法，胃里一阵翻腾。如果真是那样，该有多可怕。

"但杰克是最佳的怀疑对象，莎伦也是这样认为。我是说，她并没有到处跟记者说这个，只是跟朋友们这么说，也跟我和安迪说了。我明白她为什么会对杰克这么吹毛求疵。"她向下瞥了一眼，"莎伦的丈夫……是自杀的，在贝瑟尼十五岁的时候。"

"他为什么……"

"她爸爸酗酒，我想这应该是个秘密。从小到大，我从没见过他在家里喝酒，从来没有。那天，贝丝在上学，莎伦在上班，布莱文斯先生因为请了假在家，他灌下了五分之一瓶的威士忌，吞了很多药丸，然后就死在了躺椅上。是贝瑟尼和安迪发现了他。他是一家广告公司的客户经理，那是一份很体面的工作。大家总说真没想到会发生这种事，确实，没人不感到震惊。"

"为什么？"

"安迪说他留了一张字条，但上面只说他很抱歉。贝瑟尼后来说她妈妈告诉她，她爸爸在她还小的时候就酗酒，后来故态复萌。所以，他并不是一直酗酒，只是又开始酗酒了。也许是因为抑郁吧。你有没有发现那个家里没有他的照片？一张都没有？"

"我没留意。"

"没错，自杀是很可怕，但她们就那样轻易地将他从家里抹去了，不是吗？而且他还为她们留下了一笔钱。哦，天哪，电脑要给我们提速了。别担心，赶不上我的速度也没关系。"朱莉努力稳住自己的呼吸，"我总是在想，血统是没办法骗人的。在我们的基因里有各种好的东西和坏的东西。也许贝瑟尼继承了太多她父亲的血统。这些对你妈妈的案子有帮助吗？如果没有，我就会觉得自己是在说已故朋友的秘密，而我不想这么做。"

"你认为贝瑟尼已经死了？"

"她不会让她妈妈担心自己。所以，我是这么想的。"

"我们从来都不知道别人会怎么做。"玛利亚说道，"或许，她只是厌倦了你们所有人。无意冒犯。"

朱莉看着她，惊讶于她这番评论带给她的刺痛："嗯，也许是吧。这对我们双方来说都很痛苦。"

"你说，她说酒里被下了药的那晚，她跟新认识的朋友出去了。那是谁？"

朱莉做了个鬼脸："她结识了个新朋友，叫莉兹贝丝。"

莉兹贝丝，又是个贝丝。玛利亚停下脚上的动作："她姓什么？"

"我从来不知道她的姓氏。贝瑟尼爱好写作，你知道的，写书之类的事。于是她开始参加图书馆的批评小组，图书馆会邀请作者前来讲述他们是如何开始写作的，也可以拿自己的作品过来供大家欣赏。我想莉兹贝丝应该也参加了这个小组。我不喜欢她。我觉得她是那种黏上别人就不肯放手的人。但她们成了写作上的朋友，而且晚上会一起去酒吧。我想贝瑟尼借此填补了很多杰克在公司工作的空白时间。有一次，贝瑟尼拒绝了跟我一起去吃午餐，说她要写东西，好带到写作小组去。"

莉兹贝丝。

"莎伦没有提到莉兹贝丝，或者是一个喜欢写作的人。"

"我想莎伦根本不知道她们的这段友谊。因为我觉得她并不希望贝瑟尼写作。你知道的，写作要从家里发生的事情里汲取灵感。天哪，瞧瞧举重室里的那个男人。就算是为了看他，我也得再多跑几英里。"

玛利亚没看那个男人，因为她不关心。她一言不发，正大汗淋漓地思考着，随后她问："我要怎么去接触这个莉兹贝丝呢？"

朱莉意味深长地看了她一眼："为什么要接触她？她们认识的时间并不长，而且莉兹贝丝都没有来参加贝瑟尼的纪念会。我们不希望把它称为追悼会，假如她并没有死呢？所以莎伦称之为纪念会，在我听来真是诡异。但有几个写作小组的成员也去了，他们自称为'进取的笔友'。"她耸耸肩，用毛巾擦了擦额头上的汗，同时盯着举重室里的那个男人。

朱莉现在觉得很无聊。玛利亚遇到过这种人。贝瑟尼是她过往生活里的人，而朱莉要过的是未来的生活。大家总是会问玛利亚过得如何，但五秒之后，他们的视线就会从她身上移开，转而看向别处，等着她结束对话。没人真的想知道你过得如何，他们只想听你说"我很好，多谢"。

"你没有跟贝瑟尼和莉兹贝丝一起出去过？"

"没有。我只见过她一两次，是在星巴克或我们家附近的酒吧碰到的。很显然，莉兹贝丝嫌三个人出去有点多。你知道有些女人对朋友的要求挺高的。"

"谢谢你，帮了我大忙。我很感激。"玛利亚从单车上下来，有一种自己正跌跌撞撞地闯入一间黑屋子的感觉。现在，她心里的疑问反而更多了。

"这次健身他们可以不收费，你只需要填一下这份问卷，我也能多积点分。"玛利亚走开时朱莉说道，"而且你走的时候得让他们在你的来访通行证上盖个章！"朱莉冲着玛利亚的背影说道。

又出现一个叫贝丝的人，玛利亚往门口走去时想。这不可能，不可能，就在她觉得这两个案子没有关联时……又出现了一个贝丝。真奇怪。

她回头看了一眼朱莉，她没有在看她，而是在看举重室里的那个男人。朱莉似乎是在朋友出现问题之后，很快就将她抛弃了。玛利亚知道被朋友抛弃是什么感觉。他们会因为她的悲恸而感到不适。或者说，他们不知道该跟她说什么，更糟糕的是，他们都不想试着跟她说话。又或者，他们觉得她爸爸有罪，不想跟他接触。

这个莉兹贝丝是谁？

15

"揭露"在冒汗。欣慰的是，屋里只有他一个人。他打开手机免提，出汗的双手不断摩挲着牛仔裤。

自从中学以来，他已经很久没这么竭力保持镇定了。

节目制片人的声音从扬声器里传来："查德，我们真的很喜欢你的播客，欣赏你的激情，热爱你的声音，非常独特，令人着迷。"

独特，查德觉得这是个好词："多谢。"

"我们决定——你知道的，只是想跟你确认一下——增加其他的主持候选人……"

他刚要兴奋地拍大腿的双手僵在原处："我以为我就是主持人了。"

"哦，当然，你当然是我们的三位候选人之一，还有'罪案松'的布莱恩和'罪案中心'的路易莎。不过我们认为你真的太棒了。"

他知道布莱恩和路易莎，他们都表现极好，粉丝数量可能要多过他。而且路易莎有本书要出版，上周刚宣布，所以她的热度极高。这不公平。现在谁还读书？十分钟之前，他还觉得自己站在世界之巅，现在他的胃却绞痛不已。早前的沟通让他以为这件事已经八九不离十了，即使制片人并没有这么说。但那时，他的语气明明十分肯定。

"我知道了。那好。我要怎么做才能跟你敲定这件事呢，弗雷迪？"他讨厌求人，讨厌低声下气地恳求这个机会，但他不知道除此之外还能说些什么。

"我想我们得先看一下你研究案情的方式，以及究竟能将研究推进到什么程度。"

他咽下堵在喉头的那口气："我手头现在就有一起案子，很不可思议。我在跟受害人碰面之后，还被一辆可疑的车跟踪了。"电话那头一阵沉默，于是他加大赌注，"而且涉案人员跟我联系过了，对方只愿意和我碰面。"嗯，这算是形容玛利亚的一种方式，"所以，我想我能为节目带来最独特的热点。"

"查德，呃，'揭露'，很棒。再说详细点。"

"留待下次会议再说吧。"查德说道，"我想你会大开眼界的。这是一起家庭罪案，而且其中一名关键家庭成员只肯跟我交流，因为我所做的播客，因为我很可靠，也因为我有获得答案的方法。"罗列这些要点时，他的后背汗如雨下。拜托，他心想，拜托了。他可以从玛利亚那里得知她的新发现，她好像一直在暗示什么。即便两个贝丝之间并无实质上的关联，他也可以借此忽悠他们一把。也许他还可以劝玛利亚跟他一起前往加利福尼亚。他会向父母要钱给她买机票。他想其他两位候选人应该没有罪案受害者的现场支持吧。助力者，他在脑海中自我纠正了一下。

"这个案子五脏俱全，还有漂亮的女孩——"也许有些人会认为玛利亚还算漂亮，"家庭悲剧，金钱，名声，被整座城市敌视的犯罪嫌疑人，还有意想不到的转折。"如果与贝丝这个名字相关的罪案都有关联的话。他随便写下的文章已经说服了玛利亚，试想，如果他全身心地投入到这个案子中，他会有多么重大的发现。

"那么，期待我们的会面，'揭露'。"

制片人没有在说他的艺名时结巴，查德认为这是个好迹象。他说了谢谢，然后挂断了电话。现在他必须让玛利亚跟他分享她知道的一切。

他为她妈妈的案子指出了一个可能的方向——可能与贝瑟尼·柯蒂斯的案子有关。

他具备主持一档优秀电视节目的所有素质，现在轮到玛利亚帮他了。

16

玛利亚坐在方向盘后，在手机上搜索奥斯汀的写作小组。一座有创新意识的城市里有这种小组并不稀奇，她找到了几个将集会地点选在当地咖啡馆或公立图书馆分馆的小组，但是并没有名叫"互相鞭策的笔友"的。玛利亚的心沉了下去。要么是朱莉记错了名字，要么是他们在贝瑟尼失踪后解散了。

难道名字类似"进取之笔",但又不全对?玛利亚又开始搜索,找到了一个叫作"进取之笔"的小组,简介里写着:"我们一定会出书的!每周的碰面地点……不公开。"

有没有搞错?

这个小组必须申请才能加入,还要提供三章样稿。每个成员每周都要带新写的十页文稿供大家批评。他们这种制度是为了让小组保持"认真、小型、专注"。上面写有一个叫伊薇特·苏亚雷斯的人的联系邮箱,她是该小组的现任组长。

玛利亚用手机给苏亚雷斯发了封邮件,将自己的真实意图进行了少许修饰——她在帮布莱文斯家寻找与贝瑟尼·柯蒂斯失踪案有关的线索,并试图接触某个叫莉兹贝丝的小组成员,她曾是贝瑟尼的朋友。玛利亚在邮件中附上了电话号码,请求苏亚雷斯打给她。

健身之后她需要冲个澡,然后再去见安迪——贝瑟尼的同学兼阿霍伊的同事。

这时她的手机响了起来。屏幕上出现的是哈文湖警局。她接起电话说:"你好?"

"你好,玛利亚,我是丹尼斯·布鲁萨尔。你的车我们已经检查过了。可以过来取你的装备吗?你父亲让人把你的车拖到汽车修理厂了。"

"好的,我马上过来。"

"很好,我也想让你看一下我们发现的东西。"

玛利亚盯着盒子里的DVD,上面用黑墨水写着她妈妈的名字。

"之前你有没有见过这张DVD?"布鲁萨尔问道。

"没有。"她说道。

"这是在你的储物箱里找到的。不是你放在那儿的?"

她的目光与布鲁萨尔相交："不是我，我以前从来没见过。里面是音乐吗？"

"我们觉得里面不是音乐，玛利亚，需要密码。你知道你妈妈为什么要给一张DVD加密吗？"

"不知道。"

"你知道密码可能是什么吗？"

她摇摇头。

"好好想一想，玛利亚。你或许在记事之前见过它。"

她咬了咬唇："可能是与工作有关的东西。但我从没见她拿着DVD进进出出。我真的不记得以前见过它。"

"那它为什么会在你的车里？"

"我不知道。我需要有律师在场吗？"

"当然，如果你需要的话，但我不是要逮捕你，你也没有涉嫌妨碍调查。可这个东西在你的车里，肯定有它的理由。"

"我不知道。"她的声调稍稍提高。

"你妈妈有用过你的车吗？"

"我的车一直都在大学那边开，嗯，在我公寓那儿。"

"你父母有没有备用钥匙？"

"有。"片刻之后，她答道。

"有没有可能是你妈妈把这个东西藏在你的车里，这样就没有人会发现它，比方说你爸爸。也许他想不到要去那儿找。"

她不作回应。

"你妈妈的车是辆红色的梅赛德斯，对不对？"布鲁萨尔说道。

"对，她称它为'宝贝儿'，是用佣金买的。这是她的骄傲。你们能破解密码吗？"

"我们会尽力。"

"如果它在我的车里，那就是我的所有物……我可以试着破解。

我拿到了计算机科学学位。"

"我知道，但上面有你妈妈的名字，这有可能是证据。"

"她喜欢听音乐剧。"玛利亚说道，"这有可能是张装满了演出金曲的DVD。"她擦了擦落下的眼泪。

"你想她。"

"对，当然。"

"跟你爸爸住在一起一定很辛苦。"布鲁萨尔说道，"你爱他，你想忠于他。"

"他没有伤害我妈妈。"

"你妈妈失踪以后，他有没有再跟什么女人交往过，玛利亚？或许是他之前就认识的女人？这么说可能是种背叛，但你得忠于你妈妈。"

"我对他们两人都很忠诚。"她说道，抬高了音量，"他没有外遇。如果真的有，那他也永远都不会伤害妈妈。"

"你说你那时看到了她，也就是说你认为她有可能在某个地方。这让你怀疑她到底是生是死。"

"或许吧，也或许还有别的解释。"

"你这么说似乎意有所指。你父亲说你其实并没有在——"他比了个引号，"研究她的案子。"

她再次咬着嘴唇："反正你们也不会听。"

"我只想找到你妈妈，将……带走……她的人绳之以法。你有没有想跟我们说的？"

"等我拿到证据吧。因为那时我就可以跟报纸说了，你们就无法忽视我，也无法再拿我爸爸说事了。"

"玛利亚……"

"你可以觉得我疯了，但只要我没有违法，你们就不能阻止我。"

"克雷格有没有告诉你有人恐吓了他？有人想让他从哈文湖

搬走？"

她说："没有。"

"他或许不想让你知道。他或许想保护你。但听我说，你是个成年人了。"

"你们到底要不要把东西还给我？"

"要，我把它们都装到了一个箱子里。除了这张DVD，我们还需要对它进行调查。"

玛利亚想要从他镇定自若的表情里看出些什么来："我知道你怎么看我。我没有疯。"

"我没觉得你疯了，反而觉得你受到了重创。"

她没有回答他，而是盯着桌面。

"我觉得你那天的行为并不是因为药物或发烧而意识模糊所致。你有没有看到你父亲杀她？你是不是将这部分记忆屏蔽掉了？那就是你保护他的原因吗？"他的声音像把刀子，"你不必这么痛苦地活着，玛利亚。告诉我发生了什么，解脱你自己。"

她站起身："我会向你证明我爸爸是无辜的，到那时，但愿你还记得我们今天所说的话，并为此觉得无地自容。"离开时，她竭尽所能地想要走得体面一点。

她将泰瑟枪、手提电脑和伸缩警棍放进爸爸车子的后备厢里。她在颤抖。有人在恐吓爸爸。她要回家，看他会不会跟她提这个。或许她该带把枪进屋，上好膛，枕戈待旦，以免有人对爸爸不利。

爸爸为什么不告诉我受人恐吓这件事？

17

玛利亚回到家，冲了个澡，换上干净的衣服。克雷格在办公室里，她听到迈尔斯·戴维斯平静的声音从音响中流淌出来，这说明爸爸在工作。今天是迈尔斯的专辑《西班牙素描》，温暖、舒缓又有些俏皮。

她敲了敲门。

"进来。"他说道。

她走了进去。电脑屏幕背对着她，所以她看不清他在研究什么。他穿得十分得体，牛仔裤和高档衬衣，这很不寻常，因为他很少在不出门的时候这样穿。他将音乐静音。

"我去布鲁萨尔那儿取回了我的装备。他说有人在恐吓我们。"

"只有我而已，那人并没有恐吓你。不是什么大事。"

"爸爸，那当然是大事。"

"每隔几个月就会发生一次。"他说，"反反复复，我等着这事过去就好。"

"你不应该瞒着我。"

"没什么可瞒的。你见的客户怎么样？"

这听上去仿佛是妈妈工作一整天后回来，他跟妈妈才会说的话。妈妈到家时，爸爸往往在准备晚餐，并早就为她倒好了一杯红酒。他经常开玩笑说她整天跟人打交道，而他只用面对电子表格，所以他比较轻松。"我喜欢跟人打交道，比你喜欢得多。"妈妈会这么说。而爸爸则会说："好吧，不过我喜欢你。"妈妈会大笑着说："哦，你当然喜欢我。"

她有时候觉得，无论是布鲁萨尔，还是那些恐吓爸爸的人，若是能见到她爸爸妈妈相处时的情形，哪怕只有五分钟，他们也会立刻明白她爸爸是无辜的。

但是，她假装自己不是在对他说谎："挺好的。我要再去见个客户。不确定几点回来。"

"我刚刚看到你从车道那里回来，身上穿着运动衣。"

"有个客户是个健身房经理，需要各种健身的手机应用程序。"

他看着她。她猜想，他最终决定相信她："那么好吧。"

"警方在我的车里找到了张DVD，上面有妈妈的名字。"她说道。

"我知道，他们问过我了。"

"里面是什么？"

"不知道，也许是工作上的东西。等他们破解开，就会发现里面什么都没有，难堪的是他们。"他的声音很坚定。

"爸爸，你确定？"

"我向你保证，玛利亚，我不知道里面有什么。"

"他们想让我们互相猜忌。"她说道。

"没错。"他说道，"但那是不可能的。"

"你想吃午饭吗？"

"不，我吃过了。"

"那好。"她关上门。

玛利亚走到厨房，简单地吃了个三明治，然后决定改变跟安迪·坎多莱特交谈的策略，要把它当作真正的业务拜访。吃饭的空当，她试着以各种方法查找莉兹贝丝的信息，但无论是"寻找贝瑟尼"的页面还是贝瑟尼的"脸家"页面，都没有关于这个人的痕迹。

她得知道这个女人姓什么。

如果阿霍伊和写作小组都是死胡同，那她就需要及时停止对这两条线索的调查，但是一个不怎么有说服力的想法从她心里冒了出来：

失踪的两个贝丝。如果她找不到这个莉兹贝丝呢？她会是失踪的第三个贝丝吗？

奥斯汀市中心以南有很多大型货车运输公司，它们从休斯敦和新奥尔良港口运来各种货物。她转向阿霍伊运输公司的入口，看到几辆半挂式卡车以及一堆小卡车，车身的一侧都印着一个微笑的卡通锚状物，底下印着"阿霍伊运输"。她将车停在带有访客标志的一长列汽车旁，然后走进总办公室。

接待处后面坐着一个七十多岁的女人，正皱着眉头读《人物》杂志。她审视着玛利亚，目光十分犀利，似乎一眼便可以根据来人的衣着和表情看出对方是怎样的人。

"我能为你做些什么？"她嘶哑地说道，态度冷漠。

"你好，我想找安迪·坎多莱特。他在吗？"

这个女人翻了一页杂志，说道："也许在，也许不在。你有预约吗？"

"没有，不过我很乐意预约一下。"

"你想要商谈什么业务？"

玛利亚想了一下要不要说自己是朱莉的朋友，但那就等于说谎，而且她已经决定要进行真正的业务拜访了："我是个应用程序和网站研发人员。"

"相信肯定会有人觉得这个很重要。打给他预约一下。"

这个女人当守门人当得郑重其事。玛利亚打定了主意，用最专业的口吻说道："我专做网页设计和手机应用程序界面。在奥斯汀暂时禁止国内大型共乘车服务的时候，我给当地的一些想提供类似服务的公司设计了网页界面。我设计的应用程序涉及安保行业、运输行业和调度行业，而且我要价比大公司便宜。"她只需要说服这个女人，"您只要让我跟他聊五分钟……"她递给那个女人一张名片，上面写着：

"玛利亚·邓宁，应用程序设计。"

"听上去确实令人兴奋。"老妇人说道，"那就让我看一下，安迪是否有空跟我一样兴奋吧。"她拿起电话，戳了个按钮，轻轻跟电话那头说着名片上的名字，并且又看了玛利亚一眼，然后挂断了电话，"他说只能给你几分钟。"

"很感激您的好意，可以问一下这里主要运输什么吗？"

"我很喜欢午饭时间，大家围在桌子旁谈天说地。"这个女人说道，放下那本《人物》，"我们运输所有需要搬运的东西，甜心。一般是大宗农产品，然后是远在墨西哥工厂的日用消费品，还有沿海运来的各种东西。"她挑起一侧的眉毛，"你都不研究一下潜在的客户吗？"令玛利亚惊讶的是，老妇人的语气缓和了一点。

玛利亚挤出怯懦的表情："你说得对，我应该先研究下的。我向您和《人物》杂志的编辑们道歉。"

让她吃惊的是，那个老妇人笑了起来，但也只有一瞬间，随之眼神又犀利了起来。

然后有个男人从老妇人身后的走廊走到接待处。玛利亚觉得这个男人的长相可以去试镜超人：高个儿宽肩，运动员体格，黑发蓝眼，戴着老式的黑框眼镜。他身穿一件白色衬衫——上面也有那个微笑的阿霍伊锚状物，下身是深蓝色的宽松长裤。他犹疑地冲玛利亚一笑，说道："玛利亚·邓宁？我是安迪·坎多莱特。抱歉，今天太忙，但我可以跟你谈十分钟。"他似乎打量了一下她的脸。老妇人将玛利亚的名片朝他猛地一掷，他接过去放入衣袋。

"我们以前见过吗？"玛利亚问。他不断审视的眼神和些许的紧张让她不由得发问。

"没有，应该没见过。"他说着突然灿烂一笑，"去那边谈。"

"多谢帮忙。"玛利亚对老妇人说道。

"乐意之至。"她答道，又翻过一页。

玛利亚跟着安迪走到运输区域对面，进入角落里的另一间办公格子间。他的办公室杂乱不堪：桌子上摆着一摞摞的文件，他身后是贴满了阿霍伊员工聚会照片的软木板，还有很多照片似乎是用激光打印出来的"成绩证书"，再加上一整套的安全标语和资格证书——她觉得像是从公司会议上拿来的，挂在那儿像是横幅。

还有很多他自己的照片，里面的他总是笑容可掬，玛利亚猜想跟他合影的人大概是委托方、客户或供应商之类的人。

"我姑妈克劳德特不喜欢在接待处工作。"他笑得平易近人，两人都坐了下来，"不过她是这家公司的老板，所以我们必须受她的庇护。"

"但是她很适合这份工作。"玛利亚说着笑起来，"我知道你在这儿做安保工作。"她想搞清楚自己为什么会在照片中初次见到他时就产生了一种莫名的熟悉感。她心想，她肯定没有见过他，如果见过，她一定会有印象。但她还是觉得熟悉……他的名字或模样。

"没错。"

那一瞬间她几乎要脱口而出几个小时以前，她跟他的女朋友在一起健身的事。不过她想，如果暂时不跟他坦白自己想知道贝瑟尼的事，他应该会向她吐露更多。他对她的名字并没有任何反应。朱莉忙着欣赏客户的肌肉，应该还没有给他打电话，告诉他玛利亚的事。

"你最擅长应用程序的哪一方面？"他问道。

好，那就当成业务来谈："这么说吧，我可以为无线射频识别系统兼容的货物设置追踪编码。"她说道，她知道一点运输应用程序，读过一些资料，但她不怎么有信心能撑过整场面试，"坦白说，我在这方面没有多少经验，但我收费低，价格会很有吸引力。"

"我们公司的规模不小，邓宁小姐。我们一般不用自由职业者进行重要的工作。"他这番话不带一点恶意。眼镜片后面是他蓝色的眼睛。

"当然，我只是在想你们的司机可能会需要一款专门为他们定制的应用程序，让他们可以从地图、卡车服务站、交通应用程序里获取数据。"她降低音量，"也可以把它们汇报给你，比如他们在哪儿停车，停车的频率，有没有不按规定停车或变更路径。你们的货物是否存在失窃问题呢？"

"通常不会。"他说道，"我会把盗贼直接交给克劳德特姑妈。"

她大笑，随即神情严肃起来："或者，我可以改进一下这款应用程序，保障内部安全，如果你们有内部核算或资金侵占问题的话。"朱莉说过贝瑟尼曾在这里被指控过。他不作反应，也没眨眼。

"你有作品吗？"

"在网上。"

"让我看一下。"他说道，"过来这边。"

但他并没有从键盘那儿挪开多远，玛利亚俯身至键盘旁，她知道自己跟他离得很近，但没有在意。

她输入自己的网址，来到自己的作品样品页面："如你所见，我为服务行业设计了很多网站，可以设计前端和后端，绑定你用的数据库或移动端应用程序。"她从电脑旁退开一步，好让他看一下作品。这样做很蠢，不会取得什么成果。但他点击进去，花了几分钟浏览她的设计和作品。

他往后一靠，说道："我有个问题。你的作品都很华丽，而我的员工并不在乎这个，他们只想知道货物何时抵达、何时到达某个车站、为什么卡车司机晚点了。他们想要的是数据，被明明白白地展示出来的数据。"

"我可以写简单的界面，我可以根据客户需要的风格进行调整。"

"那你现在可以吗？"他说道。他笑得意味深长，而她则鼓足勇气准备应对调情。有时候，当她冷不丁地上门联系业务时，就会发生这种情况，她现在已经很擅长捕捉这种暗示了。

"好吧，老实说，我们过去两年间合作的供应商很不错，但令人头痛的是，他们总是更新缓慢。所以，我很乐意考虑跟你合作。给我个机会，让你看一下我能做什么。"

"好。我十分钟后还有一个预约，但我还想跟你再谈一会儿，尤其是你提到的可以定制应用软件。因为你这儿写的这些——"他指着电脑显示器上的一个样品，"也许可以改编成这样……"

她听着，但随之一切都变了，因为他身后的那块贴满了照片的软木公告板。她迅速地瞟了一眼，看到了个令她移不开目光并陷入沉思的东西。她一直都像在沙滩上捡贝壳一样收集可能有用的线索，但现在这些线索需要被串成一条项链，系起来。而她知道该怎么串了。

他是那种喜欢保留会议行程中的名牌和吊绳的人。这些名牌和吊绳就粘在他身后的软木板上，就在那些他与客户的合影中。这块软木板大概将此处与外面的卡车的隆隆声隔绝开了。她看到有几根吊绳被挽成了一束，印有"奥斯汀韦伯康"的标志。这是在奥斯汀举行的一场很盛大的软件会议，吸引了数千人前来参加，还举行了音乐节和电影节。根据那些标志，最近那五届他应该都参加了。

韦伯康会议。她妈妈每年都参加。如果安迪·坎多莱特会参加，那贝瑟尼有没有可能也一起去参加？杰克·柯蒂斯这个企业家去了吗？

安迪仍在滔滔不绝地说着："你正在接触所有的运输公司？"

"没有，目前只有您这一家。"她直奔主题，"几年前阿霍伊的员工在奥斯汀韦伯康会议上给了我一张名片。你有参加过吗？"

"哦，当然，每年都去。这是场狂欢，也很累人。"

"我在想这张名片上的名字……也许是……贝丝？贝瑟尼？"

他脸上的笑容僵了一下，随之消失了："贝瑟尼·柯蒂斯。对，她曾经在这儿工作。"

"哦，对，就是这个名字。我丢了名片，不记得上面的名字了，只记得公司名，阿霍伊。我是说，这个名字很好记。"

他似乎多看了她一眼，很是玩味，好像在思考她接下来是不是要说什么。她不知道在贝瑟尼失踪后，跟他联系的记者或好奇人士多不多："对了，跟我说就可以，不必找别人。我对你的报价很感兴趣。我们可以边喝东西边谈。今晚可以吗？我知道附近有个好去处。"

他的大手放到她小小的手背上，笑得有点不安分。这很明显，他知道自己很帅。他似乎已屈服于某种冲动，虽然前一刻还表现得那么专业。她一边想象自己掰断他的手指的情形，一边强迫自己说道："我还要拜访其他客户。也许我们可以先谈那款定制应用程序。请指出你需要的业务范围，这样我就可以在喝东西之前给出报价了。"她挪了挪身子，摆脱了他的触摸。他没有再伸出手，却仍旧在笑，仿佛在想：没有伤害，就不算犯规。

"我今天下午可以就工作范围写出几个要点，然后发邮件给你。"他说道，声音仍然愉悦，不带任何感情色彩。

"太好了。"

"多谢你赶过来。"两人都没有握手的打算。

"我会发给你见面的信息。"他的电话响了起来，但还是起身陪她出去，又试图把手搁到她的手背上。

她赶紧走到他前面，说道："好的，我可以自己出去。回头再聊。"

他点点头，接起电话，目光仍落在她的身上。她关上他办公室的门，觉得既讨厌又生气，匆匆走到接待处。他的姑妈克劳德特抬头瞥了她一眼，现在看的是一本《身边的人》。

"很开心能跟你的侄子安迪说话。"玛利亚说道，希望自己没有带着讽刺的语气。

"是侄孙。他是个讨厌鬼，但我必须脾气好一点。因为我需要他为我挑选养老院。"

"我想起我为什么知道这个公司的名字了。我以前见过在这儿工作的人，贝瑟尼·柯蒂斯。"

克劳德特凝视着她："那你现在见到她了吗？"

"我想她不在这儿工作了吧。"

"我们可怜的贝瑟尼，她死了。我是说，我们觉得她死了。"

"真可怕。怎么回事？"玛利亚假装很震惊。

"一年半以前，她搭飞机去了休斯敦，然后就失踪了。再没人听到过她的消息。"克劳德特的声音低了下去，"要我说，那个女孩应该是死了。"

"你跟她很熟吗？"

克劳德特盯着她看了足足有五秒，然后说道："我们有真正认识过别人吗？"

"大概没有吧。"玛利亚说道，"很高兴见到你。"

"真的吗？那再见。"

玛利亚觉得头晕目眩。她转身走到屋外的太阳下，随即钻进自己的车里，调整空调，让它对着自己的脸吹，努力让自己镇定下来。她抬头看向那栋大楼的前窗。克劳德特正在打电话，而且站在那儿望着她。

她在跟电话那头的人说玛利亚的车牌号码。

她看得出这个老妇人的嘴唇在读"T-L-J-6-9-0-7"。她的目光直直地对着玛利亚的车，好吧，是她爸爸的车。

玛利亚惊慌失措地启动车子，往后倒出停车位，车速快到差点撞上一辆转进来的卡车。她一路狂奔，看到一家餐馆旁空着一半的停车场，便使劲开了进去停下来。

安迪也参加了那场会议。跟贝瑟尼一样，跟她妈妈一样。他负责一家州际运输公司的安保工作，而她的妈妈则向企业客户卖网络安全软件。他们并非没有可能在韦伯康会议上碰面。这可能说明不了什么，但这是唯一的线索，唯一的可能。

她的手机响了起来，是莎伦·布莱文斯。在她离开之前，她们交换了联系方式。

互相问候之后，莎伦说道："朱莉说你跟她聊过了，她打电话跟我说了。"

"是的。而且我刚刚也跟安迪聊过了，但我没有告诉他我认识你，我想我找到了这个案子跟我妈妈的案子的关联了。我可以顺着这条线索查下去。也不算什么有用的线索，但你知不知道贝瑟尼曾参加过在奥斯汀举办的韦伯康的会议？"

"那个每年春天在市中心举行的大型会议？对，她也参加了。她还抱怨人太多。她是跟安迪一起去的，杰克为了他的公司也得去。"

数千人参加了那场会议。或许他们从未遇到彼此，但或许他们确实碰了面。一个模糊的影像，正在等她发现。

"谢谢你，稍后再谈。"

她打电话给她爸爸："几年前，你记不记得妈妈参加过韦伯康会议？你知道吧，就是那个特别盛大的市中心会议？"

"呃……我想她参加了吧。她当时在各种展览会上为阿克雷斯网络公司布置展台。为什么问这个？"

"我今天见的一个潜在客户觉得他或许在那儿遇到过妈妈。他问我我们俩是不是亲戚。"

"哦，被人问到案子，这有点尴尬。"

"我只是好奇。"

"她的办公室应该有记录。我当时也有工作，要跟我自己的客户碰面。所以我不怎么留意她的日程表。"他听上去有点疲惫。

"你还好吗？"

"我没事。每次聊天你都要问我这个问题吗？"

"或许吧。"

"好吧，甜心。"他欲言又止。有些事让她感到很害怕。他随时都可能会受到袭击，而她不能让这种事发生。她必须保护他。

"我稍后就回去。"她说。

18

玛利亚走后，克雷格安装好第二个小型动作感应摄像头，藏在车库一角。一个摄像头对着车道，另一个对着前门，都可以进行夜间拍摄。如果放字条的那个人再回来，克雷格希望能看到那是谁。

那要作何反应呢？好吧，随机应变。

如果是陌生人呢？就报警。

如果是邻居呢？好吧，把影片放到这位邻居的"脸家"页面上，这主意不错。既能羞辱这个折磨他的人，也能杀鸡儆猴，好让邻居知道他的厉害。如果是当地的孩子，那么他会把影片发给警方以及孩子的父母。

在人们怀疑除了他再无其他犯罪嫌疑人之后，刚开始受到骚扰的时候，他就想过这么做……但他没有。他知道这样做只会让他孤立无援。所以他一一忍了下来，就当是为了玛利亚好。

贝丝失踪后，朋友和邻居们会带着食物过来，坐下来陪他，握着他的手安慰他，为贝丝祈祷……直到警方明确表示他有嫌疑。

贝丝失踪时他恰好不在公司，也没有不在场的证明。

他说他一直在家，但他无法提供有力的证据。大型会计事务所的合伙人中午一般不会回家吃饭休息，即便身体不舒服，即便他说他可能在生病的女儿那里被传染了感冒。当时玛利亚正生病在家，烧得卧床不起，吃过药后整个人昏昏沉沉的。

在妻子失踪的时候回家真是个大麻烦。你永远都不知道，看似微不足道的选择可能会引发多少连锁反应。

大家依旧很客气，但那种客气多半是为了照顾玛利亚的情绪。

她朋友的父母不止一次说过"玛利亚过来跟我们一起住或许会比较好",仿佛失去妻子之后的他需要的是女儿也被人带走。玛利亚十分憎恶那些提议。他曾默默地考虑过那些提议,因为他不希望自己被捕的时候玛利亚在场,如果这种不可思议的事会发生的话。他不能指望丹尼斯能秉公执法。

犯罪现场勘察员将邓宁的家整个搜索了一遍,寻找血迹或暴力的痕迹。但什么都没有。贝丝的那辆名叫"宝贝儿"的红色梅赛德斯被停在空地上,搜查过后便还给了他。什么都没有。他们打算盖房子的那块地也被搜索了一遍,还是什么都没有。所以,流言又开始泛滥。克雷格·邓宁要么无比小心,要么全然无罪。

但他有几个小时行踪不明。于是怀疑就像荆棘一样不断蔓延。

友谊瓦解了,变成地上的水洼。相信他依然可以信赖,依然坚信他无辜的朋友屈指可数。

"你本不该回家吃午餐的,你的生活因此全变了。"有个朋友告诉他。

他走进屋里,将热情的利奥喊过来,用皮带勾住它的颈圈。利奥兴奋地跳了起来。他又要去遛利奥了。他通常会盯着利奥,以免它吃掉虫子、蚯蚓或橡树子。利奥总能发现这些东西。他领着利奥走下缓缓倾斜的山坡,目光掠过路过的每一座房子,心里想着他们在掩盖什么秘密,在指责他什么。

他跟自己玩了一个小游戏。

假如有人要耍他,要再次开始没完没了的指责,那个人的目的是什么?为什么是现在?谁又会因此获益?

利奥停下来嗅着邻居家院子里的一丛茂密的灌木,克雷格轻轻引着他离开。他觉得背上有一道目光,便向后瞥去。

在离他半个街区远的地方,有个身穿浅色夹克的男人正在走路,他的软呢帽檐拉得很低,但手机放在胸前,正对着克雷格位于山顶的房子，好像正在拍照或者拍视频。克雷格只是匆匆地瞥了一眼，假装没有注意到他。

克雷格不认识他，也许是新邻居。

他继续往前走。利奥看到了那个男人，叫了两声以示警告。克雷格拉着他走出院子，继续散步，不过他走得更慢了，街对面的那个男人一只手插在外套的口袋里，另一只手仍旧拿着手机。他并没有看向克雷格。

但他也许是在拍我，即使不是，也肯定是在拍我家。角度正冲着那边。

克雷格继续往前走。他被人用手机拍过几次，他们会把视频发到真实罪案网站、当地新闻网站或社交媒体上。有时候他们会这样写："现在走来的是犯罪嫌疑人克雷格·邓宁，不知为何他逃脱了法律的制裁。"他不知道如果他停下来，转身冲那个男人招手，对方会作何反应。

于是，他这么做了。

他冲他挥手，那个男人只驻足了一秒钟就继续往前快走，克雷格牵着年迈的利奥根本跟不上。

他在看我。我不认识他，但他知道我是谁，因为他刚才是那种反应。

两人隔着一条街道往前走，那个男人在看手机。

克雷格看着他。他不是邻居，他以前从未见过这张脸，也不是新搬进麦克豪宅的邻居，这类豪宅不断出现在这片老房子中。

他们走过前面的两栋新房子，那个男人慢了下来，瞥了一眼那栋房子。克雷格感觉到自己的手机在口袋里嗡嗡作响，但他没有去看。

他一直盯着快乐的利奥，然后又去看戴软呢帽的男人。

这条街是个蜿蜒的圈，克雷格停下脚步，而那个戴软呢帽的男人仍在往前走。

"你好。"克雷格在那个男人超过他时说道。利奥嗅着草坪。

那个男人点了点头，继续往前。他没有再看克雷格，一直在盯着手机。

我不认识你，但你出现在此处。你住在哪儿？

他凝视着那个走在他前面的男人，然后心想，去你的。现在他又开始遛利奥，转过弯，朝自己家走去。带软呢帽的男人正在加快步子。

利奥停下来解决生理需求，克雷格想让它快一点，利奥也并没有花多长时间。那个男人匆匆走入另一条辅路。克雷格没顾得上清理利奥的排泄物，一路向前赶去，不情不愿的利奥拖慢了他的速度。那个男人沿着辅路走到一辆银色越野车前，钻了进去。

他不是这里的人，不是邻居。

车子迅速驶离这里。车牌上满是泥渍，看不清。但是车后面有个哈文湖高中的贴纸，那是一个小号，下面写着"肖恩"这个名字。

那个小号说明那个人可能是乐队里的孩子，对不对？

车子转过弯道，然后不见了。

利奥气喘吁吁，不习惯突然被拽着一路往前疾走。

那也许只是个出来散步的男人。但什么人会在并不是自己居住的区域里散步？他为什么拍我家的房子？因为我装了安全摄像头

吗？他还有个在哈文湖高中上学的孩子。乐队里有多少个叫肖恩的孩子？

他转过身往家走。被利奥当作厕所的那个院子的主人正站在外面，皱着眉头看着克雷格走回来。

"希望你是去拿袋子了。"邻居说道，他总是怒气冲冲的，克雷格私下里把他称为"喜欢穿运动服的男人"。

"抱歉，抱歉……我刚刚在……"

你要说什么？抱歉，我在追折磨我的那个人？

"没有袋子？"他指着利奥的排泄物。

"我回家取。"

"喜欢穿运动服的男人"说道："你知道的吧，你跟大家说的一样可恶！"他转过身走进屋。

克雷格站在辅路上，利奥嗅着草丛。人们认为，不及时处理狗的排泄物与杀死妻子的性质相同。他站在那儿，站了很久，微风吹过他的脸。他凝视着站在前窗前盯着他的邻居。他转身走回家，拿了个袋子回来清理掉利奥的排泄物，然后又回到家。

他出现在这里是有原因的。这个男人出现在这儿肯定有他的原因。这次我准备好了。我准备好了。

摄像头还在原来的地方。他走到隔壁，敲了敲门。过了片刻，离他最近的这个邻居库玛·拉贾纳坦应了门。贝丝失踪后，库玛一家人对克雷格一直都不冷不热，但也不曾公然为难他。他有两个孩子，一个在读大学，一个就读于哈文湖高中，今年毕业。

"你好，库玛，抱歉打扰一下。我有个不情之请。"

"什么事？"库玛似乎并不想将门拉开，脸上的笑容很淡，或许是希望克雷格只是过来借糖或黄油的。

"最近夜里总是会有一个少年出现在这里，想要吓我和玛利亚，就站在我们的窗户那儿直勾勾地往里看。"他撒了个谎。

"我没有看到。"库玛立即说道，"你应该报警，克雷格，警察会过来保护大家。"他后面还想说"甚至是你"，但没有说出口。

"我不想把事情闹大。十几岁的孩子总是容易冲动行事，当然你们家的孩子并不这样。"他挤出一个友好的笑容。

库玛扯了扯嘴角想说什么，但他依旧冷冰冰的。

"我只是想知道安雅愿不愿意给我看一下她的年刊，看能不能从里面认出那个男孩。我可以打给他的父母，也不必把警察牵扯进来。"

库玛似乎犹豫了。

"我很肯定，如果报警，报纸就会报道我再次受到骚扰，那个孩子肯定也不希望受到关注，惹更多麻烦。我希望他将来不会往你家窗户里看，包括安雅的窗户。"他丢下一枚小炸弹。

"等一下。"库玛回到屋里，片刻之后拿出一本厚厚的哈文湖年刊，"拿去吧。"

"我很快就还回来。"

"你是因为这个才安装摄像头的吗？"大家永远都在监视你的一举一动。因为你是住在隔壁的杀人犯。

"对，只是有点担心。"

"我理解。但愿……这个麻烦能既迅速又温和地得到解决。"

"多谢，库玛。孩子们怎么样？"

"他们很好，多谢。"提到孩子，他的语气稍稍变温和了，"西达尔特在范德堡大学表现很好，安雅也拿到了莱斯大学的录取通知书。"

"哦，那太好了。玛利亚跟我很乐意邀请你们来我家吃晚餐。我们已经很久没这么做了。"他不敢相信这些话就这么从他的口中说出。这是个邀请。他疯了吗？但是这个人跟他说了话，还把年刊借给他看。他已经很久很久没感受过这种正常的人际交往了。

"我很会做饭。"

"或许吧。我跟索尼娅商量一下。多谢你的盛情邀请。不过，我们很快就要搬走了。"

"哦，你家院子里并没有待售的标志。不过还是恭喜。"

"啊，没有，我们现在没必要把房子卖掉。等到有必要的时候，我们再卖。"

"好。"克雷格不知道该说什么，"我们会想念你们的。"

库玛没办法说出同样的话："保重。这本年刊，你看完可以放在门廊上。"库玛快速关上门。

"我稍后会把它送回来。"克雷格对着关闭的门说道。他居然忘记了自己在这个世界的地位。克雷格震惊于自己的愚蠢，羞愧得脸红了。不，他们不会来吃晚餐的，永远都不会。他们在卖房子，希望从他住的地方逃走。他走回家，腋下夹着年刊。羞愧会有截止日期吗？

谁需要他们？没有人需要，他不需要，就算他有个需要他保护的女儿。克雷格坐在桌前，拿了便签本和笔，开始一页一页地翻着年刊，寻找乐队部分，寻找那个名字。

19

　　玛利亚很确定她得去一趟阿克雷斯网络公司,看他们有没有关于妈妈参加韦伯康会议的记录。这是条很薄弱的线索,但也是唯一的线索。如无必要,她不知道她是否还会跟安迪谈。

　　她不想一边躲避他不规矩的手,一边为他设计应用程序。她决定顺便拜访一下莎伦,告诉她自己了解到的事情,再问几个问题。莎伦已经给她发来了两条短信,问她跟安迪谈得如何,很是着急。

　　玛利亚将车停在布莱文斯家前面。她走到莎伦家门前,发现门是半开着的。她的心一下子提到了嗓子眼儿,莎伦不像是那种会随便敞着门的人。她敲了敲门,喊道:"布莱文斯夫人?"没人回应。她推开门,但门开到一半就推不动了,像是撞到了什么重物。她看了眼门周围,莎伦正躺在门后的瓷砖地面上。

　　玛利亚跪了下来。她还有呼吸,眼睑在颤动。

　　"布莱文斯夫人!"

　　莎伦睁开眼睛,努力聚焦:"哦……哦……贝瑟尼?"

　　"不,我是玛利亚·邓宁。我来叫救护车……"

　　莎伦双眼凝神,抓住玛利亚的手臂:"不……玛利亚……哦,我有点头晕……不要叫救护车。拜托不要。救护车太贵了。我向你保证,我没事。"

　　玛利亚心生怜悯。莎伦爬到她的脚边,攀到了她的身上。

　　"好吧。"玛利亚将莎伦扶到长沙发上。她在她头下放了个枕头,为她倒了杯水。

　　"谢谢你。"莎伦喝过水后说道,"我没事,多谢你。"

"发生了什么事？"

"我想我晕倒了。今天心里装了太多事，忘了吃饭，忘了喝水，也忘了吃必须吃的药——我有焦虑症。"

"我还是觉得应该叫救护车，或者带你去急救诊所。"

"亲爱的，我没事，真的没事。"她的目光似乎沉着了些。

"好，那你需要吃点东西，我来做点吃的。"

"哦，天哪，别麻烦了，玛利亚。"

"不麻烦，不用客气。"玛利亚在厨房里找到了鸡蛋、瑞士奶酪、蘑菇和一个新鲜的柿子椒。她煎了蛋饼，用烤箱烤了酸面包，冲了两杯花草茶，然后将这些统统拿到桌上，扶着莎伦走过来坐下。

"哦，你真是太好了。谢谢。"

"这是我应该做的，都是我的错。我今天勾起了你的伤心事。"

"不是你的错。"莎伦的声音十分坚定，"有时候，悲恸会让人无处可躲。"

"确实如此。"

莎伦快速地说了几句祈祷语，玛利亚礼貌地低着头，随后是友好的沉默。

"你做得很好，谢谢。朱莉……怎么样？关于跟朱莉的谈话，你说得不多。"

"她挺好的。"玛利亚觉得自己的措辞应该谨慎一点，以免再次刺激到莎伦，"她说贝瑟尼那段日子过得很辛苦。"

莎伦皱眉："如果她能把生活打理得井井有条，多做些祷告，跟我去教堂……就不会进退两难了，她会做出更好的决定的。"

她很可能已经死了，现在剖析她的选择还有什么意义？

"喝酒和挪用公款都是前兆，你觉得核心问题是什么？"

"她很孤单。杰克只顾着忙工作，她又结交了不好的朋友。"

"她提到过一个叫莉兹贝丝的新朋友，也经常跟这个人一起去喝酒。"

"是，但我从没见过她。贝瑟尼没理由带她过来见我，虽然见见她的朋友也挺好的。不过，有一次我跟教友一起去餐厅吃饭，看见贝瑟尼也在那儿吃午餐。我过去跟她打招呼，我以为她是一个人，但事实并非如此，莉兹贝丝也在那儿……不过莉兹贝丝并没有出现。她去了洗手间，然后让贝瑟尼结账。不管是谁，花那么多时间在洗手间里，而且逃单……这个人一定有问题。"莎伦降低了音量，"我想，她吸毒。"

"贝瑟尼从来没说过？"

"她是不会说的。但从那之后，我再也没见过莉兹贝丝，这其中一定有原因。"

"那我明白贝瑟尼车里为什么会有不属于她的处方药了。"

她尴尬地红了脸："对，焦虑症药和止痛药。我觉得那些都是莉兹贝丝的，是她给了贝瑟尼这些药。"

"莉兹贝丝有没有可能给她下药？"

"她为什么要这样做？这根本说不通。我是说，这个莉兹贝丝或许给了我女儿药物……哦，你是说贝瑟尼觉得有人在害她这件事？这个想法太傻了。如果她体内确实有药物，那只能是她自己服用的。"她清了清嗓子，"这让我很难说出口，但愿你明白。这是她逃避责任的途径。"

"朱莉很担心你。"

莎伦不屑地吐出一口气："我敢肯定她并没有。"她一只手覆在眼睛上，"朱莉最关心的永远是她自己。"

"我觉得你今晚不能一个人待着。我能打给你的朋友吗？或者亲戚？哪怕是朱莉呢？我觉得她肯定会来。"

"真的不需要。贝瑟尼是我仅有的家人了。我会没事的。"

"教友呢？"

"你知道的……我从不在教堂说及贝瑟尼。那是我的避难所，在那里我可以不用想她，不用谈这件事……我想一直这样就好。我不想跟人解释自己为什么会忘了吃饭。"

玛利亚感到很难受："那……你想让我留下来吗？只有今晚。我觉得还是有人陪着你比较好，以免你再晕倒。"

"玛利亚，你太善良了。"

"我不想让你觉得奇怪，我知道我们才刚刚认识……"

"但你觉得我们仿佛认识了很久，鉴于我们都失去了亲人。"

玛利亚缓缓地点了点头："对，是不是有点古怪？"

"相似的经历。"莎伦将手覆在玛利亚的手上，"我在书里读到过这种情形。如果这样做能令你安心，何不留下呢？我……很高兴你能陪我。"

"这的确会令我安心，谢谢你。"

玛利亚清理了餐碟，建议莎伦去看电视、读书或者休息。她在厨房里给朱莉发信息：

嘿，我是玛利亚·邓宁。布莱文斯夫人今天在家里晕倒了。我发现的她，她没事，不过没什么力气，而且拒绝就医。我今晚留下来，只想确保她的情况不会恶化。你明天能过来看一下她吗？至少打通电话问候一下吧？多谢。

她刚把餐碟放进洗碗机，就收到了朱莉的回复：

当然可以。很遗憾听到这个消息。你能留下真的很善良。我们会去拜访她的。或许可以劝她就医。

"我们"，那或许是指她和安迪。

她随之发信息给爸爸：

我今晚睡在朋友家，她病了，我想确保她没事。

克雷格回复道：

你的朋友是谁？

她想说"我不必跟你解释"，不过她还是稍微歪曲了一下事实：

是个帮过我的女士，是我同事，没人可以帮她。不过我想知道你一个人在家是否安好。

克雷格回复：

我很好。爱你。

玛利亚回复了一个心形的表情，因为说了谎，所以浑身颤抖了一会儿。

克雷格冲着他的手提电脑屏幕皱起眉头，他在重读那些信息。玛利亚有时会跟转包商合作。他知道他应该高兴她有朋友需要她的帮助。但这根本就是个谎言。

他来到一个网站，他车子——也就是她开的那辆——的信号可以告诉他它的位置。他追踪到车子被停在奥斯汀北部，离安德森高中和斯帕斯伍德大道不远。

他想知道这个女性同事是谁。

他看了一遍年刊里的乐队成员照片，顺着这条线索找人倒是收获颇丰。吹小号的孩子里有三个叫肖恩，真是叫人恼火。他写下了他们的名字，在社交媒体和哈文湖报纸新闻网站上搜索。他还看了眼他们的姓氏，并没有发现有谁住在附近，至少从两年前开始没有。他得找到他们的住址，看有没有他看到的那辆车。他觉得这样做很蠢，也许这根本就是个没用的线索，他只是在浪费时间。

他在电脑上打开一个窗口，看到前门摄像头中的情境，然后打开车道那里的摄像头窗口。那里有个头戴棒球帽的男人，他的狗正在草坪的角落里走来走去，也许是在考虑要不要留下"纪念品"。他听到楼下利奥的叫声。

是之前那个戴软呢帽和墨镜的男人吗？他的棒球帽檐拉得很低，很难分辨。那个男人拉着狗狗的皮带，继续往前走。

你不能看谁都像是敌人。

他按了键盘，从摄像头上拍了张照片，保存了下来。就算他看不到那个男人的脸，他也可以看到狗狗。下次再见到它，他一定认得出。

他也想带利奥去散步，不过不想去附近的街道。他受够了邻居们的冷言恶语。

她今晚不在家。你可以出去。没人会问你去了哪里。

于是他出了门。他讨厌自己，希望自己的自控力能强一点。克雷格·邓宁在利奥的颈圈上套了根皮带，把它塞进车里，然后驶入夜色之中。

20

"贝瑟尼搬走的时候留下了这些衣服。"莎伦将印着玫瑰和荆棘的长袖睡衣和睡裤递给她，"你比她高，不过我们又不打算去杂货店之类的地方买东西。"

"不会，这些很好。"玛利亚说着心想，只是衣服而已。现在，留宿在贝瑟尼以前住的房子里这个想法让她感到有点难受，更何况她还穿着她的衣服。她挤出一个笑容。不，这一点也不诡异。

莎伦坚持说她必须为一位客户安排好复杂的行程，这位客户正在全国各地向买家演示新款产品，所以她坐在贝瑟尼以前那间卧室的电脑前工作。她似乎已经恢复状态了，但还是有点亢奋，好像在竭力让玛利亚相信她真的没事，而事实并非如此。

玛利亚不想看电视，于是来到屋里的小型嵌入式书架前漫不经心地浏览。书籍总是窥探一个人内心和思想的有趣途径。

书架上有几本《圣经》，这并不意外，还有几本由知名电视已婚夫妻传教士所著的书。架子上只有几本小说，都是很多年前的一档知名脱口秀读书俱乐部推荐的书目，剩下的基本全是自助的书籍。

她的手机响了一下，是一个陌生号码发来的信息：

关于今天下午的误会，我很抱歉。希望下次有机会回顾你的作品，可以在我的办公室，也可以在你的办公室，看你何时方便。

这只能是安迪。误会？他只是在为自己的不良举动找借口。她决定不回复，如果他真的觉得抱歉，那就先晾他一会儿。

她翻着那些厚厚的自助书，想看看能否从中得到有用的信息。这些书比其他的书旧一些，从页面边缘的痕迹就能看出来，标黄的段落已然褪色，页边有用铅笔潦草写下的笔记："努力记住要向前看""成为更好的人""你无法消除过去"。"消除"二字底下划了三条线。这不是年长之人的笔迹。她打开这本书，里面夹着一张纸，是书店泛黄的发票，显然被拿来当作书签了。发票上有个日期。这本书是二十多年前在休斯敦的一家书店买来的。

而且，她之前看的那一页是用一张照片做的书签。那是一个三四岁女孩的照片，照片中的女孩有着淡棕色的头发，笑容灿烂，长着一对酒窝，很开心地抱着一只小猫。这是贝瑟尼小时候的照片吗？但这是从报纸上剪下来的图片，因为年代久远，泛黄且易碎，不是某个人的照片。

玛利亚合上书，忽然觉得自己就像个入侵者。她将书放回去，跪下来看书架的底层，那里有很多真实罪案的书，其中有几本是安·鲁尔所著的关于备受瞩目的凶杀案的经典书籍，有著名男演员涉嫌害死一名年轻女性并试图掩盖其罪行的书、命盘杀人魔的书、护士在医院杀死病人的书。这些书跟那些自助书一样，都已经磨损，书角也已翘起，里面标黄的部分并写有标注。

她翻开那本关于鲁莽的男演员的书，里面有一张蓝色的便签纸，上面写着："他怎么认为能够逍遥法外？周围的人促成了这件事。"

笔迹很像贝瑟尼贴在显示器上的那张便签上的字。贝瑟尼不断地展露出她的新面孔：不幸的生活，参加派对的年轻女人，被指控为贼，胸怀抱负的作家，出走的配偶，现在又是个研究真实罪案的人。

玛利亚坐在书架旁的地板上，背靠着长沙发。屋里很安静。她打给爸爸，想听听他的声音。

"爸爸。"

他接听时，她听到汽车引擎的声音。他在开车，那就不该接电话，就算是开免提也不行。她讨厌这种行为。

"怎么了，亲爱的？"

"你在哪儿？"

电话那头顿了顿："要去商店买冰激凌。"

"一天出门两次，哇哦。"

"我以前过的是正常的生活，玛利亚。我可以试着再过上正常的生活吗？"

"当然可以，爸爸。我完全赞成。"

"你的朋友怎么样了？"

"好点了。"

"你不需要睡衣或牙刷吗？"

"都搞定了。"

"如果你在跟别人约会，你该跟我说。我会赞成的。"

"完全不是那么回事，爸爸。如果有，我会跟你说。没有男人想约我。我身上的包袱比……富可敌国的人旅行时带的包袱还要多。我都不知道什么样的人会跟我约会。"

她父亲大笑了一声，这很罕见："告诉我你喜欢什么口味的冰激凌，明天回来可以吃。"

"奶油胡桃。"这也一直是妈妈最喜欢的口味，玛利亚眼中闪着柔光，"假设我找到了证据，还有一宗案子跟妈妈的案子有关，你会怎么做？"

过了五秒钟令人尴尬的沉默后他说："什么样的案子？"

"假设，有人是在相似的情形下失踪的。"

"什么？"他抬高音量，"也是有辆空车？人却消失得无影无踪？"

"我只是随口一说，爸爸。冷静一点。"她用膝盖抵着下巴，面朝窗户，往前院看去。

外面站着的是安迪和朱莉，他们下了车。

"莎伦？"她喊道，"有客人来了。"她重新将手机放到耳边，"爸爸，我要挂了，稍后再聊。"

"什么案子——"电话还没挂断前，他问道。

门铃响起。

莎伦应了一声。

"布莱文斯夫人？我跟安迪只是想看一下你有没有事。玛利亚·邓宁给我发了信息……"

"哦，你们真好心，但不必大惊小怪。"莎伦将他们俩引进门，朱莉跟她相拥，安迪瞥了玛利亚一眼，然后跟莎伦问好，莎伦也跟他拥抱，然后走开。

"玛利亚，这是我的男朋友，安迪·次多莱特。他也是贝瑟尼从小的玩伴。"

关于今天下午的误会，我很抱歉。

他之前还想邀请她出去喝东西，还把手放在了她的手上。安迪笑得怡然自得，仿佛知道她不会当面揭穿他。

她完全可以揭发他，甚至离间他们，或者假装他并不是个浑蛋。玛利亚怎么做都可以。他们对视着，她在他眼中看到了恳求。他知道自己下午的举止不当。

"很高兴认识你，安迪。"玛利亚不疾不徐地说道，"我是玛利亚·邓宁。"

"我也很高兴认识你。"他的声音明亮、友好，但笑得很僵。

莎伦看向朱莉和安迪："我不知道你们俩在交往。"

"对，我本来想告诉你的。"朱莉攥紧安迪的手，"不奇怪，对不对？我们俩从小就认识。"

"我们很担心你，布莱文斯夫人。"安迪说道，"我们能聊聊吗？"

"当然可以，都过来吧。吃点蛋糕……"莎伦说道，"等等，你们什么时候开始交往的？"

莎伦听起来有点生气，因为长辈总是不清楚年轻人的动向。

"哦，几个月前。"朱莉说道，仿佛觉得没什么大不了的，"我们现在也同居了。"

"哦。"莎伦似乎暂时不知道该作何反应，"那好，真是太棒了。"

"我们只是很担心你。玛利亚说你晕倒了。"

"我没事，玛利亚心肠好，但我真的没事。有人陪对我来说很好。"她尽力不着痕迹地承认自己的孤单。莎伦往厨房走去，朱莉跟在她身后。安迪和玛利亚留在屋里。他们听到碗碟声和两个女人的交谈声，朱莉反复问她是不是还好。

玛利亚瞥了一眼安迪："哇哦，你竟然请我去喝东西。"她悄声说。

"那是为了谈工作。"

"哦，那你还摸我的背。"

"抱歉，当时我是要帮你转回椅子上。"

"我没请你帮我转。你知道自己品行不端，还发信息跟我说是'误会'。"

"我不知道你认识朱莉。她很多疑。真的，我只是想边喝东西边谈你的提议。"

她并不信他："我刚认识朱莉，也不打算干涉她的生活。不过你没有机会再碰我了，再也没有。"

"我不会，而且我很抱歉。"他接着说道，"你没有跟我说你是去问我贝瑟尼的案子的。"好像她不公正地对待他了一样。

"有那部分原因，但我确实需要这份工作。"

他深吸一口气："好，那我们重新开始，以潜在的同事的身份。"

"如果你再打我的主意，我就告诉她。"

"是我让你误会了，不会再有这样的事了。"他扶正了眼镜，"给我个机会弥补一下。或许朱莉跟我能帮上忙。你妈妈叫什么？"安迪问道。

"贝丝·邓宁。"

他眨了两下眼睛，接着摇了摇头："抱歉，我不认识她。"安迪抬高声音，"布莱文斯夫人，需要帮忙吗？"他热心地喊道，"我很乐意效劳。"

"不用了，我没事。"莎伦小声答道。他们听得到莎伦跟朱莉正在轻声聊天。

"我也想聊一下贝瑟尼。聊聊她被指控挪用公款这件事。"

"那事已经确定了，而且我没法再多谈。她搭上飞机，没有告诉任何人，从那以后也再没有人见过她。"

"但是，你的看法会很有用。而且我帮过你一次了。"

"我知道你有理由询问这些事，但这会让布莱文斯夫人受到困扰。她是因为你才晕倒的。"

"如果你说的是真的，她就不会邀请我留宿。我没有困扰她。我给了她知道答案的希望。"

她转过身背对他，没再多说一个字，然后进了厨房。莎伦和朱莉听到她走进来便安静了下来，玛利亚冲她们微微一笑。

玛利亚感觉有人在看她。她扫了一眼，看到安迪正靠在厨房的门上盯着她看，脸上挂着微笑。他以为这种强势的魅力会对她奏效。朱莉几乎是在打量玛利亚了。莎伦则端着盛蛋糕的碟子，疲惫不堪地应付不请自来的客人。

这是怎么了？他们紧紧地抱在一起，贝瑟尼的失踪改变了他们所有人，正如妈妈的离开。

朱莉不想吃柠檬蛋糕，安迪则狼吞虎咽地吃下了莎伦切给他的那一片。

"布莱文斯夫人，如果你需要，我可以过来陪你。"朱莉说道，"我相信玛利亚有自己的事要忙。"

并没有，玛利亚心想。

"多谢你，玛利亚跟我聊了聊，我觉得好多了，我们俩都遭遇了失去亲人的痛苦。"

朱莉耸了耸肩，手指伸入自己的黑发中："我很高兴你们找到了彼此。"

"虽然你妈妈的案子跟贝瑟尼的案子没有关联，但是——"

安迪的话被莎伦打断："没有又怎么样？我觉得跟玛利亚聊天是一种宽慰。"

"那么，我们也很高兴。"朱莉挤出笑容。

"我们该走了，亲爱的。"安迪说道，一副公事公办的语气，"布莱文斯夫人，如有需要，请打给我们。我也会打过来，看您情况如何。很高兴认识你，玛利亚。我们应该找个时间谈谈聘请你为阿霍伊设计应用程序的事。"

他这么说便是确定了他们的业务合作关系，以免朱莉问及他们俩在屋里谈了什么。朱莉抱了抱莎伦，安迪也伸出手拥抱莎伦，然后冲玛利亚点了点头。之后他们就走了。莎伦没有站在前门挥手送他们离开，而是马上就关了门，靠在门后。

"你还好吗？"玛利亚问道。

"他们都是过去的见证，提醒我贝瑟尼的存在。你有没有因为你妈妈而总是往后看，却不能往前看？"

"有时候吧。"

"所有人都认为你应该沉浸在悲伤中，就好像你不应该考虑其他事情似的，哪怕是一分钟都不可以。但凡你这么做了，就说明你不爱你女儿，或是你妈妈。我真是受够了这种指指点点。"

玛利亚说："但愿我没有对你指指点点。"

"哦，没有，甜心。你确定你不想吃蛋糕？"

现在拒绝好像有点失礼，所以玛利亚点了点头。莎伦又小心地切下一块蛋糕，放在碟子里。

"看到朱莉和安迪在交往，你好像很惊讶。"

"自从我们开始聚在一起怀念贝瑟尼，我就再也没有同时见过他们两人。"她说道，"有时我会在商店碰到朱莉，聊上一分钟，但她没有提到跟安迪约会的事。"她清了清嗓子，坐了下来，"我……不该跟你说这些的。"

"为什么？"

"贝瑟尼嫁给杰克的时候，安迪并不好过，他讨厌杰克。贝瑟尼说他曾告诉她，杰克配不上她。贝瑟尼和安迪从未交往过，他们两个高中时会一起出去，在大学里也经常见面。她常常说：'我当安迪是哥哥。'他们是怎么说的来着……恋人未满？当一个人只想做朋友但另一个人想要交往的时候？"她的声音有些诡异地轻轻颤抖着。

"我想是吧。"玛利亚说道。她讨厌那个词，觉得人们总是将不想改变关系的责任归咎于女方。

"她常常说她当他是哥哥，但每当这时他都像是在苦笑。他不喜欢被人拒绝。但当她说想要找份新工作时，他就为她谋了份差事。我想那样她就会整天围着他转，而远离杰克了。他好像想赌一把。如果他是随便的哪个同事，她就会让他闭嘴走开。但安迪是个老朋友。他……"莎伦顿了顿，"他曾在她爸爸去世时陪在她身边。"最后几个字几近耳语，"当时他总是陪着她。"

"他在办公室里跟我调情，当时他不知道我认识你和朱莉。"他所做的可不止是调情，但她决定暂时不把它当回事。

"他现在有吗？当然会有。"她的嘴唇微微颤抖，摇了摇头，"他通常都是一本正经的，有时候也不会，是冲动作祟吧。"

"他向我道了歉。"

"因为朱莉也在。老实说，她更清楚这一点。"

"更像是你说的，他想赌一把，如果输了，他也不会在意。"

莎伦拿了个盖子罩住柠檬蛋糕，靠在洗碗池边："有时候，贝瑟尼的朋友们不但不能给她带来慰藉，反而是痛苦。我很遗憾。"

"这不是你的错。"

"我累了。"

"当然，快上床睡觉吧。"

莎伦点点头，再次检查了下前门是否已锁："我很高兴你在这儿，玛利亚。跟你聊天对我大有裨益。"那一刻，玛利亚以为莎伦要跟她拥抱，但她没有。莎伦摆弄着手指，好像不知道应该放在哪儿。最后，她就那样交叉着双手。

有点不对劲，玛利亚心想。朱莉和安迪在这儿也很令她心烦。这是为什么？

玛利亚点点头："我的睡眠很浅，夜里有事就叫我。"

"好的。晚安。"莎伦走进卧室关上门。玛利亚站在屋子里，周围是失踪的贝瑟尼的照片，空气中的愧疚和紧张就好像是流淌的雾气。

21

空地上很黑，没有路灯，只看得到街头那户人家的灯光以及被云层笼罩的月光。这儿本该有座灯光温暖的房子，欢迎玛利亚以及她将来可能选择的家人回家，而克雷格和贝丝会坐在前廊上品着红酒，看着远处山间的日落。

但这里只有空旷，只有微风掠过的死寂，没有了她。贝丝失踪的这块土地像是宇宙中的一道裂缝，充满了答案和问题。现在，他有些讨厌这儿，但还是不由自主地来到了这里——但他不会在这里建房子了，他知道大家想知道他为什么还不卖掉这里。有时候，他担心不卖掉这里自己就会遇到什么事，玛利亚则会把自己将来的家建在这里。这绝对不行。

"你没卖那块地，是因为有人会在那儿发现她的尸体，对不对？"

布鲁萨尔几个月前对他说过这句话。但即使警察在这里找了个遍也一无所获，一丁点痕迹都没发现。

克雷格停好贝丝的车，做了个深呼吸，然后给利奥系好皮带，带它下来。星星杂乱地散步在天鹅绒一般的夜空上。他打开手电筒，把它放在一堆灰白的石灰岩上，这些岩石散落在这片土地的边缘，到处都是。他凝视着那些岩石。车道上的那块石头是不是从这儿捡的？有人会残忍到这种地步吗？他无从知晓。

利奥紧紧地拽着皮带，急着四处探险。

每一天，他都是那么的想念贝丝。他在高高的草丛中漫步，小心地避开蛇或蚁冢，然后在他跟贝丝曾经想象自己的家拔地而起的地方驻足。那时，他们在鸡尾酒纸巾上画出了房子的草图。他闭上双眼，微风徐徐吹来，利奥则一边嗅一边叹气，将这夜色吸入体内。

贝丝，贝丝。我很抱歉，很抱歉。

这块土地就是他怀念他爱着的贝丝的地方，因为她没有墓碑，没有体面的长眠之地。他过去常常给她唱那首《贝丝》，或者是为了引起她的注意，或者是跟她道歉，有时他会想在这儿哼唱这首歌，但每次都唱不了几句就哽咽到无法继续了。

灯光亮起来并照在了他的脸上。没什么警惕心的利奥现在才觉得要吠叫。

"克雷格。"灯光往下扫,他看清了来人的脸。

"丹尼斯。你这是非法入侵,但我不准备追究。"

"你为什么在这儿?"

"我在自己的地产上,为什么要跟你解释?你为什么在这儿?"

"因为我想四处看看。或许能发现以前没留意到的东西。你要投诉我非法入侵?"

"不会。"

"你是来这儿哀悼的吗?"

他的语气是克雷格不喜欢的那种调调。

"我喜欢来这儿思考。"克雷格说道,"这里会让我觉得离她很近。"

"我也觉得她就在附近。你处理尸体的时间并不多。我怀疑她就在这附近。"布鲁萨尔拖着脚步,"你有没有希望过我就此忘记,或者放过你?"

"没有。我希望你找出是谁带走了她。"克雷格说道。利奥又接连叫了两声。

"坦白不是更简单吗?好过整天背负着那个沉重的秘密。"

"你还是不可理喻。"克雷格说道。

"在你发表声明之后,你拒绝回答别人的任何问题,为什么?"

"我早就回答过了,而且一直妄想你会去找是谁带走了她。"

"你那天给正在上班的她打了电话,想知道她是否出轨。大家听到你们在电话里发生了争吵。"

克雷格摇了摇头:"是讨论,不是争吵。不过纠结这种细微的差别有什么意义,丹尼斯?你还是这么怒气冲冲,对她和我都是如此。你应该跟你的怨恨结婚,这股怨恨已经陪了你三十年了。"

两人沉默良久。丹尼斯将手电筒从克雷格脸上放下,这时克雷格突然发现，丹尼斯带了武器。自从贝丝失踪以来，他们从未这样单独相处过。

他会在这里直接冲你开枪。

没有目击证人。然后他会调查这个案子。他会离开。他会对所有人说："克雷格想抢我的枪，你看吧，我害怕他会危及我的生命。"

他心里升起一丝恐惧，炽热而明亮："我该走了，我女儿在等我。"

"我觉得我们得聊聊你女儿的事。"布鲁萨尔静静地说道。

"你不需要担心我女儿。"

"她在保护你。她有那张DVD，克雷格，或许是她发现的，或许她不忍心扔掉它，因为上面有她妈妈的名字。她在保护你，但她不能一直保护你。她总有一天会崩溃的，她会对你大发雷霆，然后告诉我她所知道的事。别让她那么做，别让她再受苦。坦白吧。"

"如果你那么肯定，就请逮捕我。"克雷格说道，利奥呜呜地叫起来，"或者给我一枪，但别杀我的狗。"

"你总是把我想得恶劣不堪。"丹尼斯说道，"你不想问我为什么会在这儿吗？"

"没什么好问的。"

"是吗？"

克雷格觉得有点冷。

"因为我想给你个机会，因为我不想在你女儿面前逮捕你。"

"我不……我不明白……"

丹尼斯·布鲁萨尔看了他良久，然后蹲下来挠了挠利奥尖尖的大耳朵。利奥则特别开心地摇了摇尾巴，像是背叛了主人。

他在虚张声势。

"恰恰在我们找到DVD的第二天，你又抱怨受到了骚扰。"布鲁萨尔说道，"这是为了玛利亚吗？所以你又成了受害者？"

"我在收集犯罪嫌疑人的资料。"

"哈，跟你女儿一样。你们俩都是调查员，都这么蠢。"

他好像知道了什么，所以才出现在这里。或者他是在吓唬克雷格，想让他做出危险的举动。他一定是在虚张声势。

又或者，他就是骚扰他的人。这个念头令克雷格烦恼不安。

"你说什么？什么东西？"他问道。

"晚安，克雷格。晚安，利奥。"丹尼斯·布鲁萨尔走入黑暗之中。

利奥叫了一声以作告别，而克雷格觉得自己已经与这块多石的土地冻成一体了。

克雷格拐入车道时，双手仍然在颤抖。

接着他看到了一块石头，一块新的石头。他猛地踩住刹车，没轧到那块石头。

他驱车缓缓绕过它，心想，如果这不是石头，而是更糟糕的东西呢？他将车子停入车库，把利奥带到屋里。他不希望利奥因此受伤。

他拿了个手电筒重新走到外面，拆开那块石头的包装，跟早上那块的包装一样。石块比上一块要小一些，是淡白色的石灰岩。上面写着："你该走了。"

跟第一次收到的信息一样。上面还写着："我可以趁某人穿过哈文湖桥底时把她的车砸烂。不要报警，我会知道的。你只需要卖掉房子离开。"

哈文湖桥是一条穿过奥斯汀边缘和郊区老住宅区的桥的昵称，玛利亚经常从那个桥底下开车经过。他盯着那些话，感到怒不可遏，血液里开始激荡起一股恐惧。但他面色如常，因为他自己的摄像头正对着他。如果要把这段影像拿给布鲁萨尔看，他希望自己在里面表现出的是冷静，而不是愤怒。

他折起那张纸，走到电脑前，开始查看录像。前廊的录像一切如常。他倒放，没有看到任何人，但这个摄像头看不到车道，只看得到房子前面的走道。车库上面的摄像头一片漆黑。他倒放录像，依旧是一片漆黑，接着录像开始变得清晰，然后他看到了一只拿着喷漆罐的手。他走到外面，发现车库的摄像头被喷上了漆。

好吧，有人发现了摄像头。既然他的邻居库玛能注意到他在安装摄像头，那么折磨他的那个人可能也在盯着他。可能是那个头戴软呢帽的男人，或者是遛狗的那个男人。他手头上还有那个吹小号的乐手可以继续追查，他必须沿着那条线索查下去，因为除此之外，他什么都没有。

此刻，那个折磨他的人已经威胁到了玛利亚。这些日子以来，克雷格不太开车，不会穿过那个桥洞去商店或银行。这块石头是冲玛利亚而来的。他怀疑这是在制造恐慌。怎么会有人知道他或玛利亚何时开车穿过桥洞呢？他们只是想吓唬他。

除非……威胁他的人是布鲁萨尔。他可能看到克雷格离开了家，便把石头放下，再跟着他去了那块空地。可怕的是，这说得通。警察可以通过你的手机跟踪你到了哪儿吗？

他不能让布鲁萨尔或任何人对他和玛利亚做这样的事。

他觉得这是他身为父亲的责任。从很久以前开始，他就不再关注那些法律和秩序了。他有时候会觉得自己生活在一片看不见的荒野之中，隐藏在郊区的宁静之下，法律和秩序不再对他感兴趣，也不会再保护他。

不要报警，我会知道的。

他权衡了一下自己的选择。首先，布鲁萨尔不会希望他报警。他必须找到这些人，不再受他们的威胁。如果他遭遇不测……那就只剩玛利亚孤身一人被这个怪物监视了……他不允许这样的事情发生。

他来到窗前，透过窗帘的缝隙往外看。他们会监视他的反应吗？会推测他下一步的行动？

他已经记不起上次拉开窗帘是何时了。他猛地一拉，窗帘杆上的吊环咔咔作响，身后所有的灯都亮着。

他冲附近的街区竖起中指，把手举得很高。

随之，他看了眼小憩的利奥，然后驱车来到家居用品商店，找到了待售标志牌。他买下这个牌子，然后买个了带语音信箱功能的手机。他在标志牌的空白处写下这个一次性手机号。这样的话，他就能看到是谁联系他买房子，而不必将自己的手机号泄露给别人了。

足够了。他只需要制造几天的混乱。

他将写着"待售"的牌子楔入前院。

看到没？我正照你说的做。

他的离开会让很多人手舞足蹈。

这足以为他赢得珍贵的时间追踪敌人。

22

玛利亚睡不着，她满脑子都是贝瑟尼、莎伦、她妈妈、朱莉和安迪。她坐在黑暗中，打开了灯，希望有本书可以读。贝瑟尼的旧卧室里也有个书架，上面有几本小说，还有一本《圣经》。

还有笔记本。她拿过来一本翻阅着。这是一系列的写作练习的笔记："不去看镜子里的她，描述一个人物。写下两个人物说话的场景，我们对他们一无所知——只有对白，不要描述。写出其中一个人物死亡的场景。"

每条提示下面的潦草笔迹都跟她在真实罪案小说中所看到的如出一辙，这是贝瑟尼的笔迹。她希望这个图书批评小组的组长伊薇特·苏亚雷斯会回她电话。她觉得写作是一件特别私密的事，或许她能借此从别的角度了解贝瑟尼所遭遇的事。

还有很多本笔记本。有些是大学时候的练习册，有些是青少年时期的本子。不过准确地说，这些都不是日记，因为里面写的只是一位想讲故事的年轻女性的想法。

她缓缓地翻着，心里想着原谅我窥探你，贝瑟尼。莎伦当然也读过这些，试着找到女儿留下的痕迹，仿佛她依然在这里。如若不然，看这些文字也太过痛苦了。一页一页全都是为故事、图书、最喜欢的电视节目而写下的，还有贝瑟尼希望构造出更宏大的故事情节的零星想法。但这些似乎与她的失踪并没有特别的关联。

最后一本笔记本年代最为久远，但令人惊讶的是这本笔记本中的内容并不完整，好像开始写了一阵子，然后就停了下来。文字密密麻麻的，仿佛她在写下这些字的时候感到很愤怒：

医生说我应该在这儿写下关于爸爸的事。我不知道该说什么。哈尔·布莱文斯这个人究竟是谁？我不知道自己知道什么。他离开了我们。我为什么要这么做？医生说每天都要写一页。妈妈也没有每天写一页啊，她一直在祈祷，他为什么自杀这个问题没有答案。

好吧，她什么都不想告诉我。

因为他的自杀，我在学校过得很辛苦。大家不知道该跟我说什么，因为是我发现的他。这不是孩子该目睹的事。我甚至无法跟妈妈谈这些。她说这一页已经翻篇了，翻篇了，现在一切都结束了。她怎么会这么想？朱莉和安迪根本帮不了我。朱莉总是在说她自己的事，到头来我们都在聊我们的友谊，而不是我爸爸，而安迪试图吻我，他是怎么回事？偏偏挑现在这个时候？他说他是在试着安慰我。我爸爸死了，我不想再搞出个跟别人亲热的戏码。他总是教导别人不要做什么。而且我对安迪也没有那种感觉。他过来帮妈妈割草或修理吊风扇，那是爸爸以前做的事，我还没准备好让别人来代替他做。我需要弄清的事太多了。爸爸没有理由自杀，毫无理由。他为什么会这么做？是什么击垮了他？

妈妈知道，但她不会说。我知道她知道。她总是将一切藏匿在她的信仰之下，我的信仰是力量，而她的却是……掩饰。

贝瑟尼的父亲哈尔是自杀的。朱莉在健身房跟她说过这件事，但他的死似乎令大家很意外，所以他大概并没有长期抑郁。妈妈失踪之后的那些天里，她也曾经害怕爸爸的生活会变得如此。她继续往下翻。这一页只写了最后一句话：

没有答案。

这不可能是真的。她不接受，必须有答案，我们只需要去寻找。

这么说，贝瑟尼想写作的念头，或许是始于她爸爸自杀这件事，而且她对于真实罪案也逐渐有了兴趣，在那里，人心的残忍总是有扭曲的理由。

这令玛利亚有了一个可怕的念头：她父亲是被杀的吗？她是不是发现了他并非自杀的证据？

玛利亚翻过这一页，看到了剪报中的小女孩的更多照片，这一页粘了四张照片，其中一张像那张剪报中的样子，有两张是在后院的派对上拍的，还有一张是在生日蛋糕前——小女孩差不多三四岁，双手放在膝盖上灿烂地笑着。蛋糕是个美人鱼，蛋糕体是紫色的，洒满了浅绿色的糖霜。剩下的照片中，有一张照片像是专业快照，父母通常会买不同尺寸的照片，从放钱包里那么大的到相框那么大的。她把指甲伸入照片底下揭开了胶带。她打量着那个女孩的脸，然后翻过照片，上面是被抹花了的红色墨迹，写着："佩妮，4岁，Holy I。"

谁是佩妮？她以为照片中的女孩是贝瑟尼。

片刻后，她觉得自己不应该这么做，但还是将这张老照片塞进了口袋，没有再动其他的照片。

她翻到本子的最后一页，封面内侧粘着戒酒的勋章。有一周、一个月、一年、五年、十年的。都是戒酒勋章。玛利亚用指腹去抚摸这些数字。一个曾经靠波本威士忌和药丸麻痹自己的男人，已经戒酒很久了。这个家里发生了什么变故？

莎伦应该清楚。贝瑟尼是发现了什么吗？

这一切跟她妈妈有关联吗？

她关上灯，钻进这个失踪的女人儿时的床里，将被子拉过头顶。

23

黑暗中，莎伦醒了过来。她聆听着周围的宁静，听得到走廊尽头传来的柔和的酣睡声。以前，贝瑟尼也常常在那个房间里打呼，声音大到足以让莎伦听到，然后莎伦会踮起脚尖走进去，轻轻碰一碰她的肩膀。女儿的呼声曾经令莎伦大为苦恼，而如今，如果能让她的女儿回家与自己住在同一个屋檐下，就算女儿的呼声是原来的两倍，她又有什么不能忍受的呢？

莎伦起了身。

她来到藏有那把枪的躺椅那里。在玛利亚发现她晕倒后，她还没来得及背着玛利亚挪走枪，但手枪被藏在抱枕底下，玛利亚并没有发现。

黑暗中，莎伦握了手枪一会儿，然后又把枪塞回缝隙深处，盖上坐垫。她倾听着这一片寂静，她最怀念的是她女儿沉睡时的鼾声。

玛利亚又做了那个梦。当然，每次梦境都有所变化，但梦的框架一直保持原样。她妈妈在恳求，样子既害怕又焦虑。玛利亚站在她身边，僵在那里使不上劲。风吹进了她的眼睛。整个世界变得模糊不清，有什么东西正朝她们走来……她看不清那张脸，只能感受到心中的暴怒，但那个东西是来带走贝丝的。

是绑架妈妈的人，杀死妈妈的人，那个活了的身影。

那个矮小丑陋的恶魔，像从童话故事里出来的怪物。

"她在哪儿？"她问那个身影。

他指向她，又越过她，指向她的身后。她如果转身，便能看到一个可怕到难以想象的真相。她不敢看。

"她在哪儿？"她又问。而他又指向她身后。

"别纠结了，宝贝儿。不要看。"妈妈说道，声音由咆哮变作玛利亚耳边的低语。

玛利亚转过身，很缓慢，她觉得整个世界的重量正在慢慢逼近，要压垮她，不过她不得不看。

转过身去看身后是什么……去看清这个真相……然后她尖叫着醒了过来，面前几英寸处有一张脸。

莎伦·布莱文斯正俯身看着她："亲爱的，你还好吗？你在睡梦中哭了出来。"

刚刚醒来的玛利亚不知道莎伦是谁，也不知道自己身在何处，随之一下子全想了起来："我没事。"玛利亚强撑着说，"抱歉吵醒了你。我应该是来照顾你的。"

莎伦坐在床边："我本来就醒了，总是睡不太好。我也经常做噩梦。今天我们聊了太多烦心事。"

"只是个噩梦。"她费力地抬手去擦脸上的口水，脸上一阵羞臊，"是关于我妈妈的。我试着找到她。"

"在我的梦里，贝瑟尼总是安然无恙。"莎伦说道，"她就在这儿，很幸福，我们很幸福，所有人都不会烦心或愧疚。就像一出年代久远的电视节目。"

玛利亚希望自己的梦也是那样，她觉得或许能让莎伦开口："朱莉曾提到贝瑟尼想当个作家。"

莎伦不以为然："哦，她偶尔会这么说一说，我不明白为什么那么多人都想写作。不是所有的事都值得被记载下来。反正可读的东西有很多。"

她不希望贝瑟尼写作。这个家里有秘密，她女儿本想将这些秘密写出来的。

"你不支持？"她尽量放松语气，不带任何感情色彩。

"只是不支持她写家里的事情，这是隐私，写出来会伤害到家人。我觉得她应该写童书，比较欢快的故事，你知道吧？"

"她要写的是她父亲的事吗？"

"哦。"莎伦小声说道，"我想朱莉或安迪跟你说过他是……自杀过世的。"最后五个字感觉像反过来指责玛利亚提起这个话题。

"对，是贝瑟尼发现的他。"

"你知道的，人们可以克服一些事。"莎伦匆匆地丢出这句话，"借助于仁慈，借助于祈祷，借助于……任何能让你聚精会神的东西。

对我而言，《圣经》就是我借助的东西，别人可以借助于任何东西。贝瑟尼父亲的死并没有让她一直身处煎熬之中。我肯定她没有。"

"很抱歉。那件事对你们来说一定很可怕。"

"我很遗憾我没能多帮他一些。没有预见那件事。也没有帮我女儿避开她所遭受的折磨。"

你的折磨是什么呢？他的又是什么？

她根本不关心她的丈夫，玛利亚心想。她探了探虚实："能肯定他是自杀的吗？"

莎伦的眼神冷了下去："你这是什么意思，亲爱的？"

"或许是意外呢？如果他不知道自己当时在做什么呢？"

"哦。"她眨了下眼睛，"我以为你在说什么不可思议的原因。"现在她柔和的语气中带有异常的冷酷。

"哦不，我不是那个意思。"玛利亚说道。

"没有人想伤害哈尔，没有人。我们的生活很好，很平静。他不应该在贝瑟尼会发现他的地方自杀。我想他以为发现他的会是我。他本来可以去别的什么地方，由陌生人或警方发现他。那样会比较好。"

"当然。"玛利亚不知道该说什么，"你还有别的孩子吗？"她问道，或许佩妮是贝瑟尼的姐妹。

"没有了，贝瑟尼是我们唯一的福气。为什么这么问？"

"我只是好奇。"

莎伦似乎在研究她的表情，玛利亚意识到自己犯了个错，一连抛出两个难以回答的问题，莎伦现在对她起了疑心。于是她决定曲线救国，先说莎伦认定的那个犯罪嫌疑人。

"明天我想要试试看能不能见到杰克。"

"我希望你小心一点。"莎伦把自己干燥的手覆在玛利亚的手上，"我希望在你见过他之后，能打个电话给我报平安。"

"你真的很讨厌他。"

她往下瞟了一眼："就算他没有杀她，也是他把她赶走的，他把她赶了出去，随便她遭遇怎样的命运。所以，对，我讨厌他。"莎伦清了清嗓子，"你要不要喝点热牛奶，好帮你入睡？"

"你有没有效力更强的东西？"话说出口，玛利亚才发现她不应该这么问。

莎伦握着她的手紧了一紧："我家里没有酒。"

玛利亚讪讪地说道："我想我能睡着，抱歉，我真是个麻烦精。"

"你让我想起了她，我女儿。你们都很固执。"她伸出手摸了摸玛利亚的脸，"我觉得上帝把你带到我身边是有缘由的。我知道这句话很老套，但我只是希望……希望我们、我们家没有遭遇过这些事。"她开始静静地抽泣。玛利亚不知所措，但她伸出双手环绕着莎伦，直到她不再哭泣。梦里的那个阴影指着她的身后，她转身去看，随后便总是尖叫着醒来，从来不曾看清是谁站在她身后。她也想哭，却哭不出来。

莎伦擦了擦眼睛，站起身，努力想挤出一个笑容。

"玛利亚。"莎伦说道，"明天你见到杰克时，就等同于面对恶魔。要坚强一点，要知道我站在你这边。"

杰克是那个在冷知识问答比赛之夜里微笑的男人，他看起来像个不错的家伙，也可能是个彻头彻尾的恶魔——在一个并不为自己的丈夫去世感到遗憾的女人看来，或许如此。玛利亚往被子底下钻了钻。莎伦站在门口冲她微笑，然后关上了灯。

24

次日清晨，玛利亚起床后跟心情低落的莎伦喝了杯咖啡。玛利亚的衣服很干净，因为昨晚莎伦为她洗了衣服，所以她不需要跑回家换衣服。她冲了个澡，用昨晚莎伦给她的新牙刷刷了牙。

"我希望你跟杰克在一起时小心一点。"莎伦说道。她似乎对于玛利亚见杰克这件事真的很担心。

"我会的，我知道他喜欢参加当地一家酒吧的冷知识问答比赛，我也看了他的'脸家'页面……我想酒吧应该是个适合跟他聊天的地点，周围人很多，所以不需要担心。"

"好。"莎伦说道，稍稍扯了扯嘴角，但并非出于开心，"你这个姑娘很聪明，过后告诉我你们都说了什么，再喝点咖啡。"

玛利亚从奥斯汀北部沿着360环线往南开，路过她妈妈以前的公司，它位于奥斯汀湖周围的悬崖上。自从公司在贝丝失踪三个月后通知克雷格来取回贝丝的所属物品之后，她从未来过。当时他们说"你得理解，克雷格，我们都怀抱希望，但我们是家成长型的公司，我们需要这个办公室"，于是她跟爸爸一路沉默着驱车来到这里。他们已经清空了妈妈的办公室：去迪士尼乐园游玩的照片、去夏威夷旅行的照片、玛利亚的毕业照、德州长角牛橄榄球比赛开始前玛利亚在达雷尔·K.罗亚尔－德州纪念体育场前的照片。墙上还有很多镶框的销售证书，还有一个橡胶仿制锤，这源自她在销售会议上以"放下锤子"这句话让讨论回归正题这个典故。父女两人将她在那里的生活、她的销售生涯以及她热爱的工作装进盒子里，经过的人除了说"很遗憾""大家都爱贝丝""我们能为你们做些什么",也没有别的可说。玛利亚虽然极力克制,但还是在将贝丝的纪念品放入不起眼的纸箱里时哭了,克雷格几乎不敢看她。

你们放弃了她。你们认为她已经死了。

那时的玛利亚这样想着,并因此而怒火中烧。

现在,她又回到了这儿,告诉前台她想见迈克·奥尔德森,但前台说不可以,她没有预约。迈克在哈文湖经营着几家不同的软件公司,郊区的大多数产业都与技术有关。她妈妈去世之后,他成了阿克雷斯网络公司的首席执行官。她之前并未见过他。前台说他正在开会,不过她会告诉他玛利亚在这里。她坐了下来,每次有人经过她都很紧张,一想到可能会有人说"哦,你不是贝丝的女儿吗?你最近怎么样?你在这里做什么",她的神经就会紧绷起来。但是没人跟她说话,不知道为什么,这令她感觉更糟。她告诉自己这些都是新员工,因为这家公司很显然正在不断地发展壮大。

二十分钟后,奥尔德森来到了大厅。

"邓宁小姐,你好。"他冲她伸出手,"我是迈克·奥尔德森。"

"您好。我有个不情之请。您或许知道我妈妈以前在这儿工作……嗯,过去发生的事……"

"我知道你妈妈的事,很遗憾。这里的人提起她,言辞中总是带着敬意。请跟我到办公室来。"

她跟着奥尔德森来到他的办公室,他在她身后关上门。

"我来是有个不情之请,我想要一份我妈妈去年所有商务行程的收据的电子扫描件。尤其是去年以及前年韦伯康大会的收据,还有她的电子邮件。"她说道。

他眨了眨眼睛:"可否问一下原因?"

因为我妈妈失踪了，所以你应该直接给我。

虽然她是这么想的，但她还是说："我在追查关于她失踪的线索。"

话刚出口的那一刻，她就知道自己错了。他关切的表情变成了戒备。

他微微皱眉："你在查这个？你？"仿佛这不关她的事一样。

"是我。"她坚定地说道。

"不是警方？"

"跟大家想的不一样，警方做的事并不多。"她说道，"这跟他们的调查一点都不冲突。我在跟进一条线索，而且我已经把这件事告诉哈文湖警局局长了。"

"你觉得那条线索在她的公司电子邮箱里？"

"我在确认她是否认识某个人。"

"叫什么？"他步步紧逼。

"我不想指控谁。你到底要不要把她的电子邮件给我？"她问得有点过于唐突。

奥尔德森的手指点着桌子："我从不认识你妈妈，但我知道这里的人都爱她。"

"多谢。"她知道他接下来准备拒绝她了。

"即便如此，没有授权令，我还是不确定我能否泄露公司的档案。"

"只是酒吧和餐厅的收据，以及电子邮件。"她说道，"这些根本不是什么机密。如有需要，我可以签署任何保密协议。"

"如果你能告诉我你准备如何利用这些信息……"

"我想确认她有没有跟别人联系。"她不想解释太多。

"是她的同事吗？"

"不是。"她清了清嗓子，"不是与阿克雷斯网络有关的任何人。拜托了。"

"我当然想帮你。所以，让我咨询下律师……"

她体内有什么东西应声而断。她知道那是什么，怒火不断累积，语气里忍不住带上了挑衅："好。"她说着拿出手机，"那我就在网上直播你拒绝转交非机密，却可以帮我找到绑架我妈妈的犯人的信息。你的公关团队今天忙吗？我会让他们有事做的。我可以在网络上引起轩然大波。"

他那礼貌性的微笑消失了："我不会被这种社交媒体威胁到，邓宁小姐。"

"别想就这么阻止我，奥尔德森先生。你有妈妈吗？"她看得出，提出这个问题就像是扇了他一巴掌，但她不在乎，"请去问你的律师，马上。或者，最好问一问你的下属，看他们想不想帮忙抓住绑架贝丝·邓宁的人。我可以就这样走到大厅去问每个爱我妈妈的人，问他们你是否应该帮我。"

他的声音柔和了些："我无法想象你有多难过……"

"拜托，求你帮帮我。如果你不想把这些信息给我，我也可以躲在角落里查，这些资料不必被带离公司。或者，你可以把这些资料放在复制加密的硬盘里，我查完后再还给你。我只想找到我妈妈……查清楚她到底发生了什么。"

"是你父亲派你来的吗？"这个问题问得很委婉，却尖锐得像把刀子。

"为什么这么问？"她问道，语气里充满了恐惧。

"在你妈妈失踪六个月后，他也提出过同样的要求。我们知道他是犯罪嫌疑人，所以拒绝了，但我们把这些资料给了警方。他们从未告诉我们到底有没有查到线索，也没有进一步询问她工作上联系的人，所以我猜想他们什么都没查到。"她看得出，他之所以主动提供这些信息，是想暂时休战，"所以……警方已经查过了，这条路走不通。我不知道你觉得你能找到什么。"

"爸爸从未跟我说过他有要过这些资料，也不知道我今天会过来。"

"在这儿等我一下。"他有点慌张地说道，之后离开了办公室。

她坐在那儿等他，觉得浑身发冷。原来这条线索没用。

她等了三十分钟。

跟迈克·奥尔德森一同回来的是阿克雷斯的首席信息官——一位叫作凯伦·塞勒斯的女士，她与玛利亚的妈妈相识多年。凯伦手中拿着一个闪存盘："你好，玛利亚。这是你妈妈所有的收据和电子邮件，所有的。我们手头还有一份主文件，里面有所有复制保护的扫描件，我刚给你刻录了一份。"

"十分感谢。"玛利亚说道，"谢谢你。"

"但愿这些信息能帮到你。"凯伦说着，将这个闪存盘放到玛利亚手中。

"好的，谢谢。"她握着闪存盘，仿佛那是价值连城的宝物。

迈克·奥尔德森点点头："我刚才并不是想为难你，玛利亚。凯伦告诉我可以信任你。"

"很抱歉，我失态了。谢谢。"她说道，"嘿，既然你们也在科技行业，请问你们认识一个叫杰克·柯蒂斯的男人吗？他把公司卖给了数据奇迹。"

她觉得她看到凯伦稍微抿了抿嘴唇："认识，我见过他，你有没有，迈克？"

"当然，我也见过他。"

"他人怎么样？"玛利亚问。

凯伦双手抱胸，瞥了一眼奥尔德森："哇，等等。杰克·柯蒂斯跟你妈妈的失踪有关吗？"

"哦，没有，根本没关系。我只是最近因为应用程序设计的业务遇到过他。"她没有想过这个问题，但是脑海中突然想起了妈妈在她耳边说过的话："任何八卦网络都无法与奥斯汀软件行业媲美。"

"嗯……杰克这个人很聪明。"迈克说道，"他经历了很多，妻子失踪了……"接着他们俩都看向玛利亚，想着其中的关联。玛利亚一言不发。

"不过那不是绑架。杰克的妻子离开了他，对不对？"凯伦说道。

离开，玛利亚心想。就是现在，趁他还不会担心在这个小小的世界里帮我会反噬到他。

"多谢你们。"她再次跟他们握手，然后来到车库。

打开车门时，她听到身后传来脚步声，回头看到凯伦正上气不接下气地匆匆穿过车库："嘿，我只想让你知道……我每天都会想起你妈妈，每天都会。我们都很想念她。我知道跟你和你爸爸的想念比起来，这根本不算什么，但这儿的人也都很想念她，想念她的微笑，她的才智，她的善良。"

玛利亚长舒了一口气："谢谢你告诉我这些。"

"所以，杰克·柯蒂斯。"凯伦说道。

"他怎么了？"

"他……你真的只是因为偶然遇到他才问的吗？我知道，这不关我的事……"

"我们见过一次，我肯定他不会记得我。"玛利亚说道。

"好，我们之前要跟他签署合作协议，就在几个月前。而且，呃，鉴于他妻子失踪了，我们团队对此颇有微词。我是说，我不知道怎么说才能不伤害到你。"

"没关系，尽管说。"

"因为别人肯定也这样议论过你爸爸。"

"有什么话就直说吧。"

"我听到你妈妈和爸爸在争吵。嗯……是她跟我说的，那时是在跟你爸爸通话，警方也检查了这里的通话记录，那个电话是他用手机打来的。他问贝丝是不是出轨，就在你妈妈失踪的那天。"

"她跟你说的？"

"我走进她办公室时，她正对着电话说：'没有，克雷格，我没有出轨！'"凯伦似乎不知道该把手放在哪里，"她挂断了电话，然后冲我翻了个白眼，但她当时浑身发抖。我很抱歉。"

"一次争吵根本说明不了什么。"

"哦，亲爱的。"凯伦说道，"但愿如此。"

"这跟杰克有什么关系？"

"大家不想跟他合作是因为，嗯……如果最后证实他确实与他妻子的失踪有关怎么办？我是说，没有人想从一个可能杀死自己妻子或雇凶杀妻的男人手中购买产品。"

"所以，你们都不想跟他合作。"

"我们知道有潜在风险。所以在进行了多次内部讨论之后，我们拒绝了这个合作。"她咽了咽口水，"就在拒绝他的第二天，我们的首席运营官的轮胎被扎坏了，后视镜也被恶意打碎。再之后一天，首席执行官的保时捷也遭遇了同样的事。"

"所以你们认为是杰克·柯蒂斯做的？有可能是他公司里的其他员工。"

"这不仅仅是个巧合，那时他正处于最紧要的关头。我们如果跟他合作，就会向软件公司传递另一种信息，那就是我们对跟他合作有信心，他跟他的公司并没有走投无路。但我们没有证据，只知道……我觉得他不是个好人。"

这种肆意毁坏别人财产的行为令她想起了贝瑟尼："谢谢你告诉我这些，凯伦。"

"不客气，你说你正在设计应用程序？"

"我经营一家小型网络和应用程序设计公司，嗯……这家公司只有我而已。"

"我一直在寻找聪明人——"哦不，快停下，"而我也知道在你妈妈以前就职的地方工作会有些奇怪……"

"我想我做不到。"玛利亚匆匆打断她的话。她突然想钻进车里。

凯伦轻轻握住她的手："我完全理解，但听我说，我们下个月就要搬去新的办公楼了。所以你不会在她工作过的地方工作。"

"呃……其实，我是需要照顾爸爸，还有别的事，所以可能做不到朝九晚五。"她无法直视凯伦，内心夹杂着恐惧和感激，就像在妈妈的失踪令一切都黯然失色之前她的心情，虽然只是惊鸿一瞥。

"玛利亚。虽然我无权说这些，但我还是要说，你得继续过自己的日子。"

"我知道。"玛利亚说道，这个短句总能有效终止谈话。

"我只是想说……你得找到自己的生活目标，而不是继续证明大家都误会了你爸爸，或是去查你妈妈到底发生了什么。我们不能解决所有的谜团。"

最后这几个字虽然简短，却像是插在她心口的尖刀。

接着出现了一个画面，仿佛来自她的梦境，妈妈在往后退，经过她时，玛利亚拼命去抓她的手臂，想把她拉到身边。她的胃里一阵翻搅，每次进行这种对话，她都会感到恶心。

玛利亚记得，她和爸爸过来取回妈妈的物品时有多难堪。大家当然都对她很好，却竭力不去看她爸爸。她记得凯伦当时冷冰冰的语气，她对克雷格说："请节哀顺变。"而她仿佛并非出自真心。她当时以为这是因为凯伦很伤心，现在才意识到这里所有的人都不希望看到她爸爸，就算是收拾贝丝的物品，也得在这位负责安全的主管的监视下。

"我妈妈……她有说过任何令你觉得她出轨的话吗？或者是爸爸

出轨？"

十秒钟的沉默后，凯伦说道："我们俩的办公室挨着，如果大声说话，另一个人就能听到……但那样的争吵并不常发生，我想当时她是忘了办公室的隔音不好这件事。"凯伦双手抱胸，"我没听到他们俩通话的前半部分……当时我在集中精力做会议用的幻灯片。但接下来我就听到她抬高了声音，她说：'没有，我没有婚外情……不，我不会的，你知道我不会……你不要把女儿卷进来。好，等你冷静下来，知道这有多荒唐之后，我再跟你聊。那儿见。'"

外面起了风，玛利亚呆呆地望着自己的脚："你记得很清楚。"

"她失踪后，这些话就像是被刻在我脑子里一样。"她清了清喉咙，"我知道当时他们俩之间有很多矛盾……"

"为什么？你怎么会知道这个？"

"因为她告诉过我，就在她失踪的一个月前，当时我刚刚离婚，这在科技行业里并不罕见，尤其是在创业公司内，因为工作会占据你的生活。"

"我妈妈并不这样。"

"亲爱的，你当时住校……隔几周才能见上父母，你们不常在一起，对不对？"

片刻之后，玛利亚点了点头："但如果他们的关系出现了问题，妈妈会跟我说的。"

"只有在他们最后决定了之后才会。他们或许还没走到那一步，或许她跟他说她受够了，她要离开他……"凯伦的话戛然而止。

"爸爸没有杀妈妈，这不可能。"

"好，好的。"凯伦说道，"我只是在跟你说我听到的事，我跟警方也是这么说的。"

"你有没有可能听错？"

"我没有听错，玛利亚。我知道自己说了什么。"凯伦递给她一

145

张名片，"如果有任何需要……任何需要……请打给我。还有，请你考虑一下我说的工作的事。"

她以为自己会因凯伦对警察说她父亲有问题而勃然大怒，但凯伦只是做了任何人都会做的事，任何人。玛利亚感到很害怕，害怕她现在正在做的事。

害怕某个可能存在的真相。

"我会的，谢谢。"她非常清楚自己不会到这里来工作，尽管跟凯伦共事会很好，但只有了解真相才能让她获得平静。

玛利亚钻进车里。她试着想象冷静、温柔的爸爸打给正在工作的妈妈，冲她喊她是否出轨的情景。这个念头像刀片一样划过她的心。为什么？他为什么要在那个时候打给她？那个时间根本不方便说话，他的妻子无法对他畅所欲言。他一定是发现了什么，了解到了什么，在最后一天查出了什么，然后才打给她，因为他等不及。为什么等不及呢？

那儿见。

那块空地？妈妈同意在那片空地见爸爸了吗？他们本可以在家里谈，在相对私密的地方谈，为什么要在那里谈？好吧，玛利亚那天生病在家，当时的学校流感肆虐，妈妈前一晚让她回家休息，而不是一个人待在公寓里，她因为发烧而头脑发沉，周围一片模糊。她甚至都不记得那天早晨有没有送妈妈离开。贝丝很可能偷偷看了一眼正在卧室里睡觉的她，只为让她好好睡觉，而没有跟她好好道别。有一个念头一直在她的脑海里挥之不去……妈妈看着卧室里的她，没有打扰她睡觉，因为她那时非常肯定她们还可以共度无数个清晨。

但她的父母发生了争执。警方问过她父母是否有过争执，她说没有，这是段幸福的婚姻。没错，她忙于课业和自己的生活，跟爸爸妈妈并不是很亲近，否则她会知道的。有人说爸爸曾跟妻子发生过争执。他永远都不会向她说起这个，就算是她问起。

为什么是那时？他为什么要在那时打给她？

玛利亚驱车回家，拐入车道时，看到了"待售"标志牌。

25

玛利亚眨了眨眼睛。

房屋出售。

不……不可能。她突然有一股去草坪上撕碎那个标志牌的强烈冲动。

她停好车，走进屋里。

"爸爸？"

他在手提电脑前，玛利亚走近时，他合上了电脑："你不能卖掉我们的房子！"

"不是真的要卖。我又收到了一份恐吓，要求我们搬走，而且态度更加强硬。所以，我打算让他们相信我们就要搬走了。但我不会接受任何报价。"

"你这是在跟这些浑蛋们玩游戏。"她说道。

"就算是他们掌握了主动权，我也一定会赢。"他说道，"我知道自己在做什么，所以不必担心。"

"我只是……我只是不想离开妈妈住过的房子，真的、真的不想。"她内心充满了恐惧，她已然失去了妈妈。如果不得不离开这栋承载了那么多关于她的记忆的房子，她会怎么做？这栋房子是她所知道的唯一的家。

他站起身，将紧张不安的玛利亚抱在怀中："我向你保证，我们不卖房子。不过现在还不能让别人知道这一点。"

"又收到了恐吓，给我看一下？"

"没什么大不了的，我能搞定。"

她从爸爸身边走开："爸爸，我已经很心烦了，你这么说一点用都没有。"

"你怎么了，甜心？"

"你真的认为妈妈出轨了吗？我是说，你给她电话质问她是否出轨。我想知道你为什么会觉得她当时在跟别人交往。"

十秒钟悄然过去，两人之间仍旧是沉默。

"我有我的原因。"他说道。

"具体一点。"

"很明显，我错了。"他说道，"警方也查了这方面，没有任何发现。她并没有在跟别人交往。"

"他们也是人，有可能遗漏了某些线索，或许杀掉她的就是跟她交往的人。"

"玛利亚，听着。"他让自己的声音平静下来，"你必须知道，我爱你妈妈胜过生命。我知道这很老套，你穿上了某件上衣，然后就一直穿着。我们的婚姻很幸福，但每段婚姻都会有起起落落。我觉得她并没有出轨。"

他隐瞒了什么？

玛利亚说："你觉得她当时在考虑跟别人交往？"

"如果你不希望自己的婚外情被发现，就需要做些基础工作。"他清了清嗓子，做了个深呼吸，"我曾经有过一段，当时我们结婚两年，你还没出生。"

她感到肌肉的力量在一点点抽离，跌坐到扶手椅中。这根本不可能。她张了张嘴，又把话咽了回去："你没有。"她最后说道。

"我说这些都不是在为自己找借口，这是事实。当时你妈妈流产了，是第二次流产，我们都感到很压抑。她不希望我碰她，也不希望看到我。"他再次清了清喉咙，"我在客户的公司里遇到了一个女人，我不知道该如何帮贝丝，也不知道如何帮自己，这个女人对我表明了爱意。"

玛利亚感到浑身发抖。她知道她的父亲在外人的眼中很帅，但意识到妈妈以外的女人在他们俩遭遇不幸之后乘虚而入，而她爸爸——那可是她爸爸啊——竟然在妈妈痛苦时做出这样的选择，这根本是两回事。

"我知道我不该那么做，但我还是做了。我从不想让你知道，贝丝也答应永远不会吐露这个秘密。"

"我都快不认识你了。"玛利亚的声音很冷淡。

"我知道。"他说道，"我很抱歉。"

"持续了多久？"

"不到两周。我发现……我不适合那样偷偷摸摸。确实让我觉得好过了一点，也就是第一次，但一小时后愧疚就吞噬了我。我不爱这个女人，我从未爱过她。"他的声音在发抖，"我根本不关心她，单纯是出于生理需要。"

"是妈妈发现的吗？"她不知道自己有没有勇气去听这个答案。

"在跟那个女人断了之后，我向你妈妈坦白了。她哭了，我也哭了。她让我搬出去，然后我就搬出去住了差不多三个月。我们去看心理医生，一起去过，也单独去过，最后解决了我们的问题。她让我搬了回来。我们找回了对彼此的爱。然后……就怀上了你。"

这听起来像是她从未知晓的生活前传。

"所以，你就认为她也会出轨……因为你有过。"

他咬了咬唇："她不常提起过去。但如果她这样做了，她就会告诉我，我应该知道这是什么感觉。"

"我无法相信你会那么对她。"

"我很愧疚。她知道我有多愧疚，她原谅了我。"

她又不是在这儿说她原谅了你。我不知道她在想什么。我不知道你的婚姻如何。显然，她重新接受了你，但从那以后，你们真的跟以前一样真心相爱吗？我的整个人生成了一个精心撰写的剧本吗？还是一个将所有不快都屏蔽在我们的生活以外的谎言？我是你们和好后的结晶吗？

他深呼吸后道："所以鉴于我过去的行为，警方一直戴着有色眼镜看我。"

"他们是怎么知道的？"

"你知道的，她跟丹尼斯·布鲁萨尔从高中就是朋友。"

她觉得胃在绞痛："我知道他曾经喜欢过妈妈，是你告诉我的。"

"她怀疑我……出轨的时候……雇了丹尼斯跟踪我。他之前不在奥斯汀警局工作，而是一名私人侦探，后来加入了哈文湖警局，一路做到现在的位置。不过是她找的他。"他声音渐弱，"他是你妈妈的朋友，这个人本来就讨厌我，所以事情才会变得更加麻烦。我出轨的事是丹尼斯发现的。"

她妈妈雇了一个迷恋她的男人去证实丈夫的不忠行为。她的脑子乱成一团。他们真该去拍真人秀。

"但你在丹尼斯告诉妈妈之前坦白了？"

"对。"他说道，"他给了我二十四小时的时间，让我向贝丝坦白，不然他就会去说。为贝丝着想，他认为我来说比较好。我对他说我会的，我不能这样继续下去。他告诉我他爱贝丝，一直都很爱她。我知道，我也知道如果我离开贝丝，他就会去追她。我知道我不能失去她。"

她试着想象那场对话的场景，布鲁萨尔和他父亲，不经意间确定了这对夫妻以及她的余生的基调。

或许驱使他坦白的不是愧疚。或许他知道他就要被捉奸了，所以才抢在布鲁萨尔前面向她坦白，利用了妈妈的宽容。因为布鲁萨尔爱着妈妈，他肯定会把这件事告诉她。布鲁萨尔给过他机会……这倒是令人震惊。

"我觉得……我好像根本不认识你了，爸爸。"她的指甲嵌入了掌心。

"很抱歉，你当时还没出生。我绝不会……"

"绝不会什么？如果我当时已经出生，你就不会做出那样的事吗？"

"对。"他平静地说道，"很多父母都是这样的。如果你妈妈没有原谅我，那就不会有你了，玛利亚。你和你妈妈是我今生最棒的礼物。即便她当时出轨，我也绝不会……伤害她。等了二十年再报复，似乎太久了。我不会威胁她，离开她，也不会……我会像她之前原谅我那样原谅她。但我想要知道真相。"

"你觉得她在跟谁交往？"布鲁萨尔？她心想，他未婚。

"我只是怀疑，但我不知道那个人是谁。"

"基于什么？我想知道是什么原因，让你这样怀疑妈妈。"

"她经常很晚才回家，比往常的频率要高。家里还经常接到很多电话，但对方总是挂断。"

如果是男朋友，不会打她的手机吗？她的脑子飞速地运转着。

"就这样？"

"对，而且她对我也失去了兴致。"他尴尬地轻声说道，"我是说，生理上。她一向对我不是这样的，我是指你出生以前。"

"爸爸。"

"是你要问的。"他很痛苦。

"所以你就打到她办公室？为什么是那个时候？你为什么不能等她回到家，在稍微私密一点的地方问呢？导火索是什么？"

"导火索？没有，我只是……只是等不及了。我想知道答案，我当时就想知道。"爸爸小心翼翼地控制着自己的表情。

"这根本说不通。"

他举起一只手："我不是机器人，你也不是。"他说道，"大家总是在做根本说不通的事。你想让一切都说得通，一切都得这样。你……"他顿了顿，声音发紧，"甜心，没有那么完美的解释。我希望我没有打那通电话，我希望我没有指责她。"

他握着她的双手。她感觉得到他手心的汗意，爸爸的嘴唇在颤抖。

"玛利亚。你现在要问我什么？说实话。"

"我只是想知道……"她的声音渐渐弱了下去。之前被人发现了一后备厢的枪械，昨天又去见了三个陌生人，但真相就在这里，她却怕到要命。这就好像是她努力转身去看清真相的梦境。她的呼吸越来越急促。爸爸将她扶到椅子那里坐下，帮她平静了下来，跟她轻声说："一切都会好起来的。"

"真相。"她的双手在颤抖，但最糟糕的那阵恐慌已经渐渐消退了。她很肯定，自己现在已经能够面对任何真相。

"你在给我下套吗？"克雷格冷笑了一声，痛苦而难以置信。他更确信了自己的判断，"玛利亚，我跟你说过，也跟警察说过这些。

我去了那儿。我知道她心烦的时候会去那儿，而且如果她在，我们就可以聊一聊。但她不见了，她的车子还在。接着我就打给了你。我以为你或许会有她的消息，但你没有。你开车过去。记得吗？尽管我不让你过去，因为你吃了药，还在生病。"

她缓缓地点了点头："我记得我站在街上，她的车停在那儿。"但剩下的……爸爸的电话响了，玛利亚开车到那片空地，一切都很模糊，仿佛隐藏着什么，"我们在那块地上找她，在森林里找她。"

"然后我们打给她的办公室，接着报了警。当时她刚刚不见，警方也不能将她作为失踪人口立案，即便她的车停在那儿。"他说，"我们回到家，我把你扶回床上，然后我又打给警局，联系上了布鲁萨尔。"

她闭上双眼，回想自己跌跌撞撞地在那块空地上四处喊着妈妈的名字的情形，她害怕贝丝滑倒，或是从悬崖上摔下去，撞到底下那些不可饶恕的岩石和树木。但那些记忆像是一个梦，一场雾，太过可怕，她无法全部记住，却像是触手可及。那是一场她无法逃脱的迷雾。

会是因为爸爸做了那件不可思议的事，而她目睹了，所以记忆才会变得那么模糊吗？

父女之间的沉默像一堵墙，她想转过身不看他。

"你从来没说那不是你做的。"她说道，"我一直都在为你辩护，一直。"

"你也从未问过。"他说道，仿佛认为现在她会问。

她咬破嘴唇，双手覆在眼前，尝到了自己鲜血的味道，那是最能让她清醒的刺痛。

"我不该说那不是我做的，不该对你这样说。"他说道，但现在他看着她，轻轻将她的双手从脸上拉开，凑到她面前，"那不是我做的。"

墙上的钟表滴答作响。他们看着彼此："我不知道还能说什么。"他说道。

"爸爸，我爱你。"她控制着自己的声音，"就算你伤害过她……我知道那应该只是个意外，我可以原谅你意外地伤害了她。"

他凝视着她，然后偏过头："但愿如此吧。"他说道，"我们说完了吗？你听到你想听的答案了吗？"

"拜托，别这么刻薄。"她说道，"你跟阿克雷斯网络要过妈妈的电子邮件和信息吗？"

"是的。"他说道。

"你为什么从没告诉过我？"

"因为我当时不能告诉你我在查她是否在跟别人交往。你不必听到那样的事。"

自从妈妈失踪，他们俩一直处于同一阵线，但她感觉得到这条阵线正在破裂。沉默在堆积。

"或许，我该搬出去住。"她轻轻说道。

"不行！"他突然厉声说道，"我……我不希望你搬出去。"

"爸爸……"

"我只是还没准备好。"他说道，然后转过头，"抱歉，我知道我让你的生活变得很压抑。"

她想告诉他没关系，告诉他她不想搬出去。离开这个家，她也感到很恐惧。但那一天总会来的，对不对？她不打算余生都住在这个家里。找到妈妈失踪的真相，她才能重新开始生活。

"你没有，爸爸。我很抱歉我这样指责你……我只是……"

"我们永远都不会知道发生了什么，除非发生急剧的转变，除非有知道情况的人出现，除非……除非发现她的尸体。"

两人之间的沉默越来越久。她不知道该说什么。

"我们只需要互相扶持，不管发生什么。"他握住她的手。

在今天以前，他从未对她说过这样的话。

他在害怕，她心想。如果他伤害了妈妈——而她还是不敢想象那样的情景，从那一刻起，这些时间就都是他赚到的。假如这些时间所剩无几，又该怎么办？

如果爸爸有罪，你该怎么办？你必须面对。

她将这些念头置之脑后："向我发誓，你没有伤害她。"

"我没有伤害她。"

她握紧爸爸的手。凯伦的话不可能是对的。她必须继续自己的调查，找出那个规律，得到不同的答案。

她还没有告诉爸爸她拿到了妈妈的电子邮件和收据，也就是妈妈的公司拒绝给他的那些信息。

她也不会告诉他，至少现在还不行。他们拥抱彼此，仿佛要对抗整个世界。

26

玛利亚驱车来到哈文湖购物中心，下车走进了一家星巴克。里面客人不多，她坐到角落里的一处落地窗前，点了一小杯香草拿铁。

她本来可以在家做这件事的，但现在她不想跟爸爸共处一室。他本来是她可以依靠的磐石，而现在她看到了他的裂痕和缺陷。她不希望他知道她拿到了妈妈的电子邮件，现在还不可以。她得独自做这件事。

她将凯伦给她的闪存盘插入手提电脑，打开一个带文字编辑器的大文件，她经常用这个编辑器写代码。

她深呼吸了一下，然后查找"贝瑟尼·柯蒂斯"。玛利亚喉头发出声音。有二十多条记录，她闭上双眼，又做了个深呼吸。

找到了，她们之间的关联。

她读着这些电邮，读得很慢：

贝丝：很高兴在韦伯康遇到你，一起喝了杯玛格丽特——我拍了照片！或者我该把它删除，哈哈。保重，再聊。

贝瑟尼：你好有趣！当然，我们得再聚——你有报销账户吗？我开玩笑的，好吧，半开玩笑。

贝丝：嗯，我有报销账户，不过你得让安迪甜心来下单。郑重同意，我们再约。你老公要不要加入？还是只是女生之夜？

贝瑟尼：我看一下我老公能不能一晚上不管他的创业公司……你老公呢？

贝丝：我老公也是！他太无聊了，我不能让你遭受"财务总管"的折磨。

她妈妈也参加了韦伯康，还遇到了贝瑟尼，妈妈试图向她推销产品。这就是了，她们之间的关联。她颤抖着，重新阅读她们的往来邮件。

"安迪甜心"？玛利亚意识到她妈妈指的是安迪·坎多莱特……毕竟，他是阿霍伊运输公司安全软件购买事宜的负责人。妈妈这样称呼一个只比玛利亚大几岁的男人，或者，他其实只是除了爸爸以外的男人，想到这里，玛利亚不禁皱眉。而且，她不怎么喜欢妈妈对刚认识的人说爸爸无聊。这让她心里发冷。玛利亚继续往下读：

贝瑟尼：跟我出去，就永远都是女生之夜！不然得等我老公的公司步入正轨，那得花一辈子！

贝丝：彼此彼此，等阿克雷斯上市得等到天荒地老。我喜欢股市的刺激以及股份兑现，但工作量太大了，我知道很多夫妻都没能撑下去，或者到最后时婚姻已经岌岌可危……不过他会成功的，有你在身边支持和鼓励他。

贝瑟尼：对，我只希望他多回家。我想他。而且，最近我感觉我的生活出了问题。啊，抱歉！不是在抱怨什么。

贝丝：放松点，享受生活。他不会知道的。

她妈妈在鼓励一个婚姻不幸福的女人放松点，享受生活。

但她们认识彼此，这是关键，这是她们之间的关联，是查找真相的希望，也是能够洗脱爸爸的嫌疑的线索。

她读完了其他的邮件，都是约出去喝玛格丽特的计划，她们确实出去了，但贝丝因为有个紧急客户，所以必须早点走（在接下来的邮件里她道了歉），中断了这次约会，贝丝请贝瑟尼帮她跟安迪约一次销售会议。

接下来：

贝瑟尼：你肯定不会相信，我公司有笔钱不见了，他们怀疑是我拿的。我觉得是安迪拿走的。

贝丝：你跟安迪甜心都不可能这么做。

贝瑟尼：你不知道他能做到什么程度。

贝丝：你老公就要发迹了，你怎么会在这时偷钱？

贝瑟尼：我知道，但这会对我的工作造成不好的影响，而且，杰克感到很沮丧。

贝丝：你还没告诉他？

贝瑟尼：我刚发现，也很惊讶他们竟然没有把我扫地出门。不过安迪为我说话了，说这是我们没发现的一笔错误转账，而且我们会把那笔钱追回来。我不敢相信这一连串的事：被偷走的信用卡，寄到我办公室的情趣玩具。我的生活成了一辆失事的列车。

不，我不认识你妈妈，安迪这么说过。他是在说谎吗？她妈妈一定至少见过他一次，所以她才会给他取绰号——安迪甜心。这似乎很不得体，而且不像她的处事风格。不过，这些热情洋溢的邮件里的她，就是这样。

玛利亚从未想象过她妈妈是如何社交的。她一直以为妈妈只是打电话给客户，极力争取，然后回家来。她有没有问过妈妈工作上的事？没有。她的工作为她挣来食物，让她的头顶有遮风挡雨的屋顶，而她从来不曾过问她的工作有多纷繁复杂。

贝丝又给贝瑟尼发了一封询问挪用公款的事的电子邮件：

贝丝：说真的，你们解决这件事了没？公司有没有找到钱？
贝瑟尼：我不能在电子邮件里说这个，因为我被迫签署了一份保密协议。

她妈妈就将这个问题搁置了，至少在邮件里是如此。
接着就是倒数第二封电子邮件，是贝瑟尼发给贝丝的：

贝瑟尼：必须取消喝东西的约会了，抱歉，你知道我有多少糟心事要应付。改天再约，很想见见你女儿和老公。

贝瑟尼知道我的存在，玛利亚心想。妈妈跟她说过我，她当然会提到我。不过她在极力回想妈妈有没有提过一个在会议上或销售电话里认识的朋友。她没有。或许妈妈聊起过，而玛利亚忙于自己的生活，沉醉在自己的各种闹剧中，她有可能听到了，但没有听进去。

所以，她才会觉得安迪的名字很耳熟吗？她打开最后一封电子邮件，里面写道：

贝丝：很高兴你打给了我。那么，既然知道了你爸爸的事，你打算怎么做呢？

贝瑟尼：我不知道。去度个长假？一个人待一段时间。好好想清楚这一切。

贝丝：有我能帮到忙的地方吗？

贝瑟尼：保管好它。冰好玛格丽特，等生活回归正常。什么都别说，就是……什么都别说了。

贝丝：好，等你想找人聊时，随时找我。

这是贝瑟尼飞往休斯敦的前一周。贝瑟尼的爸爸。关于他的什么？保管好什么？

这两个女人是酒友，然后越来越亲密，互相诉说个人生活的细节。

妈妈有没有她不曾了解的一面？没人知道的生活？她可以想象布鲁萨尔滚动着鼠标，查看她的上千封邮件的样子。他在寻找对她爸爸不利的证据，或寻找她有男友或情人的迹象的同时，忽略或只是快速过了一遍这些邮件。他有没有发现她跟一个失踪的女人有邮件往来？不过也仅此而已了。贝瑟尼·柯蒂斯被指控盗窃，还跟妈妈说她要离开自己的丈夫并飞往休斯敦，然后就失踪了，而且是出于自己的意愿。在她的案子中，警方并没有考虑绑架，这跟她妈妈的案子不同。

她查找妈妈发给安迪的邮件，只发现了一封：

贝丝：有幸在韦伯康摊位上遇到你。很希望有机会跟你聊聊阿克雷斯网络如何能帮你们公司解决安全顾虑。我附上了初步信息，

并将继续跟进，以更好地了解您的需求。

　　这只是通用的销售邮件。搜查她数据信息的警察不会觉得这种邮件有异常或重要。或许安迪跟妈妈见过面，而他真的不记得了。但她跟贝瑟尼是朋友。贝瑟尼有没有跟安迪说起过妈妈？或是试着帮她拿下阿霍伊的单子？那个绰号……真的只是在没有密切交往的情况下用于调情的称呼吗？或者是贝瑟尼或别的女人这么称呼过安迪？

　　她浏览了收据扫描件，检查韦伯康会议那四天里的所有收据。她找到了"龙舌兰酒庄"的酒水收据，上面有着妈妈潦草的字迹，写的是"阿霍伊运输"。

　　所以她们认识彼此，见过不止一次。她们互相吐露心事，然后便双双失踪了。这当然不可能跟她爸爸有任何关系。她觉得自己终于可以重新呼吸了。

　　她合上电脑，走向爸爸的车子。她打开后备厢，看到了自己为对付绑架妈妈的凶手而准备的所有器械。警方以为她是在闹着玩。她当然不是。

　　妈妈知道关于贝瑟尼爸爸的事，贝瑟尼则请求妈妈帮她保守秘密。玛利亚觉得血液中升起一股热量、怒气和陌生的满足感。她要找出触手可及的真相。

27

　　杰克·柯蒂斯的初创企业特瑞科德系统正式启动了，后来被当地另一家总部位于奥斯汀的数据奇迹收购。玛利亚往东驱车穿过哈文湖，爬上高速公路，疾驰穿过柏德女士湖〔科罗拉多河穿过奥斯汀市中心的南部边缘延伸出的一片水域），一路往奥斯汀北部驶去。在高速公路旁的立方体玻璃大楼中，玛利亚看到了数据奇迹的标志——一颗耀眼的星星。她转入数据奇迹的停车场。

玛利亚绕着停车场找停车位，之后在访客区找到了一个并把车停了进去。她走进这栋大楼，看到大厅有个执勤台，看来不能悄悄溜进去，直接到杰克·柯蒂斯的办公室去了。

接下来的十分钟，她都坐在那儿考虑该如何接近他，想出了很多方法，却都被她否决了。

我并不像之前我说的那样喜欢冷知识问答。我很想知道你失踪的妻子遭遇了什么。我在跟一位知名罪案博主"揭露"合作……

你好，你失踪的妻子跟我失踪的妈妈算是朋友。她们之间的关系涉及金钱，而且会互相倾诉秘密。你知道那是些什么秘密吗……

我认识你的岳母，她觉得是你杀了她女儿……关于你妻子的案子，我知道一些警方没有掌握的信息……

听起来都挺疯狂的。他一定会直接把她关在门外。她需要……

这时，她看到了安迪·坎多莱特。他走出前门，手中拿着公文包。安迪正低着头看手机，快速地打着字。玛利亚走下车，他边走边抬头，看到了她："你好。"她说，"你在这里做什么？"

"我是来赴约的。"片刻之后他说道，眼睛依然停留在她身上。随后又挂上了标志性的微笑。

"跟杰克·柯蒂斯？"

"那栋大楼里也有别家公司。"

"当然。"她想这么说。多么不可思议的巧合啊。她根本不相信他的说辞，他也没有说"不是"。

两人沉默着，仿佛两个突然出现在彼此猎场的猎人，都不想转过身或偏离自己的道路。

他在对你说谎，就当着你的面。跟贝瑟尼相关的这些人都是怎么了？他们在遮掩什么？

"我还没给你投标的规格要求。"他说，"抱歉忘了发给你。我一直在忙，相信你也是。"

"你真的要接受我的投标吗？"话刚出口，她就后悔选了"接受"这个词。

"对，我说过我会的，真的。我知道你忙着帮布莱文斯夫人，我不想打听什么，不过她现在如何？"

"很难过。"

"我稍后会去看她。我觉得你是来见杰克的。没想到他接受了你的预约。"

"嗯。"她没有细说。

"我觉得你应该离他远点。"

"为什么？"

"我觉得你从他那儿找不到答案。杰克并不记得贝瑟尼离开当天发生的所有事，他是这么说的。当我得知她失踪时，那天的每个细节都烙印在了我的脑海中。那个人有点不对劲。"

她决定出一张牌："我找到了一封我妈妈发给你的邮件。你记得有这回事吗？"

"不。"他说道，带着一丝犹疑，那个笑容消失了，"我不认识她。"

"在你在韦伯康遇到她之后。"

"哦，好吧。韦伯康会议后，我大概收到了供应商发来的三百封邮件。"

"她说你们是在那儿认识的。"

"'认识'可能仅限于她在贸易展销摊位上介绍了自己，给了我名片。这种事情很常见，你懂我的意思吧。"

"她跟贝瑟尼至少一起去喝了四次东西。贝瑟尼有没有跟你提过她？"

"没印象。贝瑟尼的朋友，我多半都不认识。"

"她看到了你，我觉得你们见过不止一次。她还给你取了个绰号：安迪甜心。"

他脸上一红，皱起眉头："这个绰号由来已久，是我某位前女友取的，贝瑟尼觉得很滑稽，所以经常拿来取笑我。"

虽然诡异，倒也说得通。玛利亚觉得自己的脸涨红了。

他舒出一口气，十分恼火："我跟你说过，我不认识你妈妈，这是事实。我有回邮件给她吗？"

"没有。"她实话实说。

"好，玛利亚。那这就是全部了。希望能帮到你。"

"跟我说一下贝瑟尼被指控挪用的那笔钱。"

他大笑着摇头："你知道我是阿霍伊的安全总监，对吧？你觉得我会让别人看公司的财务机密资料吗？"

"她受到了指控。公司撤销了控诉，之后她就静静地离开了。所以，阿霍伊找到那笔钱了吗？或者，你们跟她算清楚了吗？"

"我不能说这些事，这是机密。"

"你知道吧，贝瑟尼怀疑是你拿走了那笔钱，她在发给我妈妈的邮件里是这么说的。"

他长长地做了个深呼吸："如果我告诉你事实，拜托你别告诉布莱文斯夫人，拜托了。她会受不了的。"

她等他继续。

"我没有拿那笔钱。从自家公司里偷那笔钱，这太荒唐了。是贝瑟尼拿的。那是她第一次试图离开杰克。我觉得她想要现金，但又不想用他们俩联名账户里的钱，因为他会发现。但她之后又决定不离开他了，克劳德特却发现这笔钱不见了。全部都凑巧了。因为替她辩护，我差点丢掉工作。她同意辞职并交回那笔钱。"

"你不想将这件事公开，为什么？"

"因为我不希望布莱文斯夫人知道自己的女儿是个贼，也不想让朱莉知道我冒着毁掉职业生涯的风险帮了贝瑟尼。你懂吗？"

"克劳德特给我的感觉是，她肯定不能理解。她为什么没有提起诉讼？"

"她找回了自己的钱，是我求她不要提起诉讼的。就是这样。"安迪摇了摇头，换了只手拿公文包，"我喜欢你，想跟你做朋友。但这跟你妈妈毫无关系，而且那也不关你的事。祝你好运。我得走了。"

她看着他走向一辆精致的宝马，然后钻了进去，再也没有回头看她。她整理出了那条线索，却发现了令她不解的事情。围绕着贝瑟尼的关系网简直堪称诡异，包括她的朋友、父母，还有位于她生活边缘的人——莉兹贝丝，或许还有伊薇特·苏亚雷斯。

随之她意识到，他当面对她撒了谎，就那样当面撒谎。

韦伯康会议后，我大概收到了供应商发来的三百封邮件。

她说你们是在那儿认识的。

"认识"可能仅限于她在贸易展销摊位上介绍了自己，给了我名片。这种事情很常见，你懂我的意思吧。

她并没有告诉他，她妈妈是软件公司的销售代表。她跟朱莉说过这件事吗？她不这么想。或许朱莉已经查了她妈妈的案子。或许昨晚之后，他查了。没错，会议是认识人的地方，但他却是如此地肯定他不认识贝丝。

或者，他说漏嘴了，犯了个错。在得知这封邮件时，他像一座建筑一样出现了裂缝。

看着他那辆宝马驶出停车场，她心想，我要让你露出破绽。

她走进大厅，来到执勤台："你好，我来见数据奇迹的杰克·柯蒂斯。"

保安不冷不热地看了她一眼："名字？"他盯着屏幕，似乎上面有预约的访客清单。

"玛利亚·邓宁，但我没有预约，没在清单上。对于他失踪的妻子，我知道一些信息。"

"你们这些人没事做，偏偏要来打扰像柯蒂斯先生这样的好人。"

"我不是什么怪人，先生。"

"滚出去。"保安说道。

"经常会有人这么做吗……过来说知道些信息？"

保安皱起眉头："对，而且总是来要钱。你要价多少？"

"我不要，因为我真的知道一些东西。我可以留个字条，可以请你看到他时交给他吗？"

"你可以写个字条，我会放在信封里，在上面写上他的名字。他是拆开看还是扔进碎纸机，就看他自己的决定了。"

她打开包找到笔记本，然后撕下一页空白横格纸。她走到皮面长凳——多半是为了美观而不是让人坐的——处坐下，然后写道："我妈妈跟你妻子是朋友，她们都失踪了，时间相距不到六个月。我觉得这不是巧合。你可以跟我聊聊吗？我什么都不需要，只想从你这里获取可以找到她们两个的信息。"过了片刻她又加了一句："如果你愿意，我们可以一直聊马丁·范布伦。"她写下自己的电话号码，然后将字条交给了保安。

他点了点头，然后她离开了。

她没有注意到另一辆车里，司机关掉了电话，跟着她驶出停车场，远远地跟在她后面。

28

　　玛利亚往南行驶，来到哈文湖的一家星巴克，这是她之前检查闪存盘的地方。现在里面人很多，几乎每把椅子上都有人。她排在队伍里，一半的人都在盯着手机看。她希望杰克会打给她。这时，她听到有人在窃窃私语："就是她，黑头发的那个。她为杀了她妈妈的爸爸掩盖事实。"

　　她可以站在那里不动，可以无视这些闲言碎语。她以前就是这么做的，通常是跟爸爸在一起时，她会听到附近的人说"看吧，我想她有自己的选择"或"她在保护她爸爸"。通常她瞪一眼，就能让那些人闭嘴。

　　她转过身。那是两个女人，都穿着运动装，排在队伍稍后面的地方直直地看着她。她们与玛利亚目光相接，其中一人羞愧地看向别处，另一人依旧看着她，仿佛质疑玛利亚是正义之举。

　　玛利亚感到内心涌起一股愤怒，这是她无法撼动的恶魔："你们有什么话要对我说吗？"玛利亚说道，她们三人之间的一位正在看手机的男士突然抬起头，有点惊讶地看了看周围。

　　那个女人依旧看着他。

我敢打赌你上学时爱欺凌弱小，现在依旧如此。

　　"大家都觉得女儿应该为妈妈伸张正义。"这个女人说道。

　　"你究竟知道些什么？"玛利亚抬高声音说道，她们之间的男士大吃一惊。玛利亚的手搭在那位男士的肩上，将他往旁边一推。男士让开了路。

"西莉亚，别说了。"第二个女人说道。

"你知道我是什么意思。"第一个女人说道，有一瞬间似乎很不安，但也不愿意就这样打退堂鼓。

"当着我的面说。"玛利亚说道，一步步逼近那个女人。

有个咖啡师跑到她们所在的柜台处说道："嘿，没事吧？"语调很是活泼。

"当着我的面说！"玛利亚喊道，"你们在这儿等着买拿铁的时候指责我爸爸是杀人犯。说啊！"有人握住了她的手臂，她转过头，看到了朱莉·桑托斯。

"别理她们，我们走。"朱莉说道。玛利亚觉得朱莉虽然个子比她矮，力气却很大。她拉着玛利亚走出队列，走过那两个女人，穿过此刻缄口不语的客人，来到咖啡厅外的阳光下。

"放开我。"玛利亚说道，匆匆穿过室外的咖啡桌，往购物中心的其他商店走去。

朱莉跟在她身后："玛利亚。"

"你在那里干什么？"她刚刚遇到过安迪，然后在一小时内又碰上了朱莉。巧合吗？

还是说，他们在监视你。

"我在哈文湖有个私人健身客户，刚结束了一个课程，来喝杯印度茶。"朱莉说道，"别管这些，你还好吗？"

"很好，很好。"她稳住自己的呼吸，"我今天在杰克·柯蒂斯的公司看到你男朋友了。你们俩在跟踪我？"

"我们要工作。你以为我溜出来不工作，就是为了到处跟踪你？"

"我跟莎伦交代了要去哪儿……"

"今天我还没跟莎伦通过电话。我……我向你保证，我们没有跟踪你。"她降低音量，不得不说这些仿佛令她很窘迫的话。

玛利亚弯下腰，双手撑在膝盖上，竭力让自己平静下来，就好像她在商场看到妈妈时那样——她以为她看到了妈妈。她不能失控。

但是……玛利亚走进咖啡厅时，朱莉已经在这里了吗？或者，她从莎伦家就开始跟踪她，一直跟到……杰克的公司。

她想起了昨晚他们三个看她时的神情，仿佛她打断了他们正在做的某件隐秘又可怕的事情。

"谢谢你带我出来。"玛利亚说道，"我只是……他们那么议论我爸爸……因为在妈妈消失的那两个小时里他没有不在场的证明。我是说，除了我。但如果他在公司，大家就会清楚他是无辜的。但他不在，就是不在。所以……大家就认为是他……"恐慌攫住了她的咽喉、胸腔和双眼。

朱莉在她旁边蹲下来，一只手搭在她的肩膀上："需要我送你回家吗？"

"不……不用了。谢谢你，我没事的。"

"过来，我们散会儿步。"她们慢慢走过一间间商店，一路走到购物中心旁边的公园里。朱莉带她来到长凳处坐下。

"除非确定你没事，不然我不能离开。"朱莉说道。

"我没事。"她努力让自己不要有那么重的疑心，朱莉比她们初次见面时更加亲切，"我能问你几个问题吗？"

"当然可以。"朱莉说道，但现在，她的声音有些冷淡了。

"谁是佩妮？"

"佩妮？"

"我在贝瑟尼的一本笔记本中看到了一张老照片，是一个小女孩，有一张是从报纸上剪下来的，还有一张是个人照，其中一张背面写着‘佩妮’。"

“我不认识什么佩妮。”

“或许是贝瑟尼的姐妹？”

“布莱文斯一家是在贝瑟尼上幼儿园的时候搬过来的，我们也是在幼儿园认识的，她是独生女。”

“他们家是从哪儿搬来的？”

“芝加哥。”

“不是休斯敦？”她想起自助书籍里那些泛黄的发票，是休斯敦的一家商店开的。

“不是。你没问过莎伦吗？”

“没有，我不希望让她知道我看了她女儿的书。但我并不是在窥探什么，我只是在找她跟我妈妈的关联。她们两个认识彼此。”她解释了一下那些电子邮件，观察着朱莉脸上的表情。但朱莉只是皱了下眉。

“你有没有告诉莎伦？”

“没有，还没有。”

“也许你不该告诉她。”

“为什么？她会希望知道的吧。”

朱莉沉默了片刻，看着两个妈妈推着婴儿车经过：“我觉得对于贝瑟尼的失踪，莎伦知道的比她所说的更多一点。”

玛利亚目瞪口呆：“为什么？”

“贝瑟尼飞往休斯敦三天后，我收到了一封电子邮件，是我不认识的账号发来的。我是在检查垃圾邮件时看到的。”朱莉往前探身，“里面只说：‘我必须理顺生活，做出补偿。不要告诉我妈妈我在哪儿，我明后天打给你。她会去找我朋友。你不能回我邮件，我不希望你回复我。’没有署名，是从匿名邮件服务器发来的，而且也没法回复。”

“她一定是发现有人一路跟踪她到了休斯敦。”

“我不知道她在想什么。我原以为她所说的朋友是跟她一直厮混

169

的莉兹贝丝……不过假如她指的是你妈妈呢？"

她会去找我朋友。

玛利亚试着不让这些话呈现出更加阴暗的含义："你有告诉警方这封邮件的事吗？或者告诉别人？"

"我跟杰克说了，接着我们就去了警局。但……他们无法追踪，因为那封邮件发自一个匿名邮件服务器。总之，警方觉得这是封假邮件。杰克跟莎伦一直都有收到恶作剧电子邮件和电话。显然，这在这种案子里很稀松平常。所以，警方认为发邮件来的是某个恶作剧或博关注的人，或者……是杰克发的，他想停止大家对他的苛责，将嫌疑转移到莎伦身上。警方对此保持沉默，是因为……好吧，我想他们无法证明那封邮件是贝瑟尼发来的。你知道吗，她的失踪在当时并未被立案。大家都不觉得她是被绑架了，而且如果她已经死了，遇害时间可以是她飞往休斯敦后的任何时间。"

"为什么没人怀疑莎伦会伤害她女儿？"

朱莉长长地舒出一口气："杰克一直相信他会创立一家非常出色的公司。他要求贝瑟尼签署婚前协议，我不让她签，但她还是签了，只是为了让他开心。婚前协议有个内容，是如果她在公司上市之前跟杰克离婚或抛弃杰克，她将一无所得。如果是在上市之后，她只能得到杰克公司四分之一的股份。贝瑟尼跟我说，她答应给她妈妈自己一半的股份，报答妈妈在爸爸去世之后的诸多付出。如果贝瑟尼不能维系这段婚姻，那么莎伦就要失去几百万美金。"

天哪。

"但贝瑟尼还是离开了他，即便她知道她妈妈会失去几百万。"

这像是打了莎伦一个耳光。玛利亚皱眉。

"莎伦很生她的气，直到事实证明，贝瑟尼是真的失踪了。"

"但莎伦是她的妈妈。她爱贝瑟尼。"

"我知道。你的语气跟安迪很像。但是……我跟她做了很久的朋友，她很怕她妈妈。她……有次说：'如果我爸爸不是自杀的呢？'她这样低声说。我们当时在她家里，哈尔·布莱文斯已经去世差不多一年了。"

"她觉得是她妈妈杀了她爸爸？"

"她从来没细说过这件事。我跟她说：'你这是什么意思？'然后她说：'那个家里有个可怕的秘密，我不知道那是什么。'"阳光下，朱莉在颤抖，"接着她要我发誓保密。假如她发现了什么呢？如果是贝瑟尼发的那封电邮，她为什么会联系我，而不是她妈妈？"

"你为什么现在跟我说这个？"

"因为她曾经是我的朋友。我们确实不如以前那么要好了。我怀疑，如果贝瑟尼回来后并没有回到她丈夫身边，而是回到她妈妈身边……我想莎伦可能真的会很生她的气。"

"你觉得她伤害了她？"

"也许是出于一瞬间的愤怒吧。我们都有过类似的经历。她们都承受了太多的伤害和痛苦。我讨厌这么说布莱文斯夫人，但有这个可能。"

29

朱莉回了健身房。玛利亚钻进车里，还在想朱莉的话。要么朱莉说的是真的，为她提供了一些信息，要么她就是在莎伦·布莱文斯的事上说了谎。

但是她为什么要说谎？她将得到什么？玛利亚思前想后，觉得朱莉根本什么都得不到。

你就要触及到他们了。你惹到了他们，使得他们不得不开口。继续保持。

玛利亚驱车来到杰克·柯蒂斯的住址，就在老特拉维斯路边，这片社区非常奢华，住着很多软件行业的总裁。杰克·柯蒂斯的家是托斯卡纳风格的，石头外观，瓦面屋顶，很温馨，也很宏大。玛利亚将车子开上鹅卵石铺就的车道。

他没有打给她，但也许他没有收到她的字条。如果朱莉所说属实，那她就必须跟他聊一聊，了解他对于妈妈跟贝瑟尼的友谊知道些什么。

所以，她要在这里等他，他总会回家的。

她坐在他家门前的台阶上，打开手机浏览器，找到了杰克的"脸家"页面。她记得之前浏览他的社交账号的时候，看到过她跟杰克的共同好友——一位在那儿工作的高中校友，罗伯·罗德隆。她拨通他的电话。

"罗伯·罗德隆。"

"罗伯，我是玛利亚·邓宁。你还记得我吗？"

电话那头沉默了片刻。大家都记得我，她心想。

"嘿，玛利亚，我当然记得。"

"好极了，因为我是那种无事不登三宝殿的人，有事相求。"

他大笑起来，但因为对方是玛利亚，他随后放低了声音。她早就注意到了这一点，大家不喜欢在有她在的时候笑很长时间，仿佛让她意识到这个世界存在快乐对她来说很残忍。

"你最近好吗？你爸爸怎么样？"

他问的第二个问题对她来说意义重大。罗伯曾经是她合唱队的朋友，她对他的了解并不多，但他似乎一向非常的落落大方："他还好，不过还是很辛苦。"她告诉自己，利用他的同情心并无不妥。

"简直无法想象。那你要求我什么事？"

"希望你能帮我，让杰克·柯蒂斯接我的电话。"

"嗯，为什么？"

"我不能细说。你能跟他说这事与他妻子的失踪有关吗？"

罗伯的笑声里流露出一丝紧张："玛利亚，我不能跟他说这件事。他是我老板的老板的老板。"

"拜托了。"

"你为什么要去招惹他？"

"听着，他妻子失踪了，我妈妈失踪了，而她们彼此认识。我觉得很少有人知道这件事。"她降低了音量，"如果我没记错，你就是那个能让他注意到我的年轻有为的软件设计师。"

"他妻子搭飞机离开了，她不希望被人找到。"

"好吧，我给他留了张字条，你只需要告诉他或他的助理，说我是你的校友，我不是疯子。拜托了，也许这样就可以让他注意到我。"

"我只是觉得他不想跟别人聊自己的妻子，跟任何人都不想。"

她脑中灵光一现："告诉他我知道那是什么感觉，我知道他所遭受的一切。我只需要五分钟。"

"我尽力吧，玛利亚。"她觉得他这么做毫无风险，但也不能怪他。

"多谢，罗伯。希望有机会能跟你共进午餐。"

"听起来不错。"他似乎心有疑虑，随即挂断了电话。

她坐在那里，等待杰克。她留意到这里的街道位于群山的最顶端，俯瞰着哈文湖，而且大部分都是死路，私密性很好。她有那么一刻想到，如果安迪或朱莉在跟踪她，这里很容易让他们暴露。

她真希望自己吃过了午餐，因为她现在有点头晕和脱水。等了二十分钟后，她的手机响了一下，是罗伯·罗德隆发来的信息："现在打给杰克·柯蒂斯。我为你做了担保，拜托不要搞砸。你知道的，我希望能找到你妈妈。"

她打给数据奇迹，说希望转给杰克。

铃声响了四下。

"杰克·柯蒂斯办公室。"接电话的是一位年轻男士轻快的声音。

"我是玛利亚·邓宁。柯蒂斯先生在等我的电话。"

"请稍等。"

哇哦，这位助理没有问她所为何事。

"邓宁小姐，我是杰克·柯蒂斯。"他的声音听上去比那晚在冷知识问答之夜更加冷淡，"我很讨厌你这样闯入我的生活，先是在酒吧，现在又是这样。我对你说的话一点都不感兴趣，别再靠近我，否则我会申请限制令。"

"我不会对你构成任何威胁。"她说道，"你妻子跟我妈妈贝丝·邓宁通过社交活动认识了彼此，她们失踪的时间相隔不到六个月。我想我妈妈的失踪跟你妻子的失足踪有关，也许这就是解决这一切的关键所在。"

"你拿着这些信息联络警方或者我的律师，他们一定会很感激你的。"

她不知道他接到过多少通恶作剧电话，要求他用钱换取找到妻子的消息。

"我当然会那么做。"她说，"但如果我们能当面谈谈……"

"抱歉，做不到。"

"我昨晚在你岳母那儿过的夜，就睡在贝瑟尼以前的房间里。"

"哦。"他说道。她猜，现在的她听起来不像贩卖信息的那些人了。

"我去的时候莎伦晕倒了，她不肯叫救护车，所以我陪了她一晚。我也跟安迪·坎多莱特和朱莉·桑托斯聊了你妻子的案子。我不确定他们跟我说的是否属实。"要让他觉得她站在他这边，她决定不提她看到安迪去他办公室的事，"我不想跟警方或你的律师谈莎伦的事，现在还不可以。我不能把她推下水，因为我不知道该怎么做。我只能跟你谈论这件事。我就坐在你家门前的台阶上。不过如果这样很怪异，我们可以在别处碰面，或许等你下班后，在你最喜欢的那家酒吧里，不是冷知识问答之夜也没关系。"她停了下来，屏住呼吸。

十秒钟过去了。她心想，他要报警抓我了。他却转而说道："在那儿等我，邓宁小姐，我很快就回家。"他挂断了。玛利亚坐在那儿等他，回想着自己都向他透露了什么。

她站起来拉伸四肢。死胡同里的另外三栋房子都用黑色的金属栅栏围了起来，但杰克家没有。这么大一块地上只有那三栋房子。房子很大，她猜大概有六千平方英尺，只有一个男人独居，据她所知是这样。他真的很优秀。砖砌的车道，石砌的托斯卡纳风格大宅，瓦面屋顶。她四处走着，试着不往窗户里面看。她走了一圈，来到后院，这里有个大露台、嵌入式的户外厨房，还有一个无边界的泳池。从这个地方可以看到延伸至远方的哈文湖群山，这些大宅都是过去几年建起来的，还有新学校、附近小一点的社区内零星的空地、蜿蜒的老特拉维斯路……还有群山。一条曲折的小路环绕着一块空地，她凝视着那个地方。

在这片土地的尽头，是她妈妈的车子被人发现的地方……

"不能这样。你不能这么做。"身后传来一个清晰而尖锐的声音，她还没来得及转身就跌入了黑暗，虚空将她整个吞噬。

30

脸颊下面的草地冰凉。

有人将手放在了她的肩上。

"你还好吗？"是一个男人的声音。

"嗯。"她回道，但声音嘶哑，她睁开双眼，看到了各种颜色，"我……在哪儿？"

"你在我家后院。我给你叫救护车。"

"我受伤了？"她问。

"倒是没看到血迹。"他说道，玛利亚逐渐看清了那个人的脸，是杰克·柯蒂斯，"发生了什么事？"

"我在你家院子里看风景……我听到了一个声音……然后就不知道了。我想不起来。不需要医生。只是……请……扶我坐起来。"他照做了。一切变得越来越清晰，他脸上的表情是担心，但也有一点警惕。

"你喝醉了？"他问。

"没有，我猜是因为忘了吃饭。我……我不知道发生了什么。我晕倒了吗？我的手机呢？"她拍了拍她的牛仔裤口袋。

"在这儿。"他说着走到草坪上捡起地上的手机。

"我不……不记得在我们打完电话后，我有没有把手机放在口袋里。我到处走了走。"有人从她身上拿走手机并查看了里面的内容吗？为什么？看她的信息、邮件和网络搜索记录？这些都是跟她的主计算机同步的。如果他们想要，为什么不把它偷走？因为手机可以被追踪。

"给你，在这儿。"他把手机拿回来给她，她把它放进了口袋。手机应该是从她手中掉出去的，她摇摇晃晃地倒了下去。她什么都不记得了。

有人袭击了我吗？我听到有人在说话。有人在跟踪我。

她又看向那一片山丘，又感觉到一阵头晕。

"抱歉。"她说道，"可以给我杯水吗？这里的风景让我头晕。"

"当然可以，我觉得你应该去检查一下身体。"

她打量着草坪。或许，她跌倒时手臂挥出去，所以手机落在了那里。如果不是……那就是有人把它留在了那里。

是杰克吗？他看似很担心，但并不愧疚："我们进去吧。"他说道。

房子很大，家具却很少，不如莎伦家整洁。她走过玄关时，细细地观察房子里面，有一个宽敞的起居区，还有一个带有宽阔的非正式餐桌椅的厨房。给人一种独居的感觉。一道门前堆了些待洗的衣物，咖啡桌上凌乱地堆着很多书。家具很高档，但并不多，墙上没有艺术画或照片，就像样板间。正如他的生活，她心想。屋里只有壁炉架上摆着一张杰克和贝瑟尼的结婚照，照片中的两人都在微笑，很幸福，对命运逼近的沉重步伐一无所知。餐厅的一张餐椅上还支着一个平板电脑，方便查看。他大概会在独自吃晚餐的时候上网，或在网飞上看电影吧。她闻得到洗碗池中和被放进洗碗机里的待洗餐具传来的臭味。

"抱歉，屋里很乱。"他说道，"我家不常来客人，我也还没有完全在这栋房子里安顿下来，这儿就像个监狱，贝瑟尼总有一天会回来，然后跟我说她会整顿好一切，说我是个笨蛋。"

177

"所以，如果她回来问你，你就会接受她？即便发生了这一切？"

"我不是个受气包。"片刻之后，他说道，"如果她还活着，也不会想要跟我在一起。我爱过她，我本该让她知道的。我不是个好丈夫。如果她当初能跟我说她有多不幸福，我会好过一点。"他顿了顿，"抱歉，我说太多了。我不……不想聊这个。通常我这儿都没有人。"

"我们家也没有很多人来。"我们家"闹鬼"，她心想，类似于鬼的人。

他说："你想喝水，还是苏打水？我可以给你烈一点的东西喝，不过你刚刚晕倒，这样可能不太好。"

"水就好了，谢谢。"

他从小冰箱里拿来一瓶冰水，她坐在宽大的皮沙发边上一饮而尽，竭力稳定自己的情绪，但她感到的是强烈的耻辱感。她在这里打给他求他回来跟她聊一聊，然后他就发现了晕倒在地的她。他可能真的会认为她的精神有问题，然后报警。她想象布鲁萨尔从警车里出来，跟杰克说她因为幻想见到妈妈而发生的事故。那画面简直令人难堪。

他坐在她对面的皮质搁脚凳上："你应该去看一下医生。老特拉维斯路有个急救中心，我可以开车载你过去。"他不冷不热地说道。

"我现在没事了，多谢。"她也不冷不热。玛利亚摸了摸后脑勺，没有淤伤。她的颈部也不疼，看起来不是有人掐住她的脖颈、令她窒息的。她想起了晕倒在自家门口的莎伦。或许，这一切太过沉重，我们只能关闭自己的大脑。

她颤抖着说："我觉得我听到背后有个声音，但也许是风声或是我的幻觉。"

"所以说，你不是真的喜欢冷知识，我接受。"他似乎并不生气，"可怜的马丁·范布伦，被人利用过就丢了。"这意味着他已经放下戒备了。

"我不是真的喜欢。"

"我想，如果你恢复了力气，就该走了。"他说道。

"我觉得我们该交换下意见。"

"我什么都不知道。"他说道，"我也没有试图搞懂这一切。那是警察的事。"

"你怎么会不想知道？"她的声音在颤抖，内心又涌起一股恶心感。

他说："听着，我妻子离开了我。我不知道她在那之后发生了什么事。我的岳母指责我，说我不知道以何种方式赶到休斯敦，找到她，然后杀了她，因为她离开了我。我也因此失去了很多朋友，我完全是无辜的。但我不想解开这个谜团，我在努力避免……被它毁掉。"他看着好像对自己这番话感到很震惊的她，"莎伦还好吗？"

"她很伤心，有点迷茫。"

"对于我，她肯定有很多话要说。"玛利亚点了点头。

"你知道吗，很多人都会离开他们的另一半。但谁会离开爱自己的父母呢？这对莎伦来说最残忍了。"

"你为她感到难过？"

"对，当然。她需要有那么一个人来指责，而我就是。但她还是……"他顿了顿，"是的，我为她感到难过。"

"贝瑟尼有没有提过我妈妈贝丝·邓宁？她们下班后会去兰乔和朋友酒吧这样的地方聚一聚。"

他摇了摇头："她没有提过。我每天大部分时间都花在了工作上，有时候一天会有二十个小时。我忽略了贝瑟尼，我以为我在为我们的未来打拼，但我这样做反而将她从我身边赶走了。"他站起身，"我附近有个大学朋友，她是医生。如果不想让我载你去看急诊，你愿意让她看一下吗？"

她不知道他是不是害怕承担责任："我不会起诉你的。"

179

"除非让她为你检查一下，否则我不会跟你聊下去。"

"好吧。"她说道，因为这是让他继续跟她聊的唯一方式，而且他已经拿起了手机。

医生名叫汉娜，她彬彬有礼，而且动作很快，她怀孕了，肚子已经很大了。汉娜发现她头上起了一个大包，但不大。

"有人打了我？"玛利亚问道。

"我觉得是你摔倒的时候撞到了头。"

"她当时站在岩石地面的庭院的边上。"杰克说道。

"那就对了。或许是碰到了水龙头。但看起来，你并没有脑震荡。我觉得你可能会头痛几个小时，但除此之外，你没事的。"她站起身，"如果你感到情况变槽，就打给你的医生，或者去急诊中心。"

"多谢。"

杰克送她到门口，玛利亚听得到两人窃窃私语的声音："那个包根本不像是有人打了她。她那么说就是在撒谎。"

"我知道。"接下来的话她便听不见了。

这个回答刺痛了她，玛利亚摩挲着牛仔裤。

片刻后，杰克回来了："很抱歉我帮不到你。"

"你妻子请我妈妈帮忙，我想知道具体情况。"她给他看手机，上面是她妈妈和贝瑟尼的往来邮件，"贝瑟尼有可能发现了她爸爸的什么事？我妈妈又要保管什么？"

他做了个深呼吸，抿了一口水："你知道她爸爸自杀的事。"

"我知道这种说法。"

"说法？怎么，你认为是莎伦杀了他，然后伪装成了自杀？她为什么要这么做？这对她们有什么好处？"

"贝瑟尼发现了关于她爸爸自杀的事，然后让我妈妈替她保管什么。六个月后我妈妈也失踪了。这才是我们该追查的线索。"

"也许是她发现妈妈在爸爸的死亡中充当了什么角色，然后吓坏了，没办法待在妈妈身边，所以离开了这里。然后呢？"

这确实是个疑问。

杰克继续说着："她有可能错信了休斯敦的某个人。她就像个离家出走、搭错了车的少女。我……我没办法忍受这么跟你谈她的事。但是……"

"然后呢？这个人发现我妈妈跟这个案子有关？如果我妈妈手头有资料，她应该会交给警方的。"

他看起了玛利亚手机上的邮件，揉搓着脸。

"贝瑟尼让你妈妈替她保守一个秘密，或许你妈妈只是信守了承诺，或许她不希望被牵扯进来，或许有人威胁了你妈妈，或许你妈妈跟失踪的贝瑟尼一直有联络。"他耸了耸肩，"这些'或许'会害死你的。"

"在贝瑟尼去休斯敦后，我没找到她们联络的任何证据。贝瑟尼被宣布失踪后，我妈妈没有站出来的唯一原因就是她知道她没事。或者失踪就是贝瑟尼最想要的。"

杰克揉了揉眼睛。

"听着，你知道被人冠上你不应有的罪名是什么感觉。我爸爸也是这样，他被击垮了。大家都在恐吓他。他是无辜的，我必须找到真相，这样大家才会知道这件事不是他干的。"

杰克长舒了一口气："她为什么不相信我？我是她的丈夫。如果她发现了关于她妈妈的事……为什么不跟我说？"

"我不知道。如果你知道了，你会怎么做？"

"跟她说，我们得报警。"

"这就是了。也许她不希望告发她妈妈。也许是因为别的事，也许是她发现她爸爸被牵扯到了什么事件中，而她不想揭发这件事。"

"贝瑟尼谈起她爸爸，总是充满了对他的爱。"他说道，十秒钟后继续说道，"但她不怎么提起他。"

"今天安迪去找你了。"

"你怎么知道？"

她解释说她给他留字条时看到了他："但当我问他是否是去见你时，他撒谎了。"

"是的，他每个月都会过来一次。他想在初创企业里工作，想摆脱他的姑妈。所以来缠着我要工作。他觉得是我欠他的。"

"因为你妻子挪用了公司的钱，而他使她免受起诉。"

"那不是她做的，肯定不是。"他嘲弄道。他转而看向别处，起身去小房间的吧台给自己倒了杯水。

"那是谁挪用的？"

"可能是安迪。他可以接触到账目。而且只要他觉得能侥幸逃脱，就会付诸行动。"

"如果他是贝瑟尼的好朋友，就不会陷害贝瑟尼偷窃财物。"

"好朋友。"他冲她挑了挑眉，"安迪只会关心他自己，我们其他人只是围绕着他转而已。他知道如何利用朋友，而不是与别人做朋友。"

这令她陷入了沉默。杰克继续说道："钱有可能是安迪拿的。一，他有职务便利。二，那是个家族企业，安保有点松懈——密码都用便利贴贴在电脑的显示器上。据我所知，她没有理由偷钱。"他说道，"或者是她的朋友莉兹贝丝，她在贝瑟尼离职不久后也辞职了。"

"莉兹贝丝？"玛利亚问道，"朱莉跟我说她们是在写作小组里认识的，经常一起出去。我不知道她们两个也是同事。你有跟她聊过吗？"

"贝瑟尼失踪后好像有那么一次。她打给我，只是说她很抱歉，希望贝瑟尼能很快回来。"

"你有她的照片吗？或者，贝瑟尼有吗？你知道她姓什么吗？"

"没有。我只见过她一两次，当时太忙。"他的声音里夹杂着痛苦，"太忙，太忙，太忙。"

在这栋宽大而空荡的房子里，两人都沉默了下来。

"我可以看一下你妻子的文件吗？还有电脑？"

"临走之前，她清空了硬盘驱动器和备份驱动器，还在每个驱动器上钻了一个洞。做得很彻底。"

她不想留下任何痕迹。真的就那样离开了自己的生活。她在隐藏什么？或者，警方有没有怀疑是杰克做的？

"我可以告诉你的是，她发给你妈妈的电子邮件是从我不知道的她的账户发的。那封邮件不在她的备份里。我不知道警方是否发现了这封邮件，他们跟我说的东西很少。"

"你有雇私家侦探吗？"

"我雇的时候，黄花菜都凉了。"

玛利亚站起身，尽管她的头还在疼，但还是开始来回踱步："为什么是那时？为什么是那个时间点？她的生活即将支离破碎，她被指控偷窃，她发现了跟她爸爸自杀相关的事，她请我妈妈帮忙，然后就消失了。就在你事业大有起色之前，换作旁人，一定会一直守在这里的。然后我妈妈也失踪了。"她的声音颤抖起来，"我们家全部的痛苦都来自于贝瑟尼，她请我妈妈做了什么事，我猜这是她不该请别人帮忙的事。"她攥起拳头，打了沙发上的抱枕一拳。

"嘿，嘿，冷静一点。"

"别跟我说冷静一点。"她嘶哑着说道。

"好，那就别冷静。"他说道，"但我可以告诉你一件事。贝瑟尼不会伤害任何人，也许你妈妈是个值得信任的人。"

"她到底给了我妈妈什么？"她脑子里转过无数个念头：钱、文件、贝瑟尼的父亲死亡的证据，或许是那张DVD？但那又为什么要设密码——如果没人发现，这个证据根本没用。而且那上面写着妈妈的名字。她甚至都不知道该从何处着手。

"我不知道。"他皱着眉思考，"你似乎很肯定，如果你想一探究竟，肯定会有人从中作梗。"

"有人跟踪我朋友查德——他写真实罪案博客，他也是第一个发现有两个贝丝失踪的人。"

"查德·常？那个叫自己'揭露'的家伙？"

"对，你认识他？"

"他一直要求我接受访问。"他的声音变了，"我也一直在拒绝他。你是他的朋友？"

"我们上的同一所高中。他这个人不坏，只是有点野心。"

"他利用别人的痛苦赚取点击率。是他让你过来拿我妻子的案件资料的？"他的声音依旧平静，但带着一股明显的怒意：

"不是，不是！"全部搞错了，"拜托，是我自己发现的电子邮件。我觉得你妻子有我妈妈发的邮件，或许也有我妈妈邮箱里已经删除了的邮件，这也许能告诉我们贝瑟尼到底给了我妈妈什么东西。"

他松开了拳头："这些有可能是你伪造的。我不认识你。你出现在酒吧，出现在我家，假装被人袭击晕倒在地……"他停了下来。

"我妈妈失踪这件事是事实。我没有任何动机，只想从你那儿知道些信息，别无所求。而且也不是'揭露'让我来的。"

"好吧。"他说着冷静了下来。但是那一刻，他真的吓到了她。

31

杰克深呼吸，努力让自己平静下来，玛利亚也是如此。

"好，你所问的莉兹贝丝。我得去找一下贝瑟尼的通讯簿。稍等。"他上了楼。玛利亚回到窗户前，观察着外面是否有人。没有看到朱莉，也没有看到安迪。她又在窗户前待了一会儿，然后回到沙发处坐下。

他下楼来，拿了一本褪色又翻烂了的红色皮质旧通讯簿："你说贝瑟尼临走之前清除了电脑备份。她知道该怎么清除吗？"她怀疑她妈妈是否帮了贝瑟尼一把。

"对，她懂这些。而且上网搜一下就能学会。只要有心，任何人都能做到。警方带走她的电脑时，我就觉得他们认为是我清除的。"他清了清喉咙，"我没有她的手机通讯录，但她也会在这本通讯簿里保留号码。"他把它递给她。玛利亚翻着，发现了"莉兹贝丝·冈萨雷斯"这个名字。她立即拨通了那个号码，是自动语音信息，但问候是来自一个男人，声音有点粗，她觉得是个上了年纪的男人。

我们无法立即接听。抱歉，请留言。

没有交代任何名字。

"你好。"她说道，"我想找莉兹贝丝·冈萨雷斯。我是玛利亚·邓宁。你可以拨打512-555-2390找我。这事关我们的一位共同好友贝瑟尼·柯蒂斯。拜托，请回电话。谢谢。"她挂断了电话，杰克耸了耸肩。

"你了解这个人吗？"

"不，不算了解。你觉得她重要吗？她们做朋友的时间并不长。"

"我妈妈跟贝瑟尼也是认识不久，但贝瑟尼还是将重要的东西交给我妈妈保管。"

他沮丧地揉了揉头发："当我妻子这样离开我时，我才发现自己根本不怎么了解她。这让我痛不欲生，这可是跟我生活在一起的人。而当她永远消失时，我又觉得或许我是了解她的。她对我来说并不是个陌生人，只是有些不该发生的事发生了。"

玛利亚无法直视他，不想看着他这么痛苦。她继续翻着通讯簿，她妈妈并不在其中。

"我不太聊起这些。"他突然说道，仿佛以前从未说过这些话。

她从通讯簿里抬起头，发现他正凝视着自己："你有跟别人说起过你妈妈吗？"

"没有，那会让我们彼此都很不安。如果我提起她或别人提起她，我就会说谎。有一次，我跟客户吃工作餐时，客户问我父母是否住在这里。换作是你，你会怎么说？我妈妈失踪了，我爸爸被指控杀了她并处理了尸体？难道这一切得等到针对他的调查因为证据不足而被搁置，我们才能好过一点？我当时只能说：'对，他们在这里。'然后就换了个话题。如果这是个约会，不是会很难进行下去吗？"

"我不约会。"片刻之后他说道，"我怎么能约会？我不知道我的妻子是否还活着。"

这时她才想到他们是如此相似，而她也犯了个严重的错误："你当然不会，我理解。"

"不过，你知道有很多女士想跟我交往吗？我经常收到电子邮件。"他摇了摇头，"我想她们是觉得我很不幸或者危险。但这对我没有任何意义。"他再次喝了口水，"警察怀疑我，但这跟莎伦的怀疑不同。她搭上前往休斯敦的飞机，出现在机场，这些并没有让警方打消对我的怀疑。但大家还是认为，那只是一个不幸福的妻子离家出走而已。"

二人陷入了沉默，她终于开口："什么？"

他与她对视："我通常不聊贝丝，我甚至都不认识你。这太难说下去了。"

"我大概比你在她失踪后遇到的所有人都更能理解你的感受。"玛利亚平静地说道。他没有回答，而是继续喝水。她等待着，看他是否会继续说下去。

"大家都不想怀疑贝瑟尼要逃离的是莎伦。自从丈夫自杀，莎伦就一直不太对劲。我理解，这很艰难。但嫁给我……并不是要贝瑟尼远离莎伦。过去，每当她觉得孤单，都会自己过来。我是说，好，没关系，偶尔过来没关系，但不能在我们新婚时每隔一晚就过来。我们出去见朋友时，她妈妈会发信息给女儿：'你怎么不在家？你得陪我去杂货店。'而贝瑟尼不喜欢拒绝她，她是她的妈妈，她觉得是自己欠莎伦的。"他的手背擦过唇边，"我总是排在第二位。我跟她说不能这么继续下去，我爱她，但她必须脱离她妈妈的控制。她不想面对她妈妈，我想这就是我全身心地投入创业的原因吧，因为她妈妈总是在我们周围。而安迪……"他顿了顿，"天哪，我刚刚一直在自言自语。"他苦笑着摇了摇头，"我……我……"

"你只是没有可以倾诉的对象。"玛利亚轻轻说道。

"我不必聊这个的。"

她任凭沉默漫过整个房间，心理咨询师或许会这么做。

杰克打破沉默道："你想知道我觉得发生了什么吗？"

她点点头，依旧没有说话。

"自从她爸爸死后，她过得一直都不好。在遇到我之前，她生活里最常见的两个人是她妈妈和安迪。她妈妈在她附近徘徊，安迪也是。我永远都搞不懂他到底想干什么。我觉得他是不能接受贝瑟尼对他不感兴趣。我爱她，我觉得她也爱我，但我也是她的避风港，也可能不是。她妈妈依旧总是待在我们家，之后贝瑟尼去为安迪工作。当她发现我并不是她的避风港时，她就飞走了，或许她是带着安迪的钱绝望地逃走了。我并没有跟着她飞到休斯敦，但他们之中可能有人跟着她去了。可能是哪里出了错。但没人责备他们，大家都怪我，怀疑我。"

"所以莎伦有动机。那安迪呢？"

他深呼吸了一下："我觉得她跟安迪一起工作时，安迪迷恋她。我想如果是她从阿霍伊拿走了那笔钱，那么安迪为她正名就是因为他爱她。我觉得如果是有人引诱她离开，如果她在休斯敦的新生活出了问题，那个人就是他，他们在一起。这是最简单的解释，也是正解。但警方从来不曾怀疑过他。"

她也试着安慰他："大家都觉得是我爸爸杀了我妈妈。我是说，我朋友……朋友的父母……"她顿了顿，"这种事发生时，你总能看到大家的另一面。大家就这么放弃了多年以来对他的信任，就好像他过去是怎样的人一点都不重要。"

他点了点头。

"你说你雇了私家侦探。他们有将安迪视作犯罪嫌疑人调查吗？"

他点头道："我让他们直接查安迪，但一无所获。我总是怀疑他姑妈……阿霍伊的所有人……是否……"

"我也见过克劳德特。"

"精明得像一条眼镜蛇。但她养大了安迪，供他上大学。如果是她买通我的私家侦探来包庇安迪，也不是不可能。我雇的两个人突然就不干了。"

她想起克劳德特，她将玛利亚的车牌号念给某人听。

杰克继续说道："警方发现我雇了私家侦探时，礼貌地提醒我是在妨碍调查。"

"能让我看一下那些文件吗？万一其中有跟我妈妈相关的事呢？"

他点了点头。

如果是他除掉了贝瑟尼或我妈妈，那他还会雇私家侦探吗？还会让我知道这些信息吗？

这并不足以让她完全信任他，但她还是松了口气。

"我的保险箱里有那些报告，我去拿。"

几分钟后，他带着一份由一家叫作"马斯顿调查所"的公司提供的薄薄的文件回来，上面有他们在奥斯汀、达拉斯和休斯敦的地址。她翻阅着。里面有贝瑟尼幸福时期的照片——她勾着杰克的脖子的照片、结婚照以及在其他社交场合的照片。还有一份她失踪那天的行踪和她从银行账户取出几百美元的详细记录，还有为她服务的出纳员的访谈记录。接着是她的航班信息——飞机上坐在她旁边的女士和为她服务的乘务员的陈述，但从奥斯汀到休斯敦的旅途很短，乘务员对她的印象不深。她将报告还给他，他接过去并把它放在了咖啡桌上。

"如果你的公司临近上市，贝瑟尼为什么要从克劳德特和安迪那儿偷钱？为什么要冒这个险？"

他耸了耸肩："因为你没法保证我会成功……公司和公开发行股票都有可能会功败垂成。"

"她就不能再等几个月吗？那又为什么要冒着失去那么多的风险离开你？我是说，她究竟为什么离开？"

"我不知道。"

玛利亚觉得胃部剧痛，头也疼得厉害："答案就在我们面前。你妻子跟我妈妈认识彼此，我们只需要找出她们互相吐露了什么秘密。"

他没有回应，但他随后的举动令她有点吃惊："你饿不饿？"

他问道，"我知道这个时间吃饭老年人都嫌早，不过我没吃午餐。"

"可以，但我得去参加互助会。"

"互助会？"

"'揭露'组织了一个讨论组，参加的人都是受过暴力犯罪的影响的人。我觉得我可以试试。""揭露"今天早些时候给她发了条提醒信息。

"他也给我发了电子邮件。"杰克说道，鉴于早前对"揭露"的评价，他似乎有些犹豫，"不过……如果你想去，我也可以参加。"他清了清喉咙，"所以你答应和我一起吃晚餐了？"

她点了点头。他很孤单，她想。这不代表他们成了朋友，而是有了共鸣。但那并不一定是信任。

如果她信任他，就不会趁他转过身时，从贝瑟尼的通讯簿里撕下一页塞进口袋。

只是因为那页纸上所写的字。

32

克雷格·邓宁在等待，在凝视。车子在他们家前面稍微放慢了速度，想看清楚那个待售标志牌。他几乎可以想象出邻居们都松了口气的样子，起码有些邻居很希望他卖掉房子。

开始有人打电话来询价。首先是四个房地产中介代表买家打来的，想约时间看房子，在那个一次性手机上留了很多条留言。还有几家专业的拆迁公司打来电话，他们之后想在这儿建造更大的房子。对街的房子待拆迁时，上面就印着这些公司的名字，在下坡快车道尽头的一栋房子上也有。随后，又有两个买家直接打来，其中有个买家称其住在附近，用粗哑的嗓音说："你终于要搬走了，终于。希望你的房子赶快卖出去，你这个凶手。"伪装得很失败。

克雷格没有删除这则留言，而是把它们保留了下来。这会提醒他自己的处境。

他钻进车里，开始前往他记下来的那些地址。在哈文湖高中乐队吹小号的孩子中有三个叫肖恩。他想看看他发现的那个拍照男所开的车到底是哪个乐队成员家的，从而查出那个人是谁。

第一个肖恩的人住在哈文湖郊区的一个年代较为古老的社区，那里有很多不设篱笆的后院、斜坡和没有人行道的街道。这片被称作博纳旺蒂尔的区域跟哈文湖其他区域不同，它没有一下子发展起来。从二十世纪六十年代开始，这里涌现出各式各样的房子：石砌的、砖砌的、现代的、农场式的，就好像突然出现的各种不常见的花卉。这里也没有房主协会强迫统一整片区域的建筑风格。他在一条碎石辅路边找到了这个地址，那栋房子的前院围着木头和金属制成的栅栏，里面有很多色彩鲜艳的金属和木制的庭院艺术品。艺术家曾有一阵子成群地来参观这片区域，但随着奥斯汀逐渐扩大以及哈文湖的学区声名大噪，这里也逐渐升值。

他没有看到那辆车——银色的越野车，他觉得那是辆福特探险者，但是他没看清楚。这是肖恩·佩雷斯——一个高年级的小号演奏者的家。他停下来并下了车。他不知道该做什么，走上前去敲门，询问是否有人曾开着一辆银色越野车去他所住的区域散步吗？那有点蠢。但这几个肖恩都不住在他家附近，所以如果肖恩的爸爸就是监视他的那个人，那么他为什么会出现在他家附近？其他几个肖恩呢？

他看着这些庭院艺术品——几朵金属向日葵和一个被涂上油漆的风车。他和贝丝曾经在博物馆的筹款活动中看过一次这样的艺术展览，展出的作品充满了原始感。她曾经躲在其中一朵大号的向日葵后偷看，他一下子记了起来，贝丝那时怀着玛利亚。他的胸口猛地疼痛起来。

　　我想你，贝丝，我每天都在想你，我不知道该如何让这一切回到正轨。我很害怕。我不能做我该做的事。

　　他站在那里沉思，突然发现前门开了。一位女士凝视着门外的他："有什么事吗？"她说道。

　　"我只是在欣赏你们的艺术。"他不知道自己在那里站了多久。这些日子以来，他时常会觉得自己正在慢慢疯掉。

　　她回视着他："那么，你已经欣赏过了。快走吧。"她举起手机，仿佛在给他拍照。

　　有其夫必有其妻？这些人为什么要对他怀恨在心？

　　"抱歉。"他挥手说道，"我本不想打扰你。"

　　他钻进车里，脸上因为耻辱而火辣辣的，然后驱车离开。他稍后还得回来，除非他在别处找到了那辆银色越野车。

　　第二个地址是肖恩·瓦格纳家，位于老特拉维斯路附近的一片被称作"大溪"的区域，但他并未看到任何小溪。那里的房子都很大，都是现代或托斯卡纳风格的大宅，与哈文湖这片区域的石灰岩山石地形相互映衬。前面停着两辆车，一辆是光滑的银色保时捷，一辆是黑色路虎。两辆车上都没有贴纸，也都不是银色越野车。他心想，他们看起来都不像是会在车上贴孩子名字的贴纸的人。他开车经过那里三次，最后一次经过时他看到铁栅栏那边，一个女人钻进路虎车里驱车离开。他离开了，因为不想再被人注意到。他觉得肖恩·瓦格纳不是他要找的人。

　　第三个地址是肖恩·奥博斯特家，那个男孩在年刊里的照片有点面熟，克雷格觉得他以前见过那张脸。这所房子很简陋，位于一片老城区，挨着曾经是哈文湖中心的古老的小学。

没有看到银色越野车，但前院里有个女人正站在砖墙旁，在阳光下举着油漆样品研究。

他停下车，等车窗滑下："你好，打扰一下，奥博斯特夫人？"

"我不是。"她说道，并朝他走近几步，"你在找她？她不再是奥博斯特夫人了。"

"什么意思？"

"我们从一个曾经是奥博斯特夫人的手中买下了这所房子，不过她再婚了。"

"哦，我知道。您知道她们搬去哪里了吗？"

她的笑容僵在脸上："可以问一下你为什么要找她们吗？"

"我女儿跟肖恩共上一堂课。"他含糊其辞，"那你知道奥博斯特夫人原来姓什么吗？她们在学校的名录里写的是这个地址。"

"叫马歇尔，我不知道她们的新家在哪儿。"片刻之后这个女人说道。他觉得那人脸上的不满再明显不过了。

"多谢。"他说着驱车离开。从后视镜里，他看到那个女人凝视着他，判断他是否可疑。

手机响了起来，他点开扬声器。

"克雷格，你在干什么？"是丹尼斯·布鲁萨尔的声音，紧绷而恼火。

"什么意思？"

"博纳旺蒂尔格兰杰快车道上有个女人拍下了你的照片，发给了我们，你当时站在那儿盯着人家的房子看。我认出那是你。你在干什么？"

"我当时站在公共街道上，欣赏她家的庭院艺术。"他说道。

"但你吓到了她，所以她才会拍下你的照片。"

"那里的艺术品让我想起了贝丝。"他升高了音调，随即又强忍着哽咽，恢复正常音量。

"听着，你不能这么做。"

克雷格在愤怒中意识到自己错过了回老特拉维斯的路，于是他只能驶上环线，准备围着哈文湖绕行一周。

"克雷格，你！在！干！什么！"

我走错了路，克雷格心想。随即他便发现自己正驶往字条里威胁他会往下扔石块砸车的那座桥，于是精神紧张起来。

那只是个无聊的恐吓而已。他竖起了待售标志牌，现在那些人没理由怀疑他了。所以那只是个无端的恐吓。再加上他们不可能知道他在哪里，也不知道他正在路上。他真是杞人忧天。

"克雷格，你还在吗？"

行驶在这条环线上，他无法立即出去，也不能往回开。一道金属栏杆将高速公路一分为二。他哪里都去不了，只能开着失踪的妻子的车穿过桥洞。

"我在，很抱歉吓到了她。我没有要做什么……"

我没有要做什么，我竖起了待售标志牌，折磨我的人就不再骚扰我了……

他驶入桥底。

看吧，什么事都没有……

"克雷格，这个主意很糟……"

他驶出桥洞，后车窗猛然炸开，玻璃碎了，车子转了向，克雷格竭力想要控制方向盘，车子却打着转，往栏杆下面的悬崖冲去，而他脑子里想的只有玛利亚……布鲁萨尔在喊他的名字。

33

"我知道有家美式墨西哥餐厅很好，十分钟车程。我做饭不好吃，所以如果你不介意边吃边聊……"

"听起来不错。"她说道，"但我得发信息给我爸爸，告诉他我在哪儿。"

"当然，请便。"杰克说道。

杰克开着保时捷带她去餐厅时，她给克雷格发信息：

我很好，正要跟朋友出去吃午餐，稍后再跟你联系。不要打给我，我不会接听。

她决定不提在院子里晕倒的事，她不太明白当时发生了什么，也不想让他担心。

她看到信息已发送完毕的提示。

但爸爸没有像往常一样及时回复。很好，这是在给她留出她所需要的空间。

餐厅位于奥斯汀和哈文湖的交界处，是一家当地大型连锁餐厅，她听过但从未光顾过。杰克停下车，他们走进餐厅，听到远处高速公路上的嗓声。西面一定发生了事故，她心想。她跟爸爸不怎么出来吃饭——两人都厌倦了众人的注目和闲言碎语，而且他们旁边空座位会让他们想起妈妈，吃饭时她一向是最健谈的那个。离饭点还早，所以客人不太多，除了几桌出来寻开心的客人，他们可比她跟杰克高兴多了，喝的都是玛格丽特。

她觉得如果要边吃饭边向这个男人提问，同时还要忍受这些人的吵闹，她应该点龙舌兰和橘味白酒。

而且，她还要打从贝瑟尼通讯簿上偷偷撕下来的那页纸上的电话号码。

那是她通讯簿上的最后一个号码，是最后加上去的，没有名字。

她为什么在通讯簿上添个号码却不写上名字？不过，那是个休斯敦区号，贝瑟尼跑去了休斯敦。这值得一试。

她点了杯上等的玛格丽特，而他则点了瓶啤酒。薯片和调味汁上来时，他开口道："我觉得贝瑟尼在去了休斯敦之后打给了她妈妈，她想跟她解释。她可能是为自己离开她感到内疚。或许她是想让大家安心，但又不想跟我联络。又或者，她给朱莉发了邮件，说了更多信息。然后安迪便跟着她到了休斯敦，事情便一发不可收拾。"他看着她，"她失踪那天，安迪的不在场证明是他姑妈。朱莉也可能会包庇他。不过我感觉朱莉一直讨厌安迪那么关心贝瑟尼。"

"没有同事见过他？"

"没有，他们都出了城，说是待在海湾那边的私人住宅里，那里没有手机信号，也没有网络。从休斯敦到这儿只有一个小时。安迪不仅为那家公司提供安保服务，还是他姑妈的保镖。要我说，那一家人都很古怪。我总是怀疑，他们是否在非法运输违禁品。"

"贝瑟尼有没有出轨的迹象？"她决定直言不讳。

"你真的是一点都不委婉，是不是？"

"是。"

"那你得跟我说一下你妈妈的事，这才公平。我回答你的问题，你也回答我的，因为你想找到那个规律。"

这是他头一次用意志坚定的执行官的口吻说话。她沉默了片刻，随即说道："我并没有这种漂亮又令人安心的解释，说'我妈妈离开去开始新生活了'。我妈妈没有理由消失，但她就那么不见了，没有任何解释。"除非真的有，再赤裸不过的那种，那就是她妈妈帮了贝瑟尼·柯蒂斯一个忙，于是惹了麻烦，然后被人绑架或杀害了。

也许是坐在她对面的这个男人做的。他可能不是出于好奇心才问她妈妈的事，而是想知道她都知道些什么，好保护自己。她提醒自己他的动机比谁都大。或许他不想跟别人共享财富，或许他不想因为逐渐失控的伴侣而感到难堪，或许他还有别的秘密。

"好，我先来。"他说道，"没有，贝瑟尼没有出轨的迹象。我对她的关注当然不够，我们的婚姻关系也有些紧张，但我爱她，也相信她爱我。她两年前流过一次产，所以我们想等到事业步入正轨后再尝试。因此，把事业做起来就成了我迫不及待想要完成的事。事业占据了我生活的方方面面。如果她真的出轨了，我想我能理解，虽然我不支持。但她都在做自己喜欢的事打发时间，比如写作、工作，还有跟朋友去酒吧。我一直都不怎么喜欢酒吧。"

流产的事让玛利亚心里一振，跟她爸爸对她说的如出一辙，但玛利亚什么都没说。他说道："你妈妈，你跟她很亲近吗？"

玛利亚抿了口玛格丽特。她讨厌聊起这件事，仿佛这会让她重新感受到那种恐惧和害怕："对，但在她失踪的前一天，我们吵架了。"

"为了什么？"

"我一直……对课业不太上心。"

"这是她说的还是你说的？"

"她说的。我过得很开心，不怎么学习。她这么说让我很不高兴。我跟派对上的一个女孩起了争执，也不为了什么，太傻了，也太尴尬了。"

"肢体冲突？"他问道。

她感到脸上一阵发热："我脾气不好，有时候会完全不受控制。妈妈说我令她很失望。"她咬着吸管，慢慢地喝下玛格丽特，"我跟她说她是个讨厌的妈妈，她总是不在家，只关心跟客户谈生意，不关心我。想到她反倒是跟你妻子出去了几次，真是搞笑。"

"你并没有说她是个不称职的妈妈。"

你为什么要这么做，妈妈？

这句话在她脑海中挥之不去。

他的话打乱了她的思绪："那她失踪那天呢？"

"我有点记不清了。有些事我记得很清楚，有些事又感觉像从一扇污迹斑斑的窗户往外看。你能理解吗？"

"完全理解。"他说道，"我也一样，但没人相信。"

她将吸管戳回杯底："我爸爸跟我说，他们早上挺开心的，起床、一起吃早餐、双双去上班。前一晚妈妈打给住在德州大学附近公寓里的我，问我身体有没有好一点。我当时病了，很严重的病毒流感，但她一开始觉得我是宿醉。"她顿了一会儿，"我在哭，我病得很严重，发烧，浑身发冷，感觉随时可能出现幻觉。妈妈对于一开始没有相信我感到很愧疚，就让我回家，她来照顾我。我记得我说：'好，拜托了，我可以回家吗？'我吃了止痛药，而且因为我们的争执，我还吃了抗焦虑的药物。大概服药过量了吧。"她吸了口气，"我不怎么记得是怎么开车回家的了，也只有二十分钟而已。真希望我当时没有吃药，那样我就能记得清楚点了，对吧？"

片刻之后，他点了点头。

她继续说道："我回到家，直接爬到了床上，次日醒得很早，但还是觉得很不舒服，所以又吃了些药，然后回去睡觉。我爸爸在市中心工作。他需要开很久的车上下班，所以他早上一般是第一个出门的，那天也是如此。他说临走前跟妈妈吻别。其他的事，我们都是从她的电子记录和目击证人那儿得知的。她路过一家星巴克，买了杯拿铁，跟她当年在我高中做志愿活动时认识的另一位妈妈聊了一会儿，

198

然后在正常时间到了公司，大概八点。八点半跟销售总监们开了销售会议。"她的声音在颤抖，"没什么特别的，都是回顾账目和销售目标。那天早上，她说她会打电话回家跟我说会儿话，我就在家里，在我以前的卧室里睡觉。她说要回家给我炖汤……我跟她说我自己可以的。"她咬住嘴唇，"如果我说好，让妈妈来照顾我，那么她就会回家来，这些事就不会发生了。但我那时只想睡觉。"

"你不能那样想。"杰克说道，"你不能。"

回顾那一天就像走过陶瓷碎片一样，她逼自己继续说下去："妈妈之后回复了邮件，给潜在的客户打了电话，确定了下周去达拉斯的预约。她又去参加了一个新产品方案的会议。我了解到，她跟我爸爸在电话里起了争执，她否认自己出轨，这是她公司的首席信息官告诉我的，她提出要跟我爸爸见面。她跟销售助理说她要出去吃午餐，但没有说跟谁吃。有时候她会回家吃。那天她没有跟谁约好吃午餐。她驱车离开，我想大家都觉得她是回家来看我的情况如何了。但她没有。公司发现她不见了是因为那天下午她有个会议，无故缺席不像是她的作风。我醒来时，爸爸回到了家。他也不太舒服，但大家并没有惊慌，因为妈妈经常做提案做到很晚。爸爸坐下来揉我的背，不停地给她发信息。他去他们名下的一块空地找她，就在悬崖边，因为她有时候会去那儿整理思绪，静静待一会儿。他回到家说她没在那儿，但她的车子在，我特别害怕。我病得很重，但我还是跟他一起去找她了。就好像，她因为生爸爸的气而藏在了森林里，我记得我当时是那样想的。摇摇晃晃，像个梦一样。爸爸带我回到家时，我还在发高烧，他报了警，终于接通了局长的电话，说遇到了麻烦。"她稳了稳声音，但杰克还是不得不往前探了探身子，好听清她的话，"现场没有血迹，也没有打斗的痕迹。我们已经看过了。那个地方树木繁茂，还有悬崖，全部都找遍了。附近的住户要么没在家，要么没听到可疑的声音。大篇幅的新闻报道后，依旧没有她的踪影。他们当然会怀疑我爸爸。"

她停下来喝了口玛格丽特:"贝瑟尼离开你那天呢?"

"贝瑟尼被工作上的指控搞得心力交瘁,酒喝得比以前多了太多。有时候我很晚回到家,她还在外面。一小时后她才会醉醺醺地回来,她那是出去跟朋友喝酒了。她有时候会打车回家,站都站不稳。"

"她告诉朱莉,她觉得有人给她下了药,至少一次。"

"是酒吧那次争执。对,莉兹贝丝说有个男人可能往她的酒里偷偷放了东西。莉兹贝丝说她会多照顾她一些,好好看着她。我觉得只要公司一上市,贝瑟尼的各种派对活动就会戛然而止。到那时候,投放市场的压力就会小多了,我就可以退居幕后了。这样可以让我们喘口气。我觉得她是因为那次流产在麻醉自己。"他说道。

"那天早上,当我奔波了一圈回到家时,她跟我说她要离开我。"他深深地吸了一口气,"她没有说出'离婚'那个词,只说我们需要分开一下。我很震惊。我不知道该怎么形容,就好像我睡了很久,一觉醒来整个世界已是经变了。我做这一切都是为了她,为了这个公司,为了给她好的生活,但她并不想要。我意识到自己完全做错了,这让我既难受又害怕。她已经打包好,下定了决心,这时候你该怎么弥补这一切?我甚至都不知道该说什么。我通常都会做好计划,做好战略安排。但那时,我的脑袋里一片空白。"

"你不能只靠战略过日子。"

"我知道。她没有讨论的欲望,我们的婚姻就这么结束了,连讨论都没有。我感觉像被从天而降的铁锤砸了一下。她让我走开,好收拾行李。她说她过几天会打给我,让我知道她在哪儿。我就走开了。我不该走开的,但我该怎么做才能不让她离开我?求她跟我好好谈谈?"他摇了摇头,"我回到了公司,像个机器人一样。我试着像往常一样过这一天,但大脑根本不听使唤。一小时后,我就走了。"

"然后回了家。"

"对，但她已经离开了。家里没人。我注意到她带了一个包。所以……我手机上有个应用程序，能实时通知我信用卡的付费情况，我就激活了它。我想，如果她要买机票，至少我能知道她要去哪儿。"

"她为什么不直接开车走？"

"哦，因为她说过她要去机场，叫了网约车。她把我给她买的那辆车留下了。但肯定是有人把她载到了机场。信用卡上没有去机场的打车消费记录。"

假如是妈妈载她去的呢？

"为什么要飞去休斯敦？为什么不开车？到那儿只需要三个小时。"

"我猜她是要飞别的地方。或许她还没有决定好，或许她从霍比机场搭乘班机是要去乔治·布什洲际机场换乘。"霍比机场是休斯敦比较大的机场，"搭乘洲际飞机，随便去哪儿都可以。"

杰克继续说："我没办法待在那个家里，没办法忍受待在那个到处都有她的痕迹的地方。我家人在马布尔福尔斯有栋房子，所以我就开车去了那儿，脑子里一片恍惚。我真的不太记得自己是怎么到那儿的。我们总是吃冷冻速食，上周我们去过之后，还剩下了些啤酒。我打开一瓶酒坐在沙发上开始喝，然后开始列清单，比如我可以如何改变以往的做法，好让她回心转意。"他摇了摇头，"清单。我妻子离开了我，所以我列了清单。真可悲。"

"你希望她回来吗？"

"我当然希望。"他说。

"真的？她曾被指控偷窃。你肯定觉得很难堪，这可能不利于你公司的上市。"

"那件事并没有被报道出来，没有影响。"他的声音紧绷了起来。

负面新闻的威胁有没有让安迪控制或利用贝瑟尼和杰克？

"所以你一直在喝啤酒。"

"对，后来我收到提示信息，她用这张信用卡买了张去休斯敦的机票。我不知道她为什么要去那儿，我给她打电话，但她没有接，我留了语音留言，她也没有回复。"

"为什么要去休斯敦？莎伦似乎也对此毫无头绪。"

"她的朋友莉兹贝丝的老家在那儿。"

"真的？"

"对，我觉得她们可能是一起去的，她或许是想跟朋友去过个长假，等她回来一切都会好起来。但她只买了一张票，随后我跟莉兹贝丝通话时，她说那天没有见过贝瑟尼。她没有理由撒谎。"

"她是直接去的机场吗？"

他摇了摇头："她离开银行之后过了两个小时才出现在机场。"

"你觉得她是去见了什么人？"

我妈妈。

她有可能在贝瑟尼飞往休斯敦之前见了她一面吗？为什么？

"所以当时我在我祖父母的房子里喝醉了，我试着打给她，她不接，我只好留下语音留言。我一直在喝酒，热了张冷冻披萨。我发信息给助理说我这周都不去上班，也没有解释。我看特纳经典电影频道——"玛利亚强忍着笑的冲动，这也是她最喜欢的频道，"然后就睡着了。我醒来后想打给莎伦，我觉得她可能知道贝瑟尼的消息或者知道她为什么这么做，但她没有接。我又喝了些酒，睡了一整晚。"他清了清喉咙，"第二天，我因为宿醉难受得要命。莎伦回电话给我，跟我说她没有贝瑟尼的消息，但贝瑟尼告诉过她要离开我的事。我因为她没有告诉我而大发雷霆，这有点不理智，因为她当然会向着自己的女儿。她怪我是个糟糕的丈夫，以前她从未指责过我，我们一直相处得很好。那样的日子没有了，这很明显是我的错。"

"莎伦需要一个解释，你是她的发泄口，是她的理由。"玛利亚说道，"那么，她也没有贝瑟尼的消息？"

"她说她没有。"杰克的手背划过下唇，像是要擦干净下巴，"我们当时还没有真的担心，你知道吗？"

"那你做了什么？"

"我不想见任何人，不想跟任何人解释她离开了我。我的手机里都是投资者、执行团队发来的语音留言，我没听就全部删除了。我根本不在乎。我去冻死人的湖里游泳，看网飞上的电视剧，喝啤酒。我等她打给我。又过了一天，还是没有收到她的回复。我又打给了莎伦，她也说没有贝瑟尼的任何消息。我就有点慌了。"

"于是你打给了她的朋友？"

"我打给了朱莉和安迪，只是求他们告诉我有没有她的消息，只想知道她是否安好。哦，安迪可开心了，他喜欢别人求他。"现在他的语调有点刺耳，"安迪竟然敢跟我说：'她从我这儿偷走了钱，现在她失踪了。'而朱莉……"他停了下来，摇了摇头。

"怎么了？"

他与她四目相接："她跟我说她觉得贝瑟尼疯了，一直说我是个多好的男人，贝瑟尼配不上我，说个不停……还问我需要什么，要不要一起吃晚餐聊一聊，语气诡异。而我心想，她有什么毛病？我妻子抛弃我才两天，你就开始打我的主意？"他摇了摇头，脸色惨白，"我觉得我一定是误会了她。"

"那莉兹贝丝呢？"

"我只见过她两次。我觉得她有点冷漠，但也有点怪。她有一次戴了个蓝色的假发，另一次是白色的，是那种雪一样的白。不过……我不在贝瑟尼身边的时候，是她陪着她。"他的声音里流露出痛苦。

"然后莉兹贝丝就从你的生活里消失了。"

"她从未走入我的生活，只是在贝瑟尼的生活里而已。"

"你也没有跟我妈妈说过话。"

"坦白说，我不知道你妈妈的存在。"

"然后警方就开始找你的妻子……"

"嗯，其实是三天后，或许她是不打算打给我，但当她也没联系她妈妈时，莎伦跟我都急疯了。他们看了监控录像，看到她在机场失去了踪影，监控没有拍到她出现在停车场或汽车租赁公司的柜台。她在休斯敦失踪了。"

"所以，是有人接走了她，或者她换了服装。"

"她为什么会介意被监控拍到……"他开口后又停了下来，"你认为她打算从人间蒸发？"

"她可能担心你们会找她。"

"我有时候觉得，她可能是真的拿走了阿霍伊的那笔钱，然后跑了。"

"你还戴着婚戒。"她说道。

"对。"

"但她不会回来了。好吧，我很肯定她不再想跟我在一起了。而我也不想和她在一起了，鉴于她对我、对她妈妈所做的事。"他站在了莎伦这边，但莎伦总是攻击他。

"冷知识问答之夜你在酒吧见了一个女人，你在跟她交往？"

他垂下头看着盘子，然后又看向她："不，她只是个朋友，或许她确实想更进一步，但……大家不理解你经历了什么。我不能简单地打个响指就了结那一切，然后开始跟别人交往。那不是正常的分手。"玛利亚感到一种古怪的释怀，但她将那种感觉置之脑后。

"那么，我们现在该做什么？"杰克说道。

"继续查，找出她们发生了什么事。让警方看看那封电子邮件。他们锁定了我爸爸。他跟哈文湖警局局长过去关系不太好，我需要更

204

多的证据。"

他吃完最后一口食物，衬衫上被溅上了一点青酱："失陪一下。"他起身前往洗手间，轻轻擦着那个污点。

玛利亚拿出手机和偷来的那页纸，拨通了通讯簿上那个未知的号码。

电话响了两下就接通了，是个女人的声音："你好？"

"你好？"

"你是？"

"我是玛利亚·邓宁。我想知道你是哪位。"

"我不认识你，所以不会告诉你我的名字。"

"拜托了，我想知道你跟贝瑟尼·柯蒂斯有什么关系，因为你的号码在她的通讯簿里。你叫什么？"

随即是更久的沉默："佩妮。"

是那张老照片中的女孩的名字。

"佩妮。"玛利亚重复道。

"贝瑟尼给我打过一次电话，但我不太认识她。"

"她为什么打给你？"

"在我小的时候，我们两家互相认识。她在写她童年的故事，关于她爸爸，但我真的不太记得他们了。我父母已经过世，所以我没怎么帮到她。"

"这是个休斯敦号码。"

那头又是一顿："哦，对，我在休斯敦工作和生活。"

"你们两家是在那儿认识的吗？"

"对。"片刻之后她说道。

莎伦骗了她，但朱莉说她认为布莱文斯一家是从芝加哥南下而来的。

"抱歉，我没帮到她，也觉得帮不到你什么。"佩妮说道。

玛利亚不希望她挂断："她父亲是自杀死的。"

"她也是这么说的，但就像我刚才说的那样，我对他们没什么印象了。"

"'Holy I'，我找到的你的那张照片上写着这个。"

"哦。嗯，这是我们的学校，圣婴学校。但我只跟贝瑟尼一起上过幼儿园，然后他们就搬走了。"四秒钟的沉默，"你说的这张照片是从哪儿找到的？"

"在布莱文斯夫人家的一本书里。"

"真有意思，我想布莱文斯夫人喜欢保留旧照片吧。"

"那是一张从报纸上剪下来的照片，你大概四岁。你为什么会出现在报纸上？"

沉默的时间变得更长了："我在幼儿园赢了一个艺术比赛，我想我的照片是被刊登在了校报上。那时候的学校有校报。我帮不上忙。拜托别再打来了。"

"你知道贝瑟尼在哪儿吗？她是去休斯敦找你吗？"

"不知道，不是。"她顿了顿，"听着，她说她在写一则故事或小说之类的东西，涉及自杀对家庭的影响。我想她当时是在给她爸爸生前认识的人打电话，只想听一听别人的看法。但我真的不太记得她爸爸了，如我之前所说，我父母已经过世，他们或许能帮到她，但我不能。抱歉，我得挂了。再见。"佩妮挂断了电话。

玛利亚在手机上搜索"休斯敦圣婴学校"，然后点了进去。那是休斯敦西部的一家圣公会教堂学校，离凯蒂郊区很近。她去查它的官网，没什么特别的，就是一间大教堂。

她不知道佩妮姓什么。她搜索"哈尔·布莱文斯"和"休斯敦"，找到了几个网页，但似乎都与这个情形无关，都是些年纪稍大的人，跟莎伦或贝瑟尼也都没有关联。

杰克回到桌前，她关上了手机。

"莎伦和贝瑟尼是奥斯汀当地人吗？"

"贝瑟尼小时候，他们就搬到这儿了，在那之前住在芝加哥。"

"我发现贝瑟尼小的时候也在休斯敦住过。"

"莎伦特别肯定地跟我说贝瑟尼没有理由去休斯敦。"他声音渐弱。

"她在说谎。"

她的手机振动了一下，进来了一条信息，是莎伦发来的：

我想了想你之前的话，我想我今晚会去那个互助小组。或许能帮到我。你会去吗？

她盯着屏幕。如果莎伦和杰克正面碰上会怎么样？会碰撞出什么火花？

"有要紧事？"他问道。

"没有。"她说着将手机放回包里，"不过我觉得'揭露'的互助会应该会挺有趣的。"

34

后窗被石头砸破，如果石头早一秒落下来，就有可能砸破车顶，砸死克雷格。他被吓得浑身发抖，也很生气。

怎么会？他们怎么会知道他在这里？他不知道他们怎么追踪到了他的位置，是通过他的手机，还是贝丝的这辆红色梅赛德斯里的什么东西？

有人就是知道，等着向他扔石头。这不再是什么无聊的恐吓了，这些人想置他于死地，或是让他恐惧地四处逃窜。他现在很害怕，担心自己，也担心他的女儿。

"谁知道你会开车经过那儿？"布鲁萨尔问道。他们坐在哈文湖某个急诊室的检查室里，克雷格是坐救护车过来的。他受了伤，不过只是被飞出来的玻璃碎片划伤了几处头皮。

但他就是止不住地发抖。他差点就死了。现在有可能已经死了，留玛利亚独自面对那个恐吓他们的人。

但说真的，谁有动机？布鲁萨尔有。他恨他，谴责他，想离间他和女儿。这有可能是布鲁萨尔找人做的。他尽量不带一点感情地说道："没有，我谁都没告诉。我甚至都没打算选择那条路。我当时在跟你通话，有点分心，开过了那个可以掉头的路口，就一直往前开，因为我只想掉头，却只能绕一大圈才能回到老特拉维斯路上，很是头疼。"

"所以是有人在跟踪你。"

"就算是这样……他们怎么能那么快就带着石头跑到桥上？这太不可思议了。肯定是意外。"他看向自己的大腿。

除非那是你，布鲁萨尔。警方不是能追踪手机吗？他在电视节目上见过。布鲁萨尔，你只需要找个帮手，一个就够了。

"好吧，那就有可能是两个人。"布鲁萨尔说道，"一个跟踪你，然后告诉桥上的那个人。可能是有人在跟踪你。"

"在我很有可能不选那条路的情况下？我不太出门，你知道的。"

"或许他们把你错认成了玛利亚。"

"她从来不开她妈妈的车，我也从来不开。"

"你为什么没把它卖掉？"

"因为这是贝丝的车。"他说道，仿佛这便足以解释一切。

"克雷格，如果他们一直在监视你，就有可能知道你开的是什么车。"

"然后再跟踪我,他们是怎么做到的?"

"我们在车子的挡泥板下面发现了一部廉价的手机。有人可以拨打那个号码,然后追踪它发出的信号。"

克雷格双手覆在脸上。

"你说有人在你家的车道上留了石头还有字条。"

克雷格放下双手:"对。"

"石头相似吗?是同一种石头吗?"他给克雷格看手机上那块石头的照片,破碎的后窗框住了整个画面。

"相似。"

"听我说,克雷格。"布鲁萨尔说道,"我要把这个事故当作谋杀未遂对待,而且你也说你被恐吓了。"

"他们希望我搬走,不管那是谁。他们只是希望我离开。"他盯着布鲁萨尔。

你知道那是什么感觉,对不对?想让我走,想让我死。

"我们在联络玛利亚,但她不接电话。"布鲁萨尔说道,"她在哪儿?"

"她出去查线索了,就像她说的那样。有点痴心妄想。"他说道。

"告诉她我要跟她聊聊。现在我得去找是谁做的这件事以及如何做到的。"

克雷格站起身:"我可以走了吗?"

"可以,我会派同事开车送你回家。"

"不必了,谢谢。我会再打给玛利亚,或者叫辆网约车。"他不想被困在家里。如果那不是布鲁萨尔做的,就是另有其人,他必须找到他们。

"如果这不是意外，我想确保你的安全。"布鲁萨尔说道。

"对，当然。"克雷格起身离开，没再多说一个字。

克雷格在停车场等待时，布鲁萨尔从窗户里往外看。五分钟后，一辆车停下，他上了车。那不是玛利亚。

那她在哪里？

他感觉得到，克雷格在怀疑他。他本想说"如果我想，你几个月前就已经死了"，但这毫无意义。

侦探卡门·埃姆斯往他办公室里探头："媒体想让我们就这起坠石事件召开发布会。"

"请安排在一个小时后。我想问你点事。"

她走进来并关上门。

"这真的是袭击事件吗？"布鲁萨尔问道。

"什么？"

"桥上有可能是玛利亚·邓宁。那块石头有可能是她扔的。"

"他们不可能筹划这一切。他有可能当场毙命。他的挡泥板下粘了一部手机。"

"那有可能是他们放在那里的，企图混淆视听。他们……更像是在与整个世界对抗。我无法想象他们身上的压力有多大。所以，或许他们是想借此赚取同情，误导我们，让我们去找那个针对克雷格的人，好将焦点转移到别人身上。如果他让玛利亚帮他掩盖罪行，她就会被他绑得越来越紧。他一定特别害怕她最后会开口说出真相。我不知道，她亲自去调查这件事，是不是也只是保护她爸爸的幌子，或者是维护她对他的印象。"

卡门说："这很有可能害死他。"

"有人能跟踪他到这个地步，也同样不可思议。"布鲁萨尔说道，"假设这个丢石头的人是杀死贝丝的凶手，克雷格无罪。那这个人为什么要回来找克雷格？他怎么可能是隐患？"

"他知道些什么。"

"是什么让他对自己妻子的案子遮遮掩掩？"他摇了摇头，"你去安排新闻发布会吧。"

她点点头，然后转身离开。

布鲁萨尔坐在办公桌前，打开电脑上的窗口。

两年前，桥上落下大量的石头，掉到奥斯汀地区25号州际公路上，导致一名司机遇害和几起严重的事故。行凶者是一群孩子，最终他们都被捕、起诉和定罪了。布鲁萨尔以为哈文湖再也不会有这种恐怖事件了。所以，他在市区范围内的桥上都安装了摄像头，也包括环线上的那座桥。他可以看到远程录像。他将录像倒退到石头砸破克雷格车子的前五分钟。

桥上空荡荡的，没有动静。一个高大的身影走进摄像范围内，那个人穿着外套，帽子拉得很低。他只能看到那张脸上的嘴的形状，其他的都看不清。那个人的一只手中拿着石头，另一只手举高看手机屏幕，然后环视四周，将手伸到桥下。

石头掉了下去。那个人跑了，一路盯着地面，避免被摄像头拍到。

玛利亚？他倒回去又看了一遍录像。他觉得这个人跟她差不多高，但如果是玛利亚，如果这是他们的计谋，她难道不应该在确定爸爸是否安全之后再走吗？这个人扔掉石头，立即就跑掉了。

扔石头的时候这个人在看手机屏幕。所以，这并非偶然，是有人在跟踪克雷格，把他当成靶子。

而克雷格还是什么都不肯说，为什么？

他又看了一遍录像，在这个扔石头的人的手腕处发现了什么东西。他放大，看得出那是个表带。上面的图案不太常见，是银色钻石的形状。

布鲁萨尔再次拨通玛利亚的电话，她还是没有接。

35

　　"揭露"的互助会在位于哈文湖最古老的街区的圣公会教堂进行，这个教堂在哈文湖尚未建市之前就有了。石砌的教堂小而温馨，仿佛从英国某个乡村空降至这片橡树和群山之间。

　　"你跟'揭露'关系如何？"杰克边停车边问道。

　　"我只是上学时听说过他的名字。"玛利亚说道，"如今他写了我妈妈的案子。"她环视停车场，看到几个人往教堂走去，但没有莎伦的影子。她有点愧疚，但不想提醒她什么。她准备撒谎说没有收到她的信息。她看到手机上有几条信息，还有几通未接来电，于是将静音的手机关了机。

　　"我还是对'揭露'这个人持保留意见，不过我觉得这个互助小组倒是个好主意。至少对有所收获的人来说。"他看了一眼玛利亚。

　　"但愿能有帮助。"她说道。

　　"揭露"在他们进门时拦住他们。他穿着那件常穿的白色球服，侧边是黑色的，网站的标志被印在衣服的胸口处，宽边的眼镜让他看起来有点滑稽。

　　"你们来了？一起来的？"他高兴得有点古怪。

　　"对。"玛利亚说道，"我们觉得可以交换一下意见。"

　　"哦，太好了。因为我想在节目里着重讲你们的案子。"他欢天喜地地摩拳擦掌，她伸出手拦住他。

　　"已经定了？"玛利亚说道。

　　同时杰克也问道："节目？"

"我们离得这么近。好莱坞也很近，这就意味着只要联手就可以搞定一切。"他清了清嗓子，"杰克，你好。我们没见过，但我当然知道你是谁。"

"当然。"杰克说道，看向玛利亚。

"揭露"继续道："如果能在节目里采访你就再好不过了。拜托你考虑一下好吗？"

"我不知道。"

"试想一下会有多少观众看到吧。可能有人知道贝丝发生了什么，还有你的贝丝，玛利亚。"

"我考虑一下。"杰克说道。

"杰克，麻烦你帮我拿把椅子。"玛利亚说道，"我得跟'揭露'聊一下。"

杰克点点头，走进门。

"你让他开口了。真是太棒了。""揭露"说着竖起大拇指。

"你有没有又被跟踪？"她问。

"或许吧。"他说着，透过眼镜上沿看着她。

"你只需要说是或不是。"

"我跟制片人说我对这几个案子很感兴趣，然后就被跟踪了……至少在我看来是这样。他们很兴奋。你有什么新发现吗？"他的声音里带着贪婪。

他的态度在那天晚餐之后就变了。如果他不提到电视节目，她或许会告诉他。这样他就会拿走她知道的线索，将其加入到他的推销方案中。但这是她妈妈、莎伦的女儿、杰克的妻子，不是他事业的助推器。

"没什么发现。"

"每个细节对我都很重要，玛利亚。"

"我……我只是在向大家了解情况。"如果告诉他两个贝丝互相认识，其中一个贝丝还让另一个帮了她一个神秘的忙，他一定会跑得无影无踪。因为是他首先提及两人之间的关联的，虽然他分析错了动机。他一直赶在警方前面，迫不及待地希望拿下这档电视节目，然后声名大噪。但她不想这么仓促就下定论。

"你知道的，你之所以能向别人打听到线索，都是因为我。"他说道，带着一丝坚定，"是我觉得这些案子有关联，进而影响到了你，但我觉得你对我有所隐瞒。"

"我知道，我也很感激你，但除此之外，我无可奉告。我保证我会跟你说的。"

"那好吧。"他说道，重新挂上微笑，"事情进展得太顺利了，玛利亚，我太想知道了。"

"希望你能得偿所愿，查德。"她尴尬地拥抱他，走进去找了个座位。看到莎伦没有出现，她倒是松了口气，刺激已经够多了。

组建这样一个满是亲友失踪的人的互助小组，其实还挺奇怪的。不太常见，对不对？但这个会议室里有近二十个人，围成了一个圈。玛利亚环视四周，有一对母女（她们长得很像，所以不会有错）、一位戴墨镜和旧牛仔帽的年长的男人、一位体格魁梧的男人、一位正在读《纪念安妮》的女人、两个紧握着手的女人、一对似乎被悲恸压垮了的老夫妻。

这是个没人想参加的俱乐部。

玛利亚坐在杰克旁边，他冲她微微一笑，以示鼓励。"揭露"坐在这个圈的边缘："感谢所有人的到来。我们之所以都在这里，是因为你们不仅要承受巨大的损失，还不知道你们的所爱之人究竟发生了什么，身处未解的谜团之中。"

未解的谜团？玛利亚看了看其他人。

他们都看着"揭露"，思考着他的话。她从未如此看待自己的生活。没错，虽然像个监狱，但你不得不辛苦地一直往前走。谁会用这种说法讨论这样的事？

一个推销电视节目的人。

这时，莎伦·布莱文斯走了进来。玛利亚看得出她因为迟到有点尴尬，莎伦找了个空座坐下，拘谨得如同坐在教堂的长凳上，位置差不多在玛利亚的正对面。她的发型和服饰搭配得完美无瑕。她冲玛利亚微微一笑，然后看到了杰克·柯蒂斯，笑容随即消失。

她的眼中似乎隐含着什么，这让玛利亚绷紧了脸。她听到杰克发出的声音，不是一声叹息，但也不到呻吟的程度。她看了他一眼，他没有看向莎伦，而是看着地面。

玛利亚等着莎伦离开，或者站起身指责她。但她还是坐在原处，似乎在颤抖，当她与玛利亚四目相对时，她的嘴唇在颤抖，情形越来越糟糕了。

"揭露"看着这一切，清了清嗓子继续道："我不是什么顾问，而是个连接器。我不能让你们好过一点，但可以让你们少一点孤单。"她抬起头，他正看向她。

玛利亚不打算对他说什么，当然，他也不会要求谁开口。

"大家对于自己失踪的所爱之人的案子，有没有任何进展？""揭露"问道。

她有点紧张，唯恐杰克举起手，说起两个案子之间的关联，也担心莎伦会举起手，但她一直瞪着杰克，杰克则盯着地板。她凝视着他放在腿上还戴着婚戒的手。她觉得莎伦一定也看到了那枚婚戒。

那个魁梧的男人胸前的名牌上写着"巴迪"，他举起了手："我去见了个灵媒。"他说道，声音里有一丝尴尬，"我觉得这可能有点蠢，我是说……如果灵媒说得准，那他们还不赚翻了？"

令玛利亚吃惊的是，竟然有人在轻笑。这一群人并不像是能够哈哈大笑的人。自从她妈妈失踪，她一笑，别人就会诡异地看着她，仿佛她已然失去了大笑的权利，仿佛她做了什么不自然的事，除了困惑或悲伤，她不能表露出其他情绪。她记得有一次和爸爸一起出去吃晚餐，回忆起妈妈在"红辣椒家"所说的有关开胃菜的故事。因为他们记得妈妈一定会边笑边讲自己为了抓住一条鱼而掉进佛罗里达群岛的海中的故事，所以他们也笑了。大家却纷纷看向他们，仿佛他们没有资格笑，仿佛悲伤跟多年的冻土一样永远存在。当时她正要对着其中一桌竖起手指，爸爸却抓住了她的手，将其握在自己手中。之后，他们有好几个月都没有再出去吃饭，也再也没有去过"红辣椒家"。

她的目光从地面上抬起，在这个魁梧的男人讲述他的灵媒之旅的时候，她玩味地观察着别人的表情。莎伦现在不再看杰克了，而是在用纸巾轻擦眼泪。

"我叫巴迪，嗯，我女儿金柏莉十年前失踪了。她当时在布达（奥斯汀南部的一座小城）附近的一家便利店上夜班，她是在上班期间失踪的，从那以后再也没人见过她。这个灵媒女士说带走金柏莉的是她认识的人，至少他们见过面。我想灵媒或许说得对。警方查了她的男朋友、前夫、同事，但那也可能是一个对她特别着迷的人，可能是个客人，可能是个熟客。那家便利店很忙。金柏莉很友好，这也是她很擅长做零售的原因，她总能看到别人身上最好的一面。"他的声音在颤抖，"而别人有可能误解了她的友好，以为她对自己有兴趣……"

他顿了顿，继续说道："但这并不意味着我可以对警方说这些，这不是新线索，也不真实。她的案子一直没结，可能只是因为我一直在给警察打电话。"他停了停，"我以为灵媒能告诉我她在哪里……我能在哪里找到她。"他小心翼翼地没有说"残骸"或"尸体"，"她一定在什么地方，我得知道。"

"你为什么要给自己假的希望？"杰克问道，"我是说，你是认真的吗？你去找了灵媒？"

玛利亚看向杰克，觉得他的话不太友好。

巴迪看向杰克："为什么不呢？我试了所有的办法。"

"我们要指望科学和法庭，而不是江湖骗子。"杰克说道。

"这是杰克，他的妻子失踪了。""揭露"说道。

"科学和法庭都没有找到我女儿。"莎伦盯着自己的女婿说道，"就算没了科学，他还是会撒谎。"她转过头看向旁边的巴迪，"我女儿也失踪了，坐在那里的就是她丈夫，我想是他干的。"

玛利亚感觉得到屋里的怒气即将刺穿屋顶。

"揭露"举起手："这是布莱文斯夫人，谢谢你今晚能来，欢迎所有人的到来。柯蒂斯先生，我很高兴看到你们都在这里。很显然，家人的失踪会让家人的关系变得更加紧密，但也有可能让家庭分崩离析。"

玛利亚觉得这听着像是专题讨论会的开场白，这个会议就要开始跑偏了。

"她在哪里，杰克？"莎伦说道。

"如果我知道，我就会把她带到这里来。"杰克说道。

"你解决掉了她，然后藏得很好。"莎伦说道。她环视四周，目光似乎停滞了片刻。她看向杰克和玛利亚的左后方，眨了眨眼睛，然后又突然安静下来。

"我什么都没对她做。"杰克说道，"我来这里是想跟这一切和解，而不是被人指责。"他站起身。

"是玛利亚带你来的，对不对？我跟你说过要小心他，玛利亚，看来我算是白说了。是她向你推销了她的推论，说她妈妈跟我女儿的失踪有关联吗？我敢肯定你一定喜欢这个推论，只要能让你洗脱嫌疑。"

"她们互相认识。"杰克说道，"玛利亚有证据。尽管冲我吼吧。"他看向所有人，"我妻子和她妈妈是朋友，我们并不知道这一点，她们俩都失踪了，但她——"他指着莎伦道，"仍然坚持认为我就是凶手。"

"这真是重大的发现。"当众人陷入沉默时，"揭露"说道，"如果能早些知道这一点就好了。"他瞪了玛利亚一眼，"多谢你的分享，杰克。"

"查德……"玛利亚开始解释，但"揭露"举起了手。

他说道："我做了玛利亚妈妈的案子的播客，有八十九集。柯蒂斯夫人的案子有七十五集。"她觉得他补充这一句是为了小组着想，以防有人想下载看。他把这两集的序号记得这么清楚。玛利亚闭上眼睛。

莎伦冲"揭露"摇了摇头："是你提出的这个推论，都是你的错。"

"布莱文斯夫人，我只是想寻找真相。"

"真相？你捡起两个碰巧相似的名字，现在还让我女儿的失踪案里最大的犯罪嫌疑人搅和进来。就算她们互相认识又怎样？什么都证明不了。不，不，我还以为这个会议能对我有所帮助——"她的声音开始嘶哑，"我还以为这个女孩站在我这边，她却跟你一样只懂得利用别人。"莎伦颤抖着站起身。她又看向左后方，玛利亚看到她在看其中的某个男人——一位年长的留着络腮胡的男人，但他不肯与她对视，"我待不下去了，希望大家都能找到自己心爱的人，也希望你们永远都不会遇到那样的两个人。"

"布莱文斯夫人，请等一下。我想跟你聊聊……""揭露"说道，"请不要走。"

"跟我聊什么？我无可奉告。"

"揭露"似乎意识到自己在当众恳求她："我稍后打给你，拜托了。这与你女儿的案子有关。"

莎伦看穿了他的意图，几乎大笑起来："什么？为什么？要我上你的电视节目？哦不不，永远都不会。"

"她们俩互相认识。"他说道，"不是杰克干的。"

"他还是有嫌疑，也许他也带走了你妈妈，玛利亚。"她的声音仿佛蛇信嘶嘶作响。

"我没办法听她的胡言乱语，抱歉。"杰克说道，起身走出教堂大厅。

"莎伦……"玛利亚说道，"我只是想帮你，你女儿……这跟她的婚姻无关。"

"你不能让他耍你。他很聪明，所以你一定得更聪明一点。"

"这档节目会叫《美国未解之案》，每周都会讲述一宗未解决的案子。我下周会飞过去拍摄第一集。""揭露"说道，想让对话回到正题。

所有人都鼓起了掌。玛利亚的手仍然放在腿上。

"揭露"举起手："莎伦，请跟我一起去，拜托，把你的故事告诉全世界，这能帮你找回女儿。"

她又看向玛利亚，看向那个络腮胡男人，看向"揭露"，然后转过身，一言不发地走了。

"所以接下来谁想分享？凯瑟琳？""揭露"问道，竭力稳住自己的声音。一个女人开始讲述她已成年的儿子在荷兰失踪的痛苦经历，又是一个被困在黑色空虚中的灵魂。

玛利亚赶到停车场时，正好看到莎伦疾步走过杰克身边，杰克正站在车旁看手机。莎伦在杰克身旁停下脚步，缓缓地朝杰克转过身，仿佛在鼓足勇气。

"她在哪里？我女儿在哪里？"

"我不知道，我希望我知道。"

莎伦一巴掌狠狠地扇在他的脸上，然后握起拳头挥向他的肩头，而他没有动。

"莎伦，住手。"玛利亚抓住她的手，"贝瑟尼离开之前，让我妈妈为她保管什么东西。我想那一定跟你丈夫的自杀有关。"玛利亚压低声音说道，她不希望"揭露"跟着他们来到停车场听到这些。

"什么？"莎伦的灵魂像出了窍，消散在玛利亚紧握住她的手中。

"你丈夫发生了什么事？谁是佩妮？你来自芝加哥还是休斯敦？"

莎伦瞪着她。在她最精致的妆容和发型下，玛利亚看到她的内心有什么东西破裂了。莎伦端庄地挣脱玛利亚："我不知道你在为自己编造什么幻觉，但我打给了哈文湖的人，他们听一个警察说你幻想自己看到了妈妈。幻觉。在一个商场里，而且你还去追她，引发了车祸。你是个讨厌鬼。你一直都在掩护你爸爸。你编出关于我女儿的整个故事，这样你才可以继续跟你爸爸住在一起。我试过帮你，我为你感到惋惜。我觉得你会懂，但你就跟大家一样，践踏着我对我女儿的记忆，把她说成一个她本来不是的酒鬼、小偷或糟糕的妻子。"

"莎伦……"

"不要再接近我。我竟然让你在她的床上睡了一晚。"莎伦走向自己的车子，钻了进去，然后驱车离开。杰克一言不发地站在她身边。玛利亚往后退了一步，把脸埋在双手中。

这次会议几分钟后就结束了，被这场闹剧毁了。玛利亚想逃走，但她想跟"揭露"解释一下。杰克走向巴迪（玛利亚希望是去道歉），而"揭露"在小组成员走向停车场、握手告别或互相拥抱并轻拍对方时，匆匆地走向她。

她寻找那个络腮胡男人，而他已然不见了踪影。

"那个男人……年长的男人，有络腮胡，他去了哪里？"她对"揭露"说道。

"他走了另一道门，在你走后不久就离开了。"

她没有看到他开车离开，所以他一定是把车停在另一边了。

"他是谁？"

"不知道，我以前没在这里见过他。"

"莎伦似乎在见到他时有反应。"

"多谢你提醒我莎伦也会来。"他说着，怒意渐显，"我本来打算向她和杰克推销我的方案，而你毁了这一切。"

"你到底想怎样？"她看到几个参加互助小组的人看向这边，觉得很尴尬。

"你答应过的，会告诉我你的发现，但你没有。"他说道。

"我知道得还不够多。"她说道，而他笑了起来。

"哦，拜托了。她们俩互相认识？两个案子的实际关联？你还有什么没告诉我？"

"我不想听什么推测……我只想知道真相。"

"你可能不会喜欢自己的发现。除非告诉我你知道的事，否则我就要敲锣打鼓地告诉大家你爸爸是这个案子的凶手。"他威胁道。

"玛利亚，我们走吧，拜托了。"杰克现在站到了她的身边。

"查德，你不能对我爸爸下手。"她说道。

他转身离开。

"走吧。"杰克再次说道，拉着她慢慢走向他的车，玛利亚意识到大家都在盯着她。

杰克和玛利亚走向那辆保时捷，然后上了车。他启动了车子，但没有挂挡。

"我想让你知道我是去跟巴迪道歉了，我当时确实欠缺考虑。"杰克直勾勾地盯着前方，"我对他有点无情。"

"嗯，有一点，我理解你的意思，但我也能理解他。不过那样抱有希望又有什么伤害呢？"

"希望就是伤害。"他说着，转头看向她。

"我觉得我们都没希望了。"她说道。

"对，没希望了。"他说道，"希望会变，你希望得到答案，因为你知道你并不想把你妈妈找回来。"他清了清嗓子，"当'揭露'第一次接近我时，我听了他的几期播客，听他谈论十年、二十年前未解决的悬案……父母死了，配偶也死了，还是没人知道他们的所爱之人遭遇了什么事。我觉得我不能忍受这个，我得知道贝瑟尼发生了什么。"

"我也是。"她说道，"但我跟你不一样，我没有替罪羊，我不能冲别人发泄。"除了我爸爸。如果查德决定对爸爸下手，开始写他怎么办？她感到有点恶心。

"假如我错了，贝瑟尼的家人也错了呢？"他说道，"假如我们都错了呢？所有的憎恨都是枉然。"

"是我拉你来这个互助会的，我本不该这么做。她跟我说她可能会来，在餐厅的时候她给我发了信息。我本该提醒你的。"

杰克打量着她道："你说得对，你本该提醒我的，不过也没关系，我没有生气。很高兴能够认识你。"

她与他四目相接，突然发现自己不想回家，去面对爸爸那成千上万个问题。

"我们可以回你家，喝点东西吗？"她问道。

36

司机把克雷格送到家。克雷格很庆幸这次车道上没有那种石头了，但也没看到玛利亚。

他走进屋，到厨房里倒了杯威士忌，走进小房间，在一片漆黑中坐到躺椅上。他慢慢将酒喝下，让刺激的味道盈满口腔，想象活着的感觉有多好。

这时，他听到手机的嗡嗡声，他没听过那个铃声，咖啡桌上的手机屏幕在闪烁。

他从未见过这部手机，于是起身俯视着它。这部手机的小屏幕上闪烁着"已锁"的字样。

有人在他家里留下了这部手机。

他盯着依然在嗡嗡作响的手机，一动不动。最终，他伸手接起电话。

"你好。"他的声音嘶哑。

对面那个声音听起来像变过声的电子音："克雷格，你到家了。真好。"

"你是谁？"

"你在外面竖了个标志牌，却没有回电给感兴趣的买家。我觉得那个标志牌没用，但我认为不该如此。你需要快速卖掉房子。接受这个现实吧，总好过再被石头砸。"

"你……你不能对我这么做！"他本来没想说出这句话，但还是说了出来，"你袭击了我，闯入了我家……你是怎么把这部手机留在我家的？"

"克雷格，你还有值得担心的大事。你要尽快搬出来，为了你好，也为了你女儿好。"

"你给我离玛利亚远一点。"

"迅速，低价，然后离开。"那头挂断了电话。

他放下手机。可以采集指纹吗？他可以打给布鲁萨尔。这个聪明到可以闯入他家或拿到他家钥匙的人……

钥匙。家里的钥匙只有他和玛利亚有。

另一把钥匙在……贝丝那里，在她的包里，跟她一起失踪了。

寒意顺着他的脊柱爬了上来。

不、不、不。

他起身检查所有的门。后门没锁，他猛地往后一缩手，仿佛被门把手烫到。

他们进入了我家。

玛利亚为什么不回他电话？恐惧攫住了他。他不能再失去她。

37

玛利亚和杰克坐在他家的皮沙发上，电视里播放的是特纳经典电影频道，但静了音，播放的是一部希区柯克的电影《西北偏北》。影片接近尾声，加里·格兰特从詹姆斯·梅森清凉如春的房子二楼给爱娃·玛丽·森特扔了一张字条，想提醒她不要搭上那趟飞机，因为她中途会被丢出机舱。两人面前各有一杯白葡萄酒。玛利亚觉得自己有点醉了，头也不再疼了。她不该在晕倒之后喝酒的，不过晕倒似乎是一件很愚蠢的事情，是一部老掉牙、有问题的小说里的桥段，是她通常不会感觉到的一种软弱的迹象。

你以前从未晕倒过，她心想，不过随后她便看到了妈妈震惊又惊讶的脸，她在大雾中飘浮，然后消失不见。玛利亚闭上眼睛，然后再度睁开，又喝了口酒。

杰克在看电影，加里·格兰特催促爱娃·玛丽·森特赶往拉什莫尔山。

"你爸爸是犯罪嫌疑人。"

"那只是因为大家总是怀疑配偶。"她本以为他的脸色会发生变化，但他只是更难过、更清醒了而已，"他车里没有血迹，没有实施暴力的迹象，没有他对她做任何事情的迹象。没有证据，不过没有证据并不能说明你无罪。"她的声音低了下去。

他瞪大双眼："你一定在某个时间点怀疑过你爸爸，哪怕只有一瞬间。"

玛利亚抿了口酒。这些话她还能跟谁说？没有人："我觉得他不可能会杀她，但可能是意外。"这个词从她口中说出来有点奇怪，"他们过去的婚姻一团糟，我那时不知道，但现在知道了。"她又喝了一口酒，含在口中，等它浸润舌头，她在想如何说出这些，也在想是什么让她能够对这个男人吐露心事，"我想如果他们有过争执……如果发生了意外……"她放下酒杯，手在发抖，心脏狂跳，"但我了解我爸爸。如果是他杀死了妈妈，那只能是个意外，他会马上陪她死掉。他不可能那么冷酷或……"她在思索一个合适的词，"大胆。没错，要大胆地弃尸，对警方撒谎，对我撒谎。我是说，这是个我无法想象的弥天大谎，肯定需要深思熟虑和冷酷。爸爸不会这么虚伪。"

杰克打量着她："这些话很难说出口。"

"如果一个人从未犯过罪，却还能考虑这么多与谋杀有关的事，也挺诡异的。"她说着喝完杯中的酒，又给自己倒了一杯，"我可能有点醉了，话有点多，我应该叫辆车。"她看着加里·格兰特救了爱娃·玛丽·森特，所以后者才没有从某位总统的雕塑的脸上摔下去。玛利亚并没有伸手去拿手机，甚至都不想开机。

他站起来倒满自己的酒杯，然后挨着她坐在了沙发上，这次比之前靠得近了一点。

哦，好吧，你都没有真的打算起来避开这种逾矩的行为。

随即她就释然了。

我为什么要介意？

她最后一次约会是什么时候？把这个当成约会真是可悲，她的胸腔内涌起一阵突如其来的笑声。妈妈失踪几个礼拜后，一位朋友出于好意安排她和自己的同事约会，对方是个非常好的男孩。玛利亚表现得非常局促不安，她感觉自己像个蹒跚在漫漫长夜里的醉汉。他非常正派，看得出她的状况很糟，很早就应她的要求送她回了家。他祝她一切好运。好运，仿佛好运能让你振作起来，仿佛好运能让你熬过晴天霹雳般的空虚。好运对有家人失踪的家庭来说，明显供不应求。

但她觉得跟杰克坐得很近也无妨。他能理解她。

"我明天要去试着跟莎伦聊一聊。"她说道。

"要是我，就不会去。"他说道。

"我知道，但我得找她。而且最好也跟查德和好，不然他会随心所欲地写我父母。"

"反正无论如何他都会那么做的。"杰克轻轻说道，"我觉得查德现在有点利欲熏心了，不过他的出发点不坏。"

"无法信任你的朋友，这真是糟糕透顶。"她说道，"我的意思是，我们俩关系虽然不近，但我从未跟别人说过这个案子，他是第一个。然后是莎伦，然后是你……"

"从未经历过这种事的人觉得跟你聊一聊就能理解其中的痛苦，但只有真正经历过的人才能明白。"她的手绕上他的后颈，这让她对自己的行为大为吃惊。他看着她。她轻轻地吻了他，触感柔软。他震惊地僵在原处，仿佛已然忘记吻是什么，但只有一瞬，然后便开始回吻她。她的手指穿过他的头发，感受到他的掌心沿着她的下巴温柔地抚摸。

这个吻戛然而止。

我在做什么？

"这不……"他开口道，而她心想，他要说什么？不好？不是个好主意？她不介意。孤独在她心里膨胀，像个挣扎着呼吸的生命，于是她又去吻他，他也以同样的热情回应她。

两人最后突然分开。

"抱歉。"他说道，仿佛她是易碎的瓷器，或者不清楚自己在想什么。

"不要，不要觉得抱歉。"她说道，带着哭腔。

"我觉得这样不……"

"你想多了，快停下来。"她再次吻他，他也没有说出那些她不想听的话，两人很快就跌跌撞撞地摸黑来到了床上。

夜里，玛利亚醒来，脑中的第一个念头是这是不是贝瑟尼的床。她曾经在莎伦家睡过贝瑟尼以前的床，而现在则睡在她的婚床上。或者自从杰克搬来这里，跟新认识的女人在此过夜呢？她跟那个失踪女人的丈夫睡在她的床上，这个念头本该让她感到困扰。当他们来到床上时，他在她脑后将婚戒摘了下来，仿佛将他自己从锁链里解放出来。这个动作只有了一瞬，他以为她看不到，而她什么都没说，又继续跟他接吻。他取下婚戒，是好事还是坏事？

她从来都不想跟已婚男人发生关系。玛利亚很肯定杰克睡的是他习惯睡的那一边，跟他与贝瑟尼同床时一样。夫妻都有自己的习惯。她告诉自己不要再深究下去了。

自从妈妈失踪，她从未跟任何男人交往。她不想约会，也不想单纯为了发泄肉欲而随便找个男人。

杰克还睡着，蜷缩在被子下，微微打着鼾。她看了他一会儿，然后在想，这个主意到底好不好？但木已成舟，还是向前看吧，不管往前看意味着什么。她碰了碰他的手臂，他的鼾声立即停了下来，但呼吸声还是很重，仍然沉醉在梦里。她又想吻他了，但不想吵醒他。

一阵愧疚刺痛了她的心，随即又消失了，仿佛北风裹挟着的冷雨，时有时无。或许他是个鳏夫。她不希望事实如此，但他有可能是。她起身穿上上衣和内裤，然后轻轻走到走廊那头的厨房，倒了一大杯水喝下。她觉得好多了，不再有那种糟糕的感受，而是感觉很好。她不知道自己在他看来是否很随便。也许他并不介意。也许她也不介意他介意与否。他可能才是随便的那个人。第一次的时候有点尴尬，也许是因为结束这种长期的"干旱"让两人都带着犹疑，但第二次非常棒，还有第三次……黑暗中的她微微一笑。

希望他没有杀死贝瑟尼，我也觉得不是他干的。

她将杯子放入水槽中，踮着脚尖回到卧室。杰克还在睡，背对着她。她蜷缩着靠近他，额头抵在他的背上，很快就睡着了。

38

事后的清晨并不一定非得很尴尬，但这个清晨却有可能很尴尬。她心想，这也许是因为他们身上都有各种沉重的包袱。醒来时，她听到洗手间淋浴的声音。他的表上显示着时间——六点三十分。她闻到了煮咖啡的味道。

他在她脚边放了条黄色的丝质睡袍，这肯定是贝瑟尼的。他这个人很实际，不过她觉得穿上他失踪的妻子的睡袍有点奇怪。她不知道如果看到别的女人穿上妈妈的衣服，她会作何反应，或许会从她背上撕下这件衣服吧。尽管如此，她告诉自己，这只是件睡袍。

"早。"她对着淋浴帘说道，尽力说得很大声，不想让他听出奇怪或紧张的情绪。大家都是成年人了。

"嘿，早。咖啡已经在煮了。"他没有探出头，声音有点嘶哑。

"要不要我给你端一杯过来？"她心想，好吧，才过多久她就俨然一个小小的女主人了，这断然不是她的行事风格。

"谢谢，不必了，我自己去倒。不过你请自便，我一会儿就出来。"

他没有邀请她一起洗澡，甚至没有从浴帘后探出头跟她说话，她不确定这是否是个坏迹象。也许他必须去上班，早上再来一次做爱之类的情节仅限于小说。他是个高科技专家，他们之间可能有着不小的差距。又或许他是在重新思量。你是他在妻子失踪后的第一个女人。你不必把所有事都拿来分析，她告诉自己。她走进厨房倒咖啡，他已经将咖啡伴侣、糖和小包装的人工甜味剂放好了，非常贴心，于是她觉得这是个好迹象。几分钟后，他穿好上班的衣服出现了，头发依然潮湿。

"嗨。"他说道，笑容灿烂。

"嗨，听着，我不想让事情变得尴尬……"

"我也不想。"他吻她，不是那种引诱的吻，但也不是蜻蜓点水，于是她也回吻他。结束后，两人的额头依然抵在一起。

"我很高兴发生了这件事，我没有后悔。"他说道。

"我也没有。"她的手贴在他的胸前，"我是说，我们都在应对很多事……"

"我们也都熬过了很多事。"他说道，"但我们还活着，那就好好活。"

"我们是怎样的一对？绝对是网上约会个人档案里最糟糕的那种。"他笑了起来，她也跟着笑。

笑也没关系，没关系。

她吻他，他回应。

他用香葱和熏肉煎鸡蛋，还烤了英式松饼。咖啡很浓，是她喜欢的那种。两人一起吃完饭，玛利亚主动要洗碗，但他说不必，所以她就打开了手机。爸爸发来的信息出现在屏幕上：

你在哪儿？你还好吗？拜托回我电话，玛利亚，我担心到不行了。我需要报警吗？

最后是昨天深夜的一条信息：

有人想杀我，我得知道你没事。

"抱歉。"她说道，匆忙跑到外面的露台上，黄色的睡袍在周身飘动，但跟昨天一样，眺望群山令她感到一阵恶心，眼前一黑，所以她又跌跌撞撞地走回屋里。她这是怎么了？

爸爸在第一声铃声响起时接起："玛利亚。"

"爸爸，很抱歉……我手机关机了。发生了什么事？"她的声音沙哑。

他甚至没有问她在哪里过的夜："有人在环线桥上往我的车上扔了块石头。"

她得坐下来："哦天哪，你没事吧？"

"对，我当时开的是你妈妈的车。车子毁了。"

"哦，爸爸，我真抱歉我没有过去陪你。"杰克把餐碟都放到了洗碗机里，现在，他在看她，"警方怎么说？是谁做的？"

"他们不知道。"

"可能是随机作案吗？"

"我不这么想。"他说道，声音平静而微弱，"你昨晚为什么没回家？"

"我在一个朋友家住了一晚。我马上就回家。"

"拜托赶快回来。"他说道。

她挂断了电话，震惊使她几乎瘫倒。

"一切还好吗？"杰克问道，"你爸爸发生了什么事吗？"

"我得走了。"

"发生了什么事？"

"我爸爸……他需要我。我得走了。"她匆匆回到卧室，找自己的衣服。

前一晚你还试着回归正常的生活，逃离悲痛的茧，然后就发生了这件事……发生了这样的事……你永远都不能好好生活。

"好，那我们以后再聊这件案子，看你有什么发现？"杰克跟在她身后问道，语气里透着关怀，"我今天在家工作，打给我手机就好。"

她开始分析这句话是什么意思，他是开心、释然还是难过，但她随即又想，他想什么都无所谓。他们做了爱，可能不会有第二次了，可能不会有了。发生了这么多事，她现在没办法想这个问题。

"好，我稍后打给你。"她说着穿上牛仔裤和上衣，都没顾得上梳头发。

"如果我能帮上忙，玛利亚，我想帮你。"

她点点头，现在还不能跟他说这个，不然她会失控的。

"嘿，嘿。"他靠近她，然后轻轻地抱住她，"你在发抖。"她任他抱着自己，这种感觉很舒服。

"希望你爸爸没事。"他将唇埋在她的发丝中。

"谢谢。"她说道，从他怀中挣脱，几乎跑到前门，"稍后跟你聊。"

39

玛利亚匆匆赶回家。她父亲身穿蓝色牛仔裤和皱巴巴的白衬衫，坐在躺椅上。他胡子刮得很不好，漏了几处，在喝着咖啡，精疲力竭地看着她。

"我不知道去哪里找你。"他的语气毫无起伏，"我不知道你去了哪里。你偏偏选了昨晚关机。"他声音开始发抖。

"很抱歉。"她说道，"你没事吧？"

"差一英尺就砸到我了。"他说道，"当我回到家时，有人闯进了我们家，留了部一次性手机，那个人打给我让我尽快卖掉房子搬走。"

她慌乱地用双手捂住脸："怎么可能……"

"我希望你离开这里。"他说道，"去你在达拉斯的表姐家。"

"我不要。"

"你要去。我一定得把你拽到飞机上，你非走不可。我不想让你冒险，玛利亚。"

她看着他："爸爸……我理解你为什么心慌意乱……"

"他们可能是冲我来的，你必须安然无恙。我早就该带你离开这里了，但是我没有。"

"你有没有跟警方说有入侵者？他们为什么不派人保护我们家？"

他大笑道："那有可能是布鲁萨尔干的。而且我不希望他们围着我转，我得能够……做我必须做的事。解决这个麻烦。"

这让她不寒而栗："我不会离开你的。"

"去收拾行李，马上。"

她跪在他身旁："我就要找出妈妈到底发生了什么事了。"她轻轻地说道。

他将她推开："不要再玩侦探的游戏了。太丢脸了！"

"才没有！"

他匆匆走过她身边，然后上楼往她的卧室走去。这是她长大后住的房间，是她包裹着自己对抗世界的地方。

他走向她的衣柜，猛地拉开衣柜门。

"爸爸……"

他拉出她放在架子顶部的行李箱："快收拾行李。"他从衣架上一把拉下衣服，扔到她的床上，接着停了下来，凝视着什么东西。

她走上前去，从他手里拿走行李箱，看到了他正在看的东西。

他从她衣服后面拉出那块软木板，上面用图钉固定着与她妈妈的案子相关的照片、地图和彩色的连接线。

"我说过让你别再管这些。"他低声说道。

"这只是妈妈案子的描述、时间线、照片和推理。"她声音渐弱。

"我的名字在这张索引卡上。"他用手指猛戳那张卡片。

"你是目击证人。"她说道，"不……不是犯罪嫌疑人，爸爸。"

"这很病态，这是侦探该做的事，不是你。"

"我过去几天找到了很多……关于她的生活的事，还有她跟贝瑟尼·柯蒂斯的关联。"

"纸张、线和照片。全部都毫无意义。你到底要做什么，玛利亚？写出来，然后交给你写真实罪案博客的多嘴的朋友？那个将你妈妈的案子当作八卦谈资的人？"克雷格一拳打穿了那块软木板，打穿了她打印的那张妈妈失踪时所在地的地图。他将那块软木板扔到地上踩碎，将金属边猛地往上拉，然后撕裂了它。图钉和线落到了地上。她尖叫着让他停手，他又开始撕拽。

妈妈的一张照片缓缓飘落。

"你必须马上停手。"他说道，"停止你的痴迷，放手让她离开。跟她说再见，让她走。她死了，死了！"

玛利亚难过到流不出眼泪："你不能这么做……"

"你昨晚去了哪里？你跟谁在一起？"

"不关你的事。"

"又是你那个生病的朋友？"

"不是。"她现在有点肆无忌惮，怒火中烧，"我昨晚跟贝瑟尼·柯蒂斯的丈夫在一起。"他的脸在颤抖，她真希望能够收回这些话。他似乎对她的话感到错愕。"爸爸……"

他满脸通红，竭力保持呼吸顺畅。

"我看过'揭露'写的那些案子，那个丈夫。他可能杀了他的妻子，而你……跟他……上了床。"

"爸爸……"

他的笑容支离破碎："你找到自己想要的线索了吗？你有没有在床上质问他？"

他从未以这种语气对她说过话，也没有这样打击过她的人格。他曾经背着她妈妈出轨。他到底能做什么？她发觉她不认识自己的父亲了，不认识他的这一面："别这么跟我说话。"

"别这么跟我说话。"他重复她的话，用鼻音讥讽着她，但她一直怒火中烧地瞪着他，他的嘴唇并没有动，她却听到了，在她的脑海中听到了。

他开口说话，叫她的名字，她却突然打了他。她用力扇了他一巴掌，狠狠地推了他一下，他往后撞到了墙上。

接着，她又开始打他，他伸出手保护自己。

"你不在乎，你不在乎……"她开始尖叫。

"玛利亚——"

"你不在乎真相。你怎么能不关心？你怎么能……"

因为他知道，他就是知道，他知道妈妈发生了什么。

她站起身，摇摇晃晃地从他身边跑开，这个念头尖锐而可怕，足以改变她的人生。

他在她脸上看到了她的想法："玛利亚！"他叫她。

她跑到外面，跑过那个待售标志牌，靠在车上，然后上了车，驱车离开。

他跟着她跑到车道上，浑身颤抖。他发现自己的嘴角在流血。

她会回来的，他告诉自己。等她冷静下来就会回来的。

他必须将这一切做个了结，马上。

40

玛利亚驱车来到附近的一家咖啡厅。停车后，她竭力平稳呼吸，感觉头晕目眩，脑子里依然回响着那些话。

爸爸不可能明确地知道什么。除非他知道……但他什么都没说，这都是她脑子里的想法。这个谜底与贝瑟尼·柯蒂斯和她的秘密有关，那她爸爸遭遇的袭击这件事就说得通了。她搅乱了已经逃脱的凶手的老巢。她已经接近真相了，必须追查下去。

你有没有看到你父亲杀她？你是不是将这部分记忆屏蔽了？那

就是你保护他的原因吗？

布鲁萨尔的话在她的脑海中刺耳地回荡。

她对爸爸下手有多重？玛利亚心里涌起一阵羞耻感。她不想推他的，但他那样嘲笑她……她控制不住，事情就那样发生了。她曾经在大学派对上与一个女孩发生争执，让妈妈非常气恼，还有在餐厅被她掰断手指的那个男人。愤怒总是在她体内如风暴一般涌起。她羞愧得脸如同火烧。她必须控制住自己，找到那个规律，回归平静的生活。

玛利亚的手机响了起来，不是爸爸打来的，而是个奥斯汀号码：

"你好？"

"是玛利亚·邓宁吗？"

"是。"

"你好，邓宁小姐，我是'进取之笔'写作小组的伊薇特·苏亚雷斯。你发过邮件给我？"她的声音很轻，如音乐般动听，"抱歉这么晚才联系你。"

玛利亚擦了擦眼睛，清了清喉咙："多谢你回我电话。"

"你在打听贝瑟尼·柯蒂斯？"

"对，我很想知道她在你们的小组里写了什么。"

"嗯……我觉得那是隐私，你是记者吗？"

"不是。我妈妈跟贝瑟尼是朋友，她们两个都失踪了——我妈妈是在贝瑟尼失踪六个月后失踪的。我在想她们的案子之间也许有关联。我见过贝瑟尼的妈妈了，跟她也是朋友。"

"你有没有跟她的丈夫聊过？"

"有。"她说道，"我觉得她没有把自己写的东西给她丈夫看。至少，您可以跟我说一说她写的是什么内容吗？"

"那有什么重要的吗？"伊薇特听起来有点不耐烦了。

"我认为从她写的东西里，能看出她为什么会逃走。"

"不能。她写的是郊区生活的短故事，而且都很美好，很详尽，但缺少冲突。她告诉我们，她喜欢研究真实罪案。我们都建议她将自己的两种兴趣结合起来。她说她听了我们的建议，在写一本犯罪小说。"

"是关于什么的？"

"她说是关于郊区一家人应对罪案余波的故事。关于一宗酒驾车祸，不同的家庭成员如何应对或逃避这些损失的故事。"

醉酒，正如贝瑟尼的爸爸："你读过她的手稿吗？"

"只读过前二十页。虽然很粗糙，不过挺有希望的。"

玛利亚陷入沉思："这个故事里有人自杀吗？"佩妮在那通短暂的电话里说过，那是贝瑟尼的主题——被自杀事件影响的一家人。

"有这样暗示过。"伊薇特缓缓说道，"你是怎么知道这个的？"

"自杀的人物是一位父亲吗？"

"对，是引起那场车祸的男人。手稿开篇就是他在数年以后考虑自杀，然后时光倒流到那场事故。她想知道我们对这个人物的看法。他很吸引眼球……但也很可憎。我们都这么觉得。"

玛利亚找回自己的声音："受害者是谁？"

"一个孩子……然后这个样章就结束了。"

玛利亚闭上双眼："谢谢你。你们的评论小组是怎么运作的？"

"大家每周都带十页文字过来，互相传阅，并在手稿上标注评论或问题，然后再还给作者。作者可以问三个问题。"

"你们还有她写的那些东西吗？"

"没有了，都回到了她手上，这样她才能看到我们在手稿上写下的评论，再重写。"

那她写的东西都去了哪里？她带走了吗？还是跟毁掉电脑硬盘一样一起毁了？

"你还记得她问了哪三个问题吗？"

"通常都是问风格或人物。我觉得她问的是我们怎么看待那个司机，我们都很讨厌他。我们讨论了很久，他做了那种事，要想让他变得讨人喜欢很难。"

"是贝瑟尼的朋友朱莉跟我说的你们的写作小组。她说贝瑟尼在小组中还有个朋友，叫作莉兹贝丝·冈萨雷斯。"

"对。"她突然有点犹豫了。

"你知道怎么找到她吗？我有她的电话，但我不确定她还用不用这个号码，也不知道她会不会回复我。"

伊薇特的沉默变得颇为尴尬："抱歉，我不知道。莉兹贝丝·冈萨雷斯不是经常带她写的东西来参加小组会议，她总是谈论写作，远远多过动笔，也总是开始一个新主题，却从未坚持。然后……嗯，她没写多少东西。"最后几个字带了点犹豫，仿佛在隐藏什么秘密。

"什么意思？"

"我不想说。"伊薇特也确实这么做了。

"我不想再说一遍，但我真的得找到莉兹贝丝，我不知道她是一个怎样的人，贝瑟尼其他的朋友以及她妈妈似乎也不太认识这个莉兹贝丝。"

"好吧，莉兹贝丝有一次带了她写的十页文字过来，另一个作者认出那截取自某本已出版的小说，一本非常有名的小说。她只是改了人物的名字，这是赤裸裸的剽窃。我们又去回顾她以前写的东西，从网上搜了搜……有趣的是，她带过来的东西都是从一些不太广为人知的书里抄来的。我们不得不让她退出小组。我是说，这真的……不能原谅。"

"当然。"

"这件事很尴尬。莉兹贝丝和贝瑟尼是朋友，她们总是一起来，两人的关系很密切。但很显然，贝瑟尼认真对待写作，而莉兹贝丝则相反。当贝瑟尼拿来小说的片段时，我们都义愤填膺地讨论里面的人物，但贝瑟尼看上去很痛苦，而莉兹贝丝却很开心。特别诡异。那是她们俩最后一次一起来参加讨论。"

她为什么要参加这种大家都严肃对待写作的小组，又使出那样不可原谅的手段？

"贝瑟尼失踪后，我们又聚了一次，我是说，在例行会议之外又聚了一次。我给莉兹贝丝发了电子邮件，邀请她来。她在邮件中拒绝了，说鉴于之前所发生的事，她觉得太尴尬了，不想过来。我跟她说没关系，我们都是贝瑟尼的朋友，只是想聚一下。但她还是说不参加。我问她需不需要我们帮忙，她也说不需要。"

"你们确实不太喜欢莉兹贝丝。"

"我不喜欢她参加我们的评论小组。有时候，即便我们对贝瑟尼太过严苛，也都是为了让她能写出更好的作品，但莉兹贝丝会微笑，让我觉得她似乎很高兴看到贝瑟尼犯错。她带来的都是抄袭的东西……我不喜欢她。"

"贝瑟尼失踪后，你就没再见过她？"

"我给她打过电话，想看她过得如何，但她的手机打不通。我又给她发了邮件，但被退回了，那个账户已被删除。她消失了。"

"有没有其他的小组成员也是莉兹贝丝的朋友？"

"没有，算不上。抄袭事件后，我不知道大家是否还继续跟她来往。"

玛利亚努力保持语调平稳："你有没有莉兹贝丝的照片？"

"没有，我没有。不过她喜欢戴假发。我的意思是那种颜色特别扎眼的假发，波波头，你知道吧，就是那种与下巴齐平的发型。有次是个蓝色的，还有紫色、红色的，风格都一样，只是颜色不同。不过，她通常是金发。她是那种觉得只要外形很有艺术感，本人也会……的人，你知道的，不必辛苦地付出努力。"伊薇特·苏亚雷斯嘲笑道。

"很感谢您跟我聊了这么久。多谢。"

玛利亚走进咖啡厅，买了杯咖啡，然后坐到角落里。她将保存着妈妈的邮件的闪存盘插入接口，再次打开了电脑。她搜索妈妈跟莉兹贝丝·冈萨雷斯的商务电邮，搜出来一条结果，但不是电邮，而是一段文字信息，被截取并保存在了文档中，凯伦一定也把这些存了进去：

嘿，贝丝，我是莉兹贝丝，贝瑟尼的朋友。她手机电量还剩最后一点点，她说她要迟到了，所以我代她发信息给你，我已经在龙舌兰乔店里了。嘿，我们就像《三个火枪手》或《霹雳娇娃》或别的什么电影里面的好友——"三个贝丝"，我为你和贝丝点了白金玛格丽特，我请客。期待与你见面。

这条信息玛利亚读了两遍。她妈妈跟贝瑟尼出去喝东西的时候，曾经见过莉兹贝丝。

她妈妈到底被卷入了什么？这个日期是贝瑟尼离开的三个月前。这些女人之间还发生了什么？

41

玛利亚走后，克雷格预订了一辆出租的越野车，然后叫了一辆车，去把车开了回来。他将那个入侵者留在他家里的手机随身放在外套口袋里。

他整理着思绪。他有个目标，他必须这么做。媒体都在他家门口，已经有三家当地新闻媒体的车辆赶了过来。已经有消息流出，他就是被桥上的石块砸中的车主。他本该想到这会激起大众对他的事故的兴趣，新闻界又要左右为难了，不知道该把他描绘成伤心欲绝的丈夫，还是犯罪嫌疑人。他将车开过那些新闻媒体的车辆，决定不拐进去，希望他们会失去耐心，转而去追踪其他的报道。他清楚这帮人的做事风格。如果他们看到待售的标志牌，他又不来前门应门，他们一会儿就会放弃，等到中午播报和晚间播报时再回来。他需要换把锁，因为有人进过屋里留下了手机，但那得等媒体离开。这帮人站在前面，没人能走进屋里。

他身上有任务。

在哈文湖的老名录上，肖恩·奥博斯特的妈妈叫作帕特里斯。他已经查了帕特里斯·马歇尔的房产记录，这个名字是奥博斯特原来房子的新房主告诉他的，她跟一个叫杰弗里的人在哈文湖别处还有一处豪宅，就在格鲁夫峡谷大道那片更古老的街区里。

这栋房子很大，是一栋麦克豪宅，所在的街区一半老旧一半新潮，除原房屋之外，街区的另一半被建筑面积翻倍的石灰岩房屋所取代。一个孩子正坐在环绕式门廊的摇椅里用平板电脑打字。隔壁是一处正在被拆除的房子——一栋正在施工的两层房子。这预示着这里很快就会建起一栋铂灰色的大宅。

克雷格开车经过时，肖恩·奥博斯特抬起头，克雷格心想，哦，好极了，如果我现在再开车经过一次，看起来就非常可疑了。不过他还是在路边掉了头，心想我不能担心所有人对我的看法。我得找到那个男人。

肖恩·奥博斯特在他停车时抬起头，他下了车。这个孩子很高，比克雷格还高，也许是个高三学生，头发微红，鼻梁和两颊散布着淡淡的雀斑。克雷格很奇怪他没有上学。

"抱歉。"克雷格说道，"你爸爸开的是一辆银色越野车吗？"

"我爸爸现在住在休斯敦。"这个男孩说道，"你是谁？"

"哦。"他说道,"你是肖恩?"

这个男孩一开始没有回答,但接着说道:"我继父开的是一辆银色越野车。"他让"继父"这个词听起来像是一只漂亮的鞋子踩进泥地里的吧唧声。

"嗯。几天前,我停车时划到了一辆银色越野车,里面有张乐队贴纸,下面写着'肖恩'。是我的错,我没有留下纸条,我想跟车主道歉。一位乐队同学的父母跟我说那可能是你爸爸。但我不知道那是你的继父。"

"杰弗里是个蹩脚的司机,他可能会把车停得歪歪扭扭的。"男孩说道。

"还是我的错。"

"他把我的乐队贴纸放在车后面,虽然我不想让他这么做。"肖恩主动说道,但依然皱着眉。

"我能跟他聊一聊吗?"

"嗯,但他不在家。"

"那请转告他……他叫什么?"

"杰弗里,杰弗里·马歇尔。"

"请转告他我很抱歉。"

"你不用跟他道歉。"肖恩说道。

"但还是拜托你转告他。"

"我这几天都不会见到他。我妈妈一回到家,我们就会前往达拉斯参加葬礼。不过杰弗里会一直待在这里。需要他的手机号码或电子邮箱吗?"

"好的,我稍后再联络他。"他点了点头。

克雷格挥了挥手就开车离开了。

好,杰弗里,你会一个人在家,那么我很快就能见到你了。

242

42

玛利亚按响"揭露"家的门铃。她觉得"揭露"的父母应该已经去上班了。

门开了。"揭露"穿着牛仔裤，上衣是一件篮球衫，头发乱七八糟的。

"我碰到麻烦了，我今天需要有个容身之所，只有今天而已。"她说道。

"你倒是有勇气来。"

"查德，拜托……"

"言归正传。你来应该是告诉我这宗意料之外的案子是怎么回事的。"

"我不能告诉你。"

"索取、索取、索取，玛利亚，你是时候给予了。我需要的是能跟大家分享的细节，是你跟杰克·柯蒂斯、莎伦·布莱文斯之间发生的整个故事。我要飞往洛杉矶参加这个节目的会议，这是我的大好机会，而你毁了它。"查德转身背对着她。

"我为什么会影响到你的机会？"

"我跟电视制片人说我能攻克一宗知名度很高的案子。"

"你不该那样说的。"

"好吧，我没得选！我本来跟他们承诺的一样，已经十拿九稳了。可我发现他们还在接触其他罪案播客，其中一个已经要出书了。我想争取一下。我需要有重大发现才能打动他们。"他降低音量，"我需要莎伦的支持，但托你的福，那已经不可能了。你之所以能沿着这个方向查你妈妈的案子，是因为我为你指明了方向。你欠我的，玛利亚。"

"我还不知道真相。"

"算了吧，什么真相！我只需要影射性的细节信息，让我能在这两个女人之间编出一个故事。"

这两个女人，就好像她们是他的道具："我做不到。"

"你知道的，你在餐厅袭击那个男人的事，我一直没有说出去。那件事紧跟在你的追车事故之后，那会对你产生怎样的影响，玛利亚？哈文湖白人女孩，总有第二次机会。"

"你也来自哈文湖。"

"有多少亚裔美国男人主持电视节目，玛利亚？我要等你数一数，甚至再好好想一想吗？别跟我胡扯。这是我的大好机会，也可能是我唯一的机会，你可以帮我，但你不愿意。"他双手交叉，"我听说有块石头落到了你爸爸的车上。是你干的吗？"

她无比震惊："你怎么……为什么会那么想？"

"我听说了你爸爸的事故之后就去了桥上。那里有个小监控摄像头。我想布鲁萨尔局长已经拿到了扔石头那人的监控录像。是你吗？"

"不，当然不是。"她的声音变得微弱，"或者那是你？"

"什么？""揭露"震惊地拔高了音调，"真是胡扯。"

"我的意思是，你确实很想给制片人看一些添油加醋的推销方案。你必须让这个案子更有看点。我不敢相信你能做到什么地步。"

"请注意你的言辞，我永远都不会置别人的生命于不顾。"他说道，声音紧绷。

"但你认为是我爸爸和我做的。你生我的气，因为我没有帮你利用我们家的痛苦发大财。"

"什么？"他看起来十分震惊。

"这对我来说不仅仅是一个播客，也不是故事或电视节目。这是我妈妈！"她愤怒到几乎头晕目眩，"而你担心的是……那个可笑的电视节目，戴着滑稽的帽子和墨镜，还有你那个绰号，'揭露'！这些都蠢透了！你为什么不叫'揭开'或'脱光'？"她不假思索就说出了这些难听的话，随即做了个深呼吸，"查德……"

他的语气突然平静了下来："我所做的一切都是为了帮你，我是说让你能够获得内心的平静。我想让你放下身上的包袱，玛利亚。"随后，他的语气坚定了起来，"或许是你在你妈妈和贝瑟尼·柯蒂斯的关联上撒了谎。或许这一切都只是个噱头，能让你暂时不去思考你父亲的罪恶。因为你无法面对你爸爸杀了人这个事实。我知道，布鲁萨尔知道，大家都知道，就你不知道。"

"查德，抱歉，拜托了。"

"或许那就是我要推销的看点。"他说道，"或许这就是我要研究的大案子。你爸爸做了那种事，他不可以逍遥法外。"

"拜托不要。"

"我没有时间浪费在你身上。我得动身去加州了，可以吗？我得走了。"

沉默像一个砝码。

"祝你好运。"她说道，"我真的这么想。你是我的朋友，而我真的希望你能拿到那档节目，但拜托你，你不要往我爸爸身上泼脏水。"她的声音嘶哑，十分恳切，"拜托了。"

他冲她甩上门。

43

玛利亚不知道该去哪里。她将车停在杰克家的车道上，几乎轧到修剪整齐的草坪。她匆匆来到前门按响门铃。

"怎么了？"

"我爸爸把我轰了出来。"她说道，"我不是要找地方住，你不必担心，不过我需要找个地方整理一下思路，待一会儿，让生活回归正轨。"

"他为什么……"

"有人袭击了我爸爸，想逼他离开哈文湖，他想让我躲到达拉斯去，但我不肯。"她不想多说。

"玛利亚。"

"怎么了？我不能离他而去。"

"当然，我们得报警。"

"警方已经知道了。我只是想理清楚自己该做什么。我不知道还能去哪里。"

"当然，快进来。"他将房门大开。她跟在他身后来到厨房。

"你爸爸没事吧？"

"没事。"她有点犹豫地跟他说了那块石头的事，但没有提到自己跟爸爸发生了肢体冲突，也没提及她不知不觉间狠狠地推了她父亲一下。她感到非常惭愧。

"天哪。"他说道，"玛利亚，也许你们俩都该出去避一下。"

"他不愿离开，不想被人赶走。"

"那……你们都来我这里住下。"

"我劝不动他。我不想一大清早就来烦你。你今天还在家工作吗？"

"对，不过有个客户出了点紧急情况，所以我要出去几个小时。你自己待在这里可以吗？"

"可以。"

"如有必要，你跟你爸爸都可以待在这里。"

"我们家还有一只年迈的柯基犬，叫利奥。"

他微笑道："利奥也可以待在这里，只要他愿意陪我玩。"

她的心脏不由得一颤，他们发展得太快了："不，这太不合适了，不过还是谢谢你。"

"玛利亚，不管发生了什么……不管我们想弄清楚什么……我都有栋大房子。我会聘用保安。"

"你太好心了，不过我觉得这个主意不好。"她说道。

"怎么，你要去跟莎伦同住？还是'揭露'？"他挑起了一边的眉毛。

"我还不知道，我得想清楚。"

"当然，你想怎么样都可以，不过我很欢迎你来我家。"他抽了一张纸给她，"那上面有车库门的密码，这样你就随时可以离开，并锁上门。"

"谢谢。"她将那张纸放入口袋。他上楼去准备出门。

她将自己的笔记本电脑放在宽敞的厨房里的石英早餐台上，心想这真是奇怪，太奇怪了，不过生活已经持续奇怪好一阵子了。她在网上找到了一家位于奥斯汀南部的经济型酒店，还可以带宠物入住。她想起了利奥，她爸爸准备怎么处置它呢？如果有人潜入了他们家，那么那人就不会放任利奥不管。她为自己预订了房间，心里却感到一阵懊悔。她明明知道，她宁愿跟杰克一起住。不过，住在其他地方可能才是最好的选择。

杰克下楼来："把这里当成你自己家，如果饿了，冰箱里有东西吃，食物储藏室在那边。"

他指了指一道门。临走之前，他轻轻地吻了吻她。她在这栋安静的房子里坐了一会儿。

好了，他走了，你可以搜一搜这栋房子了。

也许信任我很蠢，也许这就是我唯一的机会。

她强迫自己专心看手提电脑，专心想自己需要做的事。她给"揭露"发了一条信息，再次向他道歉，请他回她的电话。她没有关上留言窗口，所以能马上看到他是否回复。

她想了解哈尔·布莱文斯自杀的细节。当时的报道很少，上面引用了一位名叫埃本·加尔萨的侦探的话，说很明显是自杀。她在网上搜索加尔萨，在"脸家"上找到了他。他现在退休了，发布的照片多数都表明他在跟三个可爱的孙女共享天伦之乐。

她给加尔萨发了好友申请，附上一条留言：

我想跟你聊一聊哈尔·布莱文斯的自杀案。你还记得这个案子吗？他死后留下了妻女。是他女儿发现的他，他服药过量，酗酒。我不是贪婪的秃鹫或恐怖的食尸鬼。请打给我。

她发送了信息。

之后，她在"脸家"上搜索"莉兹贝丝·冈萨雷斯"，有两个叫这个名字的人，都不在德克萨斯，而且都是老年女性，不是她要找的那个莉兹贝丝。

佩妮。她往搜索栏里输入"佩妮"和她打过的那个电话号码，没有匹配者。

她又搜索了一位很久以前的邻居的名字、休斯敦的一座教堂、肇事后逃逸的故事、就自己的故乡所在地撒谎的一家人。但是，这些都拼不到一起去。

她思考着，输入了"休斯敦""儿童肇事逃逸"。但是……有十几条搜索结果。"儿童肇事逃逸"在一家休斯敦新闻电视台网站上有个单独的类别。她开始逐条查看，希望这不是在浪费时间。

她的手机响了："玛利亚·邓宁。"

"你好，我是埃本·加尔萨。你联系过我？"

"是的，先生。多谢你回我电话。"

"我记得布莱文斯的案子。你到底是谁？"

"他们家的朋友。"

"你知道舍利弗公园吗？"

"知道。"那是奥斯汀老特拉维斯路旁边的一个公园。

"我正跟孙女赶往那边，二十分钟后到。如果你想聊，我们可以在那里聊一聊。不然就不要再打搅我了。"

"我这就过去。"她说道。

44

公园位于奥斯汀南部，离哈文湖边界不远。秋千和游乐场很新，阳光明媚而和煦，每天的这个时段，到公园里来的都是妈妈和小孩子。她看到埃本·加尔萨坐在长凳上看着两个小女孩从滑梯上滑下去，又欢快地跑回阶梯处。

"你好，加尔萨警探，我是玛利亚·邓宁。"

"你好，请稍等一下。"他站起身走向一位站在游乐场附近的年长女士，跟她说了几句话，她点点头。他随即回来坐在玛利亚身旁。

"我的朋友是别家的保姆。我们聊天这段时间，她会帮我照看一下我孙女。不过我的时间很宝贵，明白吗？别浪费。"他的语气并不友好，不过很坚定。

"好的，先生。哈尔·布莱文斯。"

"我记得，他在家服药过量，是他女儿跟她的一个男性朋友发现的他。"

"安迪·坎多莱特？"

"对，体型很魁梧，像是年轻版的克拉克·肯特。我也记得他。"

"他的死有没有可疑的地方？"

他打量着她："你跟那家人是怎样的朋友关系？"

她解释了一下，不过说得不是很详细："我想知道他有没有明显的自杀理由，或者有没有可能是……"

"谋杀，你可以直说。"

"对。"

"不是谋杀，他留了字条。没有别人往他喉咙里灌药丸或酒的迹象。"

"字条上说了什么？"

"我记不太清了，只是说他很抱歉，他爱他的妻子和女儿，很短。"

"我知道他的酒瘾复发了，我在一本笔记本里发现里面有他的戒酒勋章。"

"他把那些戒酒勋章都摆在了咖啡桌上。"

她想象得出贝瑟尼将这些勋章一一收起来，保留在她的笔记本里的样子："你认识很多喝酒喝死的酗酒者吗？"

他耸了耸肩："我们关心的是他是从哪里拿到的那么多药丸的，因为他跟他妻子都没有处方。我们查过了。"

"莎伦知道吗？"

"她不知道。我们找到了他的同事，他的副业是在黑市买卖止痛药。我们觉得是他给的药丸，那个男人一直在否认这一点，不过我们也没找到真凭实据。"

"他一定是整天整天地喝酒才害死了自己。"

"更有可能是药物所致。他服用了过多的药物。她女儿放学回家时，他可能刚死了一个小时，不过她一开始觉得她爸爸是病了，只是在小睡，他跟他们说过他请了病假，那时布莱文斯夫人在市中心当经理，所以他一整天都一个人在家，穿着睡衣和睡裤。自杀的字条被放在睡衣的口袋里，还有机票。"

"机票？"

"去休斯敦的机票。他买了那晚的航班。"

"休斯敦。"她缓缓说道，"如果他准备自杀，为什么还要买机票？"

"我不知道。他妻子当时有点歇斯底里，说他没有任何理由要去休斯敦。除非他计划飞去那里自杀，然后又改变了主意。机票是单程票，没有预定回程票。他可能觉得还是死在家里比较好。"

他根本不可能拿到的药丸。一张说不通的机票。

"莎伦和贝瑟尼当时怎么样？我的意思是，这显然太可怕了。"

加尔萨做了个深呼吸：“女儿极为震惊，她不敢相信。我是说，除非自杀的这个人以前也曾试图自杀，或长期抑郁……大家都无法相信有的人会自杀。”他清了清嗓子，凝视着自己的孙女，然后喊道，“乔安娜，不要让埃斯米搞得太脏了，拜托！她妈妈会吼我的！谢谢你！”乔安娜冲他挥了挥手，这时他继续道，“如果是那种程度的抑郁，你一般无法隐瞒，不过我想他隐藏得很好。他女儿看起来是个非常可爱的好孩子。”

"那莎伦呢？"

加尔萨盯着埃斯米时战栗了一下，因为她挂在单杠上时掉到了软软的地面上，小女孩咯咯地笑起来：“那段时间他们都不好过。莎伦·布莱文斯最担心的是她的孩子。她害怕他在临死前跟女儿说了什么，她不相信贝瑟尼回到家时他就已经死了……她不断地问贝瑟尼‘他说了什么？他说了什么’，我想她的意思是她丈夫会说出自己自杀的理由。但直到找到那张机票，我才意识到她是在问别的东西。”他看着自己的孙女互相追逐，嘴角荡起一抹笑意，“其实，我认为布莱文斯夫人是想保护自己的女儿，我敢肯定。不过我想她应该是很害怕丈夫跟贝瑟尼说了别的，那是布莱文斯夫人不想让别人知道的事。你知道的，就像是告解。有时候大家决定自杀是因为他们做了什么坏事，不想面对后果。我觉得，鉴于那位母亲的顾虑，或许她丈夫向女儿坦白了自杀的理由，你知道的，就在他决定自杀之前的那段时间里。"

"你问过贝瑟尼吗？"

"我问她是否知道爸爸为什么自杀，她说不知道，我相信她。"

"莎伦什么都没说？"

"没有。她确实很伤心，悲痛欲绝，就像我们预料中的那样，但更多的是……如释重负吧。"

"就好像脱离了危险的那种如释重负？或许他家暴？"

"她身上没有遭遇家暴的迹象，我们问她是否遭遇过丈夫的家暴时，她很伤心地说没有，从来都没有。"

"那么，她的如释重负便另有隐情。"

"可能是吧。"他耸了耸肩，"他酗酒，用药。那很不同寻常，大多数男人会选择用枪或绳子自杀。但她说他们家从来没有枪，我觉得他们家也不会有酒。如果我没记错，丈夫正在戒酒，而妻子信教。"

"对。"她平静地说道，"所以他不得不把酒和药丸一点点存起来。这是他计划好了的。"

"对，除非他能找到某种送货上门服务。"

埃斯米跟姐姐在玩标记游戏的中途跑到她们的祖父旁边，给他贴上了标签，并告诉他他是什么："还有别的吗？这是我跟宝贝们相处的宝贵时间。"

"你有没有记得有人提到过一个叫佩妮的人？贝瑟尼或她妈妈有没有提过？"

加尔萨想了很长时间，似乎已然忘记孙女们还在等他："不是她们说的，是在一张字条上，哈尔用铅笔写的。但他好像想要擦掉那句话。"

"什么话？"

"上面写着：'关于佩妮，我很抱歉。'他差不多全擦掉了，写在那张纸的最下面，像个附言。我问布莱文斯夫人这是什么意思，很少有人会在自杀的字条上擦掉字，他们通常会重新写一张新的。这是他们与这个世界最后的交流，所以他们想写得整洁清晰一点。我觉得这一点很古怪。布莱文斯夫人说她不知道。我猜想，那可能是他的女朋友吧。"

"你没有继续深究吗？"她问道，没有思索便脱口而出。

"欢迎你来到警方工作的现实世界中。这是自杀，完全没有谋杀的嫌疑。解答这个男人的生活之谜并不是警方的职责。只有一点，不是别人杀的他。"

"我明白。我想我知道谁是佩妮。"

"是谁？"

"是休斯敦的一个女人，他们曾经的邻居。她的电话号码就写在贝瑟尼的通讯簿上。不过布莱文斯夫人跟大家说，他们是从芝加哥搬来的，从未在休斯敦住过。"

"或许那是场婚外情？"

"我想不是。"她说道，觉得有点冷，"你还记不记得有什么不同寻常的事？有没有线索指向他们曾经涉嫌一起案子？比如肇事逃逸？"

"没有。"他说道，"你知道是什么案子吗？"

她摇了摇头。

埃本·加尔萨研究了她一会儿："好吧……你知道布莱文斯是女方的姓，而不是男方的姓吗？"

"什么？"

"我跟他的雇主聊过，你知道的，只是想知道他有没有跟同事说过什么表示自己有困难的话，他的雇主跟我说，布莱文斯是莎伦·布莱文斯婚前的姓，哈尔后来随了这个姓。他以前的工作履历都在休斯敦，他的名字当时是哈尔·梅多斯。"

"梅多斯。"

"对，不过当我问及布莱文斯夫人这件事时，她告诉我，她丈夫过去酗酒时，曾经对她不忠，她强迫丈夫随她的姓才同意复合，而他同意了。她说她女儿不知道这件事，只知道布莱文斯是他们的姓。我后来打给了他在休斯敦工作过的几个公司，他们也说他们不得不辞退他，因为他总是因酗酒而耽误工作，还跟同事发生过关系，没有犯罪记录。"

她想象得出莎伦进行这项交易时的情形："梅多斯。那么，你一定不记得当时那家公司的名字了，对吧？"

"不记得了，抱歉。时间太久了。"

"多谢你抽出时间跟我聊天。"

他严厉的表情柔和了些："你没事吧？我感觉我给你的是坏消息。"

关于佩妮，我很抱歉。

"没关系，我很感激你愿意跟我聊。多谢。"

她向加尔萨告别，并再次感谢了他，然后坐了一会儿，看着他跟咯咯直笑的孙女玩乐。

佩妮跟哈尔的自杀有关。她打开手机浏览器，搜索"哈尔·梅多斯""休斯敦"。

她找到了几条点击较多的记录，有些是近些年涉及其他男人的事件。接着，她找到了一条记录，是很多年前的事了，那是一个跟贝瑟尼有点相似的男人，他赢了一个广告专业组的奖项，他拘谨地站在领奖台上拿过奖品。除此之外，没有别的关于他的记录了。他就职于一家叫作哈珀&斯迈斯的机构，而那个机构已经在六年前倒闭了。

她搜索"莎伦·梅多斯"，找到了莎伦和哈尔的婚礼公告，他们看起来很年轻，充满希望，也很幸福。没有别的了，除了莎伦后来获得了圣婴学校的"年度志愿者"奖项。

她用"贝瑟尼·梅多斯"搜索出来的只有一则出生公告。

她看着关于肇事逃逸事件的搜索结果，然后又加了个检索项——佩妮。

她屏息等待。

有很多条结果……不过都没有"佩妮"这个词。这是个死胡同。

所以哈尔是因为什么对佩妮感到抱歉？

她得再跟佩妮聊聊，然后再去找莎伦。

45

她满脑子都是莎伦知道什么，莎伦可能知道什么，或莎伦隐藏了什么。所以玛利亚不知不觉就朝莎伦家驶了过去，虽然不知道要说什么，但她已经准备好质问她了。

她似乎……如释重负。

玛利亚开车经过莎伦家，外面停着安迪的车。他为什么在这里？她没有停车，完全是凭直觉。她沿着街道行驶，来到街角处才停下，这样安迪就不会看到她的车。

她走到前门，听到里面的两个人在大声争吵。莎伦冲他大喊："这都是你的错！"

她没有敲门，也没有按门铃。也许，这是听一听他们在说什么的好机会，也不会让他们知道她在外面偷听。

她打开后院的门，偷偷靠近早餐桌角那里的窗户。她听到远处传

255

来低声抱怨的声音。一个男人，一个女人。她听着。

他们的声音低了下来，模糊不清。她听到"我答应过""贝瑟尼"和"再也不会"。莎伦的声音逐渐抬高，然后又安静了下来。

接着他们来到了厨房，玛利亚迅速往窗户里看了一眼。莎伦在洗碗池边用玻璃杯接水。

安迪站在门口，还在说话。玛利亚再次压低身子，以免他们注意到她。

"你就不能查一查她知道什么吗？"他问道。

"我试试看。"

"你不会希望她继续往下挖的，莎伦。"

"我知道，我知道。"她的声音很轻，但很悲伤。

这是什么意思？

玛利亚心下怀疑。是他们两个密谋策划了贝瑟尼的失踪吗？她无法想象这是莎伦做的，她一直是以伤心欲绝的母亲的形象来面对世人的。

玛利亚蹲在草坪上，始终紧贴着窗户，但一直没露出头。

"她去你办公室时，你本来不必跟她聊的。"莎伦说道。

"她是邓宁家的人。我必须知道她为什么来见我。"玛利亚蹲在窗户底下，看不到莎伦的反应。

"你担心自己，远远多过担心我。"莎伦说道。

"好吧，这是你自己需要解决的问题。我真的担心你，莎伦。"他说道，语气软了下来，"你知道我一直都会在你身边。"

"当你觉得我有用处时，你才会在我身边。"莎伦说道，语气尖锐了起来，"我想知道朱莉会怎么说。"

"你一个字都不要跟她说。"安迪冷笑着说道，"如果事情败露，你就会一无所有。我们坐在同一条船上。在这种糟糕的情形下，我们只能尽力而为。你不会想搞砸我跟朱莉的安排的。"

"我觉得你爱过朱莉，很爱。"

"我有很多很多爱。"

他的语调里带着一股可怕的嘲弄。这里有点不对劲，玛利亚心想，太不对劲了。

"爱的都是你自己。"莎伦说道，"我不能这样继续下去了。你快走吧，让我想清楚该怎么做。"

安迪没有回答。沉默。沉默。接着是一阵喘息。玛利亚偷偷盯着窗户里面。

安迪一只手绕进了莎伦的头发里，另一只手抵着她小小的后背，紧紧地抱着她，深深地吻着她。莎伦一动不动，没有丝毫的抵抗，忍受着这个人的举动。

接着，莎伦的手抚上了安迪的脸，仿佛这样做是理所当然的。

玛利亚再次蹲了下来，屏住呼吸，努力压制因为震惊而加重的喘息声。

"你给我的感觉真好，我被你唤醒了。"他说道。

"走吧，今天不行，不行。"

"你也想念我。"他的呼吸声渐渐加重。莎伦说了什么，但玛利亚听不清。

他大笑了起来，然后便离开了。

玛利亚蜷缩在草坪上。她等了一会儿，然后又抬起头看了一眼。莎伦喝了一杯水，然后将杯子放入洗碗池中。随之，莎伦抓住洗碗池的边缘，颤抖起来。

玛利亚离开了窗户，她数到一百，然后轻轻走出后院。安迪的车离开了，她按响门铃。

莎伦慢吞吞地走出厨房。她精心编织的这张生活的网似乎就要瓦解了。她来到藏着那把枪的扶手椅处。她把枪藏起来，只是以防万一。不过她想，除非她打电话给玛利亚并邀请她来，否则她是不会再来的。她本可以把枪口对准安迪，但她需要安迪，虽然她讨厌承认这一点。

有那么一瞬间，她想朝自己开枪，结束这一切。但同时，她既害怕又期盼着一切都能突然好转。

哈尔死在那张椅子上。我本该将它扔掉的。

门铃响了。她透过门镜看了一眼，是玛利亚。

莎伦跑回扶手椅，确保那支枪已被藏好，然后做了个深呼吸，走向门口。

莎伦打开门，看上去非常憔悴："我跟你说过，不要再来我家。"不过她并没有关上门。

"他有你的什么把柄？安迪？"

"什么？"她后退了一步。

"他有你的什么把柄？他能那样在你家里强行地抱着你。你可以摆脱他，我会帮你的。"

莎伦极度震惊地看着她。她动了动嘴唇，但没说出话。她走进小房间，坐在扶手椅中："你就不能不管我们的事吗？"

莎伦坐下来是个好现象，玛利亚心想。这证明她愿意跟她聊，玛利亚坐在莎伦对面的沙发上。

"太多的碎片，慢慢地拼成了一幅图。"玛利亚像是在耳语，"想要看出什么对你产生的影响最大并不难，贝瑟尼发现你丈夫去世时，安迪就在这里。他知道你丈夫自杀的真相吗？"

"真相？"

"我打给了贝瑟尼所写的一个号码，是一个叫佩妮的女人接的电话。"

莎伦的脸色变得惨白："你打给了佩妮。"

"所以啊，我们等着瞧。佩妮知道你们家曾经住在你们声称从未住过的城市。你跟你丈夫原来姓梅多斯，后来改成了你娘家的姓。或许那更容易吧？虽然不太常见。佩妮跟你女儿一起上过圣婴小学，对吧？"

莎伦一动不动，一点反应都没有。

"你丈夫在自己的自杀字条中写道：'关于佩妮，我很抱歉。'那是什么意思？"

"你是怎么知道……"

"我跟佩妮通过电话，她说贝瑟尼在写有关哈尔的东西，但佩妮不太记得你们是家族朋友了。贝瑟尼为什么要打给她？哈尔为什么要对她感到抱歉？他对她做过什么？伤害过她吗？"

莎伦一言不发，似乎没有要说话的意思。

"而且贝瑟尼开始写一本书，一个因为掩饰开车撞到孩子的罪行而自杀的司机的故事。"

莎伦发出了一个喉音。

"你知道些什么，尽管告诉我。"玛利亚说道，"如果那跟我妈妈无关，我不会告诉任何人。如果你不告诉我，我就会让'揭露'跟踪这个故事，你知道他有多想找个能够轰动全国的案子。说还是不说？信任我还是他？"

"如果我跟你说，然后你发现这跟你妈妈无关，你会保持沉默吗？"

"你必须冒这个险。我既然向你做出了承诺，就不会违背它，莎伦。但如果你不跟我说，我就会打给'揭露'。"

莎伦做了个深呼吸："我认识的那个佩妮，已经死了。"她说道。

这些话渗入玛利亚的脑袋里："我跟她通过电话。"

"不可能。"莎伦的双手在颤抖。

"她是谁？"

沉默像波浪一般将两人淹没。莎伦闭上双眼，接着又睁开，似乎是在挣扎着想要呼吸，又似乎是在组织语言："她是个女孩，跟贝瑟尼一样大，不是我们的邻居。他们家住在几英里之外。我们跟她父母是普通朋友，两个女孩一起上过幼儿园。哈尔跟她母亲是同事。"

"你们的女儿都在希斯顿西部的圣婴小学上学？"

莎伦点了点头。

"你说你们是从芝加哥搬来的，不是休斯敦。"

"我们去芝加哥待了几个月，然后搬到了奥斯汀。所以，那也不算说谎。我们只是没有说在那之前我们是来自休斯敦。"

"佩妮怎么了？你丈夫做了什么？"莎伦深呼吸，交叉的双手滑到大腿两侧，仿佛要借此支撑自己坐在椅子上。

"哈尔喝酒。有时候白天也喝，因为他是做电话销售的，午饭会跟客户一起喝鸡尾酒，喝完他也不回公司，而是回到家继续喝。所以，当贝瑟尼放学，他去接她时，她们已经去了佩妮家。他那天丢了个大客户，然后就下了班。他请了病假，但其实是喝醉了。我不知道。"她努力稳住呼吸，"我不知道具体发生了什么事，不过佩妮走出了家门，来到街上。大概是玩吧。贝瑟尼还在屋里。他开车轧过了佩妮。他没有停车，还是一直开，把她丢在街上不管，恐慌到无以复加，又醉醺醺的。"她反复做深呼吸，浑身发抖，像是要竭力控制自己。

"那你做了什么？"

"我做了我必须做的事。哈尔回到家，跟我说他做了什么。我想报警，但他说这样我们就会失去一切。我很害怕。他清理好车子，把它藏在了他刚刚去世的叔叔家，那里已经没人住了。我必须为他掩饰。我们选择……什么都不说。"

"你隐瞒了这起罪案。"

她点了点头，沉默了几秒才重新开口："所以在他开始清除与他自己有关的信息时，我必须开车去接贝瑟尼，那边都是警察和救护车……我假装自己来晚了。我不用面对玛丽——佩妮的妈妈，警方照顾着歇斯底里的贝瑟尼。"她的手抵着下巴，"佩妮……没有受苦，瞬间就死了。"她这么说，似乎是在让自己安心，"玛丽没看到哈尔的车，大家都没看到，没人知道是谁撞的她。"

玛利亚几乎不能呼吸。

"我们从未被怀疑过……我跟预期的一样出现在那儿接我女儿。那是我的丈夫，而且那是个意外。我的女儿不能失去父亲。我们没办法继续住在休斯敦，但必须得等调查平息下来才能离开。我们跟大家说贝瑟尼有了心理创伤，所以我们必须带她去一个新的地方重新开始生活。大家也都表示理解。别的妈妈跟我说，我这么做是为了孩子好。"她的声音再次颤抖起来，"我们去芝加哥待了几个月，我跟哈尔说我们不能像以前一样生活，他必须戒酒。他想改掉我们的姓氏……他觉得这样会让我们更难被找到。所以他跟贝瑟尼便随了我娘家的姓氏——布莱文斯。"

"贝瑟尼没有问为什么吗？"

"贝瑟尼封闭了自己。她曾经看到那个孩子的尸体躺在街上。她有五天没说话。我们为她创造新的回忆，她便接受了。我们跟她说，我们要换姓氏，要搬到另一座城市，将这些糟糕的回忆都抛掉。孩子很容易接受新城市。她需要接受一个新的事实，一种新的解释，因为真相令人无法承受。"玛利亚突然想起一段记忆：风吹在她的脸上，阳光照在她的眼中，膝盖很痛。她眨了眨眼，驱散了那段记忆。

一个新的事实，因为真相令人无法承受。

"网上没有关于一个名叫佩妮的女孩的肇事逃逸新闻报道，我查过。"

"哦，佩妮只是个小名，因为她的头发。她的真名叫芭芭拉，这名字取自她的祖母。"

玛利亚想起那张照片中的赤褐色头发。

"然后我们就来到了这里。"莎伦说道。

"所以佩妮死了，贝瑟尼不知情，还满心欢喜，哈尔戒了酒，你们有了新的生活。"

"对，那一页已经翻篇了。"

翻篇了。

她想起贝瑟尼的笔记，她用那句话评论自己的母亲："那个孩子没有得到公义。"

莎伦抓着扶手的指节发白："我更关心的是我女儿的公义，哈尔是个酒鬼，那不是我女儿的错。为什么她要饱受折磨？他当时戒了酒，是个好男人。"她咽了咽口水。

"所以，一切都很完美，然后他就在多年以后自杀了。为什么？"

莎伦在椅子上稍稍动了动："愧疚感吞噬了他。"

"那就是他看书缓解自己的愧疚感，并用佩妮的照片作为书签的原因。但他为什么突然就无法继续忍受了？他已经熬过了那么多年。"

"我不知道，不过我知道这根本熬不过去，只能忍受。"

你竟然来博取我的同情，你可是掩盖了一桩罪案啊。

"一定有个契机。"玛利亚说。

"你就不能不管这些吗？他已经死了，你已经得到真相了。"

"佩妮也死了，所以为什么在我打给她时，有人假装她？"

"我不知道。"

"贝瑟尼是怎么发现的这个？"

"我不知道，不过你不能跟任何人说。我想……也许假装成佩妮跟你通话的女人……是我女儿。贝瑟尼还活着。"

房间里的气氛很凝重。

"你是怎么知道的？"

"她发现了她的父亲和佩妮之间的事。我不知道她是怎么发现的。一定是有人知道或了解到了这件事。她不想去报警，也不想把我牵扯进去。她很生我的气，所以离开了。"

"那她的婚姻呢？"

"她想解脱，这就是一种方式。"

"对，她不想在丈夫就要发迹的时候继续待在这里。而你也将失去她答应分给你的股票。好笑的是，你从来没跟我提过这件事。也许，她的离开就是在惩罚你，不论是精神上还是经济上。"

"我希望你离开。我跟你说这些只是因为这跟你妈妈无关。"

"我妈妈知道贝瑟尼查出了她父亲自杀的真相，也就是说我觉得你有动机伤害我妈妈，莎伦。"玛利亚的声音坚硬如铁，"站起来。"

莎伦依旧坐在原处，她将手插入椅垫里，摸出了那把枪。

玛利亚僵在原处。

"我从未见过你妈妈，从未伤害过她，也不知道她的任何事。"莎伦说道，她的声音在颤抖，那把枪也在颤抖，"我受够了别人总是想要毁掉我的生活，我的丈夫，我的女儿。"

"你杀了你丈夫。也许哈尔在这么多年之后崩溃是因为他想坦白一切，而你却不允许那样的事发生。"

"我没有！"她尖叫道，"我发誓，我当时在公司，我有不在场的证明。"

"他买了一张回休斯敦的机票。他要去干什么，向警方自首？你不知道他已经想到这一步了，当他跟你说要他去干什么时，你杀了他。这就是你当时指着他让他吞下那些药丸的那把枪吗？"

"不不不不，不是那样的。我没有杀他。"

"一个想要自杀的男人是不会买下机票的，莎伦。"玛利亚的目光没有离开过那把枪。

如果她不知何故地杀了她的丈夫，她也会毫不犹豫地杀了你。

"他改变了主意。我发誓。他本来是要去自首的，但随后他想到这一定会压垮他，所以他才找了一种简单的解脱方式。我比谁都了解他。"她泣不成声，玛利亚依旧一动不动。过了一会儿，莎伦回了神，擦掉脸上的眼泪和鼻涕。

"那他为什么会在那个时候选择自杀？发生了什么？"

莎伦耸了耸肩："他没办法再这么活下去了。"

玛利亚看到那把仍然指着她的枪："贝瑟尼不是逃避杰克，而是逃避你。她之所以没告诉他是为了保护他，不让你伤害他。如果让他知道你的秘密，他就有危险了。对不对？"

莎伦没有回答。

玛利亚说道："哦，我还想问你，'揭露'的互助会上你盯着的那个年长的男人是谁？"

莎伦眨了眨眼睛，用手背擦掉眼泪："那里的人我一个都不认识。"

"你对他的反应不一样。"

"我对所有人都是那种反应！"

"我会找到他问清楚的。除非你打算杀掉我。不过这就有点尴尬了，杰克知道我在这里，我爸爸也知道我在这里。"最后这句话是个谎言，不过她必须不动声色地说出来，"我并不想毁掉你的生活，但是如果贝瑟尼还活着，我就必须跟她聊一聊我妈妈的事。"她感到胸口一阵刺痛，她站起身，"莎伦，放下枪，让我们忘掉这段谈话，好吗？"

她依旧紧紧地握着那把枪。玛利亚感到一股寒气正顺着她的脊柱不断爬上来，以前从未有人用枪指过她。她手无寸铁，只有后备厢里的那些武器，靴子里有警棍，但她认为话语是更好的武器："如果我能跟贝瑟尼聊一聊，或许能劝她回家来。"

"她不会的，她得解释为什么离开，也就是要说出她爸爸所做的那件事。"

"如果她没有犯法，那罪名也就不成立了。杰克只想知道她是否安好，只想继续过好自己的生活。我们大家也都能继续生活。放下枪。"她决定不提挪用公款的事，也许那就是贝瑟尼无法现身的原因，也许那就是她干的。不过，她必须告诉玛利亚，她妈妈在这个麻烦中扮演着什么样的角色。

莎伦缓缓放下枪，眼中噙满泪水："自从哈尔死后，我从未跟任何人说过那件事……我以为那已经结束了。然后她就发现了真相，她跟我说她知道真相，但她从来都不想听我解释，我那么做是为了保护她……拜托，不要说出去……"

她跟哈尔所做的事是不可原谅的。不过玛利亚强迫自己冷静下来，因为她需要跟莎伦合作："我知道你一定很想念贝瑟尼。我知道你一定过得很辛苦。不过，你必须理解我也很想念我妈妈，是不是？帮帮我。"玛利亚靠近莎伦，从她手中拿走那把枪，并将枪和子弹都放在了咖啡桌上。她的双手在颤抖。

"我希望你明白，我不是个坏人。"莎伦说道，"我这么做都是为了孩子，都是为了孩子。"

"我理解。"玛利亚说谎道，害怕自己的话会让莎伦不肯再说下去，"这就是你在安迪手中的把柄吗？"

"你说什么？"她的声音低到几乎听不见。

"我看到他吻了你，你也回应了他。"

莎伦的脸抽动了一下，然后转过头："哈尔死后，日子太过艰辛。我知道他为什么而死，但又不能说。我很害怕警方会将此事与我们在休斯敦的经历联系起来。"

这些话说得多么容易，对玛利亚来说却像是一记重拳。

莎伦没有看到玛利亚脸上的恐惧，继续说道："不过他们只想确定这是自杀还是他杀，不管其他的事。安迪一直都陪着我们。"她清了清喉咙，"那不是我的错，是他乘虚而入。现在，即便已经有了朱莉，他还是不肯放过我。他会利用他看到的一切机会。这就是他会追求贝瑟尼的原因，即便他们两个是那么长时间的老朋友。"

玛利亚平静地问道："你有没有跟她通过电话？"

"没有，因为我包庇了她父亲，所以她不愿意跟我说话。"

"她把父亲的死怪在了你的身上。"

莎伦并不在意这句话："她只通过电子邮件跟我联系。"

"你怎么知道那是她？"

"她出发去休斯敦的那天早上打给了我，说她要有一阵子不能跟我打电话了，如果我试图找她，她就会将我做的事说出去。我简直无法相信，我以为她会保护我。但她说我们只能通过电子邮件联络，通过她为我开的邮箱账号。我输入她给我的账户名和密码，看到了一条她发来的信息。"莎伦的声音颤抖了一下。

"让我看一下那些邮件。"

莎伦站起身，玛利亚跟着她来到办公室。她点开一个电邮客户端，里面的一个账户里有一列邮件，这个账户用的不是贝瑟尼的名字，也不是她名字的首字母缩写。她浏览了一遍那些邮件：

如果你跟爸爸一样自杀，你会用什么方式？

你说你想我，但我并不想你。我想爸爸，这一切都怪你。他本不必掩饰这件事的，都是因为你，为了照顾你的情绪，照顾大家对你的看法。对你而言，那比你们对那家人所造成的灾难都要来得重要。你说你是为了我才这么做的，那只是让你好过一点的借口罢了。

如果你跟爸爸坐了牢，你们现在可能已经出来了，大家的生活都不会被毁掉。重要的是结束这一切，妈妈。

如果我永远都不回家你会怎么做？我没办法看到你。我无法决定自己该做什么，妈妈。跟爸爸一样自杀或忘记你做的事。我真的不知道。现在我是你唯一的法官了。

"她的精神状态不太好。"莎伦说道，"这很容易就能看出来。我的意思是，鉴于她跟我说话的方式。"

玛利亚感到诧异。贝瑟尼完全有权生气。不过她这么做是为了什么？她在休斯敦的那段日子做了什么？她的生活和工作呢？一点踪迹都没有。她一定是换了个新名字，但这并不容易。她需要钱，或许挪用公款那件事是真的，她真的偷了那笔钱，现在正在靠那笔钱生活。她这样远距离地折磨她的母亲，在她完全可以告诉休斯敦警方真相的情况下，她到底想干什么？她没有将这个想法说出口。莎伦始终都抱有希望……也只有希望了。这是最残酷的毒药。

"她是怎么告诉你她知道佩妮死了，而你掩盖了这一切的？"

"那天早上她打给我的时候。"

"她有没有说她是如何知道的？"

"没有。"

"她知道你跟安迪的事吗？"

"不，不，她不能知道。"

"她跟安迪还有联系吗？"

"她没有跟我说这些事。"

玛利亚去查看最后一封邮件，已经是一个月前发来的了。不过接着她打开了发件箱，在里面找她自己的名字。

一无所获。

"你没有跟她说见到了我的事。"

"我害怕这会吓到她，如果知道有人在找她，她会害怕，可能就不跟我联系了。"仿佛她很珍惜贝瑟尼发来的这些充满挑衅和怒气的邮件。

"发邮件给她。我说什么你写什么。我会帮你摆脱安迪的。"

"你怎么帮我？"

"尽管相信我。"

"不行。"

"照我说的做，不然我现在就打给休斯敦警方，告诉他们是哈尔害死了佩妮，而你为他遮掩了这一切。正如你所说，即便他们不起诉你，你的生活也毁了。"

她的眼中带着一股无力的愤恨，她瞪了玛利亚一会儿，然后将双手放到键盘上。

"问她，你给了贝丝·邓宁什么？"

如果对方是贝瑟尼，这应该能吓到她并回答我。如果那不是贝瑟尼……不管这封电子邮件的那头究竟是谁，都有可能是害死我妈妈的人。

莎伦照做了，然后点击了发送键："她可能不会回复，有时候不会回复。这让我很抓狂。"

"把她的回复转发给我。"玛利亚起身准备离开。

"你要去哪儿？"莎伦喊道。

"安迪走的时候说他要去哪儿了吗？"

"回公司。他说他得加班。"

"你下次跟他聊的时候，就说再没听到过我的消息。如果不照我说的做，莎伦，你就会登上本地和休斯敦晚间新闻的头条。"

"你答应过我的。"莎伦的声音颤抖，带着怒意说道。

"怎么，你的生活建立在一个死去的孩子的谎言之上，还指望我对此缄口不言吗？抱歉，我撒谎了。"

莎伦开始恳求她："听我说，如果贝瑟尼已经不在人世，如果她并不是电子邮件那头的那个人，我知道那肯定是杰克杀了她。我必须找到证据，不能让他逍遥法外。"

"你不必理杰克的事，莎伦。你只需要关注那个电子邮箱里有没有回复就行了。"

玛利亚走出门，外面阳光灿烂。她不知道没有带走莎伦的那把枪是否明智，那个女人可能会用它对付她。

46

"揭露"往车上装好行李，准备前往机场。父母不在家，他想起了在小房间里看电视的时光，想象着自己出现在电视屏幕上，说着一些大家都想聆听并了解的事。他的父母曾经冲着他摇头，但当他归来，他就会有自己的电视节目了。他不许自己去想象另一种结局。

他给父母留了一张字条："去机场了，爱你们，不确定哪天回来，但我抵达洛杉矶后，有时间就会给你们发信息，谢谢你们一直都相信我。"

这段话明显不是事实，不过他觉得无所谓。

他刚刚发完信息，就听到家里的座机响了起来。他拿起听筒。

"我读了你博客里写的东西。"是个女人的声音，"关于贝瑟尼·布莱文斯，你说的不是真的。布莱文斯家跟邓宁的案子并没有关联。"

"你是谁？"

"我的名字不重要，但我认识贝瑟尼。"

"所以你是怎么知道两者没有关联的？"

"因为我知道贝瑟尼发生了什么事。"

就是这个。这就是他一直等待并为之做好准备的瞬间。他接到过骚扰电话，还有些错误的线索，但这个女人的声音里明明存在什么东西——一种肯定。

"你应该告诉我，然后我们再去报警。"他说道。重要的是，他永远都不能被视作妨碍调查。如果他被拘留，那他跟制片人的一切计划就都毁了。

"警方不会付我钱。"她说道，语气里带着一丝轻松。

"你说什么？"

"我看到了你要上电视的公告。你要主持一档节目……"

他的胃部抽了一下："好吧，那只是初步的公告。我们还没有将它卖给任何网站。"

"如果你能打出致命的一击，那就不是什么初步公告了。"那个女人说道，"比如说解决某软件公司富豪妻子的失踪谜团。"

"而你想让我买你的情报。"这样的疯子终于出现了。

"只是一点小小的费用。以换取一些指向杀害贝瑟尼的凶手的证据。"

"她死了？"

她似乎并没有听到这个问题："然后你就可以将证据交给警方。你自己去，说这是通过你的博客收到的证据……还有你的电视节目

《美国未解之案》。你可以说这是你收到的匿名信息。你去联系警方，然后你就会成为一个英雄，一个电视明星。这对你来说是多么好的开端啊。"

他舔了舔唇。这有风险，但有可能搞定那档电视节目。这个消息他还没在博客上公布，他不想去想这个女人是怎么知道这个消息的："我就要飞往洛杉矶了。"他说道，"距离我的航班起飞还有三个小时。"

"真负责啊，这么早就往机场赶。在71号高速公路上的这个地址跟我碰面。"她说了个地址，他写了下来，"就在去机场的路上，所以你不会迟到的。"

"我要怎么认出你？"

"我会认出你的，'揭露'。"她说完就挂断了电话。

47

玛利亚在路过星巴克时走了进去，在犯下重罪之前，她想坐在宽敞的桌子上喝一杯香草拿铁，才能鼓足勇气去做必须做的事。她才喝了两口，丹尼斯·布鲁萨尔便坐到了她的对面。他背着一个双肩包，上面有哈文湖警局的徽章。

"你好，玛利亚。"他说道，"我看到你进来了。能拼个桌吗？"

"这是二十一世纪卖甜甜圈的商店。"她努力维持声音的平静，因为她正在考虑如何闯入一栋房子，却碰到了想跟她聊一聊的警察局局长。也许，这是宇宙给她的暗示。

"我觉得我们俩可以聊一聊，非正式地聊一聊。"

"你不能在星巴克里进行审讯吧。"她说道。

"你怎么样？"他说道。

她知道他是什么意思。不是问她工作如何，跟别人的约会如何，而是问她如何应对那种挥之不去的失落感。

哦，我想强行闯入一个危险的男人的房子，现在正坐在这儿给自己打气准备犯罪呢。我真是了不起。

她回答："我觉得很累。我妈妈还没找到，有人想害我爸爸。你呢？"

听到这个问题，他似乎有点惊讶："对于你正在烦恼的这些问题，我也一样很气恼。"

"我是说，你永远都无法破解这个案子，不管你多么憎恨我爸爸。你难道不会为此夜不能寐吗？你无法破的这个案子就是你高中时代想约出去的女孩。"

"我希望你听我说。"他握住她的双手，"我第一次遇到你妈妈，是学校开学的第一天，高中一年级。我刚刚搬到那儿。你知道哈文湖高中是什么样子，很多孩子都是从幼儿园开始就在这儿，所以他们都已经是老朋友了。新来的孩子就会过得有点辛苦。"

她点点头："我知道。"

"现在的孩子们会做一些别的事，竭尽全力让新来的孩子觉得受大家欢迎。在我们那个时代，你就得完全靠自己。"他长长地舒了一口气，"我想表现得风趣一点，你知道的，开学第一天，想办法跟班上最受欢迎的孩子开个玩笑，但我搞砸了，彻底搞砸了。他开始攻击我，把我变成了嘲讽的对象，因为我自视过高，越过了社交底线。开学的第一天的晚上，我恳求父母搬回巴吞鲁日。爸爸叫我要像个男人一样，妈妈主动打给那个男孩的妈妈，但那样做却让事情变得更糟糕。第二天，当我走进那所高中时，觉得那儿就像是一座监狱。前一天晚上我最多只睡了一个小时。我看到开学第一天让我痛不欲生的那个男孩就坐在旗杆旁等我。当时我觉得我的人生就要终结了。"他顿了顿，看着地面，然后又对上玛利亚的眼睛，"突然之间，有个女孩跟我走在了一起，她是我见过的最美的女孩。她有着最美的微笑，最善良的表情。她搂着我说：'你是丹尼，对吧？'我那时候叫丹尼。我几乎都没顾得上点头，心想她或许也是想要攻击或羞辱我吧。或许，她就是那个刻薄男孩的女朋友。"

"她不是。"玛利亚说道。

"对，她不是。"他说道，露出自打坐下来起的第一个笑容，"她说：'我叫贝丝，很遗憾你昨天闹得很不愉快。今天会不一样的。'然后我说：'不会，还是会跟昨天一样。'然后她说：'不，肯定会不一样。'她走向那个叫韦德的孩子，跟他说了些什么，我没听见。然后她便挽着我的胳膊，冲聚在那儿想看我被暴揍的所有人笑了笑，跟我一起走进了学校。过后，韦德也没再找我麻烦。贝丝跟大家说我是她表哥，刚搬到这儿来，前一天还没来得及带我四处逛逛。我不知道她为什么那么做。我们一起上了四节课，课堂上她都是跟我一起坐。她知道我前一天过得很辛苦，也听说了我的事，于是决定帮我。"

"她可以只说你是她朋友的。"

"我觉得她知道如果说是亲戚，能让我更安全一点。"他说道，"直到高一快结束的时候，大家才发现我们不是亲戚，但到那时候我跟大家也都混熟了。我交了朋友，找到了自己的位置。"他看向玛利亚，"她在我最需要人帮助的时候，送给我一份我永远都无法回报的礼物，从没有人对我那么好。所以你知道我为什么不能放任不管了吧？"他清了清喉咙，"她在我需要帮助的时候帮了我。她得得到公义。"

也许她也是这么帮贝瑟尼的。妈妈总是在帮别人解决麻烦。

"妈妈能那么做，我也很开心，那样你在午饭时就不用孤零零地一个人坐在餐厅里了，但那并不意味着是我爸爸杀了她。"

"她喜欢你爸爸。克雷格长得太帅了，是个足球明星，还很睿智。这太令人懊恼了。他们是那种完美的高中情侣。我只是长了张她不喜欢的脸，我的心却那么喜欢她。"他的声音在颤抖，他捏了捏鼻梁，暂时闭上了双眼。

"尽管如此，她不是案件档案，我爸爸也不是犯罪嫌疑人。"

"玛利亚，你有没有想过我是在关心你和你爸爸？"

"不，我真没这么想过。"她喝了口拿铁，"你当着我的面，向我暗示我爸爸是凶手，我是在保护他。"

"我关心你。"布鲁萨尔说道，"关心你现在在做的事。"

"你总是想陷害我爸爸。"她说道。她努力不让自己颤抖，回想起爸爸在撕毁了她的软木板之后所说的话，还有她狠狠地把他推到墙上的情景。她没有泄露自己心中的疑虑。

他摇了摇头："如果是你爸爸杀了你妈妈，我知道那肯定是个意外。我从来都不觉得他会故意伤害她。也许是他慌了，然后掩盖了事实。"

她又喝了口拿铁："然后我帮了他？"

"通过你的沉默。我知道你很爱他。"

"现在有人想让他死。"她说道，"那不是正说明凶手另有其人吗？"

"有可能。也有可能是义务警员想制裁你爸爸。"

"那也不能从桥上扔石头砸他。"

"我知道。你看到你妈妈发生了什么吗？"

"什么？"他突如其来的提问像是一记重拳。

"从那天开始，你混乱的记忆……如果你只是因为生病而卧床不起，你的记忆不会出现混乱。你睡觉，吃药，又睡了很久。我觉得你不记得是因为你看到了无法忘记的事。"

"我不知道你还是个神经学家。"她说道，并没有看他。

"这太不公平了。"他说道，"你被迫做出选择。你无法帮你妈妈，却能帮你爸爸。你因为这种压力保持沉默。你不想回忆起真正发生的事。"

她想起那些偶尔钻入她脑袋里的画面——妈妈举起双手，一个声音在喊"不要这么做"，微风吹在她脸上，她的膝盖传来剧痛："你在我车里找到的那张DVD。"

"怎么了？"

"里面有什么？你能告诉我吗？"

"里面设置了密码，我们还没能破解。"

"如果我能猜到密码，你可以让我跟你一起看一下吗？"

他沉默了片刻，思考着什么："那可能是证据，我不能让你看。"

"你是她的朋友。她以前帮过你。让我看一下，我能帮上忙。"

他打量了她一会儿，接着从双肩包里拿出手提电脑，然后又拿出一个装着一张DVD的证据包："我正打算去找APD法医实验室的人，看看他们能不能帮我破解密码。"

"插入你的电脑。"她说道。

他盯着她，在心里权衡，但还是照做了。他点击那个DVD的图标，弹出了一个输入密码的对话框。他将手指放在键盘上，等着她。

"佩妮。"她说道。

"你所说的佩妮是？"

"P大写，一个女孩的名字。"

他挪了挪电脑屏幕，好让她也看到，输入了进去："不对。为什么是佩妮？"

她想起贝瑟尼原来卧室的旧电脑上那张便利贴上的密码，那张莎伦舍不得扔掉的便利贴，上面有她女儿的笔迹。

"试试spike44。"他输入进去。

里面是个视频。玛利亚觉得自己简直不能呼吸。先是一片漆黑，然后镜头聚焦。玛利亚发现，因为年代久远，这个视频有点失真，最初不是用数码相机拍摄的，后来转存到了DVD上。

视频中有一间卧室，是孩子的房间。乱糟糟的床上有很多布娃娃，有个足球，还有一个四岁左右的孩子。玛利亚根据那张照片认出了那是佩妮。她的半张脸被掩盖在一条亮粉色的羽毛披肩下。是在玩过家家吧，玛利亚心想。

"贝丝，我们要变成模特啦。"佩妮宣布，她的声音在披肩下有点模糊不清。

"你肯定会的。"另一个女孩说道。

"对，我先成为模特。像电视上那些女士一样问我问题。"佩妮猛地将披肩拉到肩膀上。

"我不想玩这个。"另一个叫贝丝的女孩在镜头外说道，"我想回家了。"

"等他们说完再走。"佩妮夸张地疾步往前走，"大家好，我很开心看到你们来这儿观看我的电影。我是明星。"

"你的电影叫什么名字？"贝丝问道。

"《佩妮公主》。"佩妮说道。

远处传来一阵嘈杂。摄像头随之稍微挪了挪，但佩妮忽然堵到镜头前，很是生气："嘿，我才是明星。"

"对。"贝丝说道，"你有男朋友吗？"

"有很多。"佩妮说道，"他们都很爱我。"她唱起一首有关爱情的歌，一边疾走一边唱。

"不要吵醒婴儿。"贝丝提醒道，"我能把相机放下，也出现在电影中吗？"

"婴儿不会醒的。"佩妮说道，"你需要一套服装和披肩，但我只有一条。"

"佩妮……"

"我需要电视上那样的T台。"佩妮说道，"我们可以在人行道上走，街上也行。"

玛利亚心头一紧。

哦不，不要，不要啊。

"我不能一个人到外面去。"那个声音说道。

"不是一个人啊。"佩妮转身走出房间。拿着相机的贝丝跟在她后面。

"这是什么？"布鲁萨尔说道，"这两个女孩是谁？"

佩妮走出前门，婴儿开始啼哭。相机没有跟着佩妮出门。

"她在哭。"是贝丝的声音。佩妮没有回答。

相机——是贝瑟尼拿着的，玛利亚心想——停了下来，开始往后摇。里面传来前门砰地一下关上的声音。在这段影片里，镜头往后穿过一条走廊，来到玄关，然后穿过一道门，出现了一个躺在婴儿床中啼哭的婴儿。

"没事的，宝贝儿。"贝丝安慰着婴儿，"没事的。"她摸着婴儿的头，想让她安静下来。

接着外面传来一个可怕的撞击声，然后是尖锐的急刹车声。那声音代表着出了什么事。然后是引擎启动、咆哮、疾驰而去的声音。

相机一直对着已经停止哭泣、看着镜头的婴儿。楼梯上传来咚咚咚的脚步声。

镜头回到前门。

"佩妮！佩妮！"一个女人尖叫的声音，然后痛哭的声音刺透了空气，令人毛骨悚然。

接着相机似乎被小心翼翼地放在了桌子上，没有关闭，只看得到空荡荡的玄关。十五秒过去了。贝丝没有说话，她也不在镜头内。然后传来逐渐逼近的脚步声，是一个男人的声音："宝贝儿，怎么了？"

视频里最后的几个字是贝丝说的："对不起。"

接着这个男人和孩子双双回到了镜头范围内，女孩回头瞥了它一眼，只能看到那个男人的后背，他匆匆跑向外面，两人都走出了拍摄范围，不见了。

影片结束了，玛利亚在发抖。

"这是什么？这些人是谁？是你妈妈拍摄的吗？"布鲁萨尔问道。

"她四岁的时候？不，不过这证明了我爸爸并没有杀我妈妈。"

"玛利亚，告诉我这是什么意思？"

"我还不能告诉你。我还没掌握全部的证据，但这就是她失踪的原因。"

"你说这个影片消除了你爸爸的嫌疑？怎么消除？你妈妈为什么会有这个影片？那声尖叫是什么？头一个女孩发生了什么事吗？那是车撞到她的声音吗？"

她将双手从布鲁萨尔的手中抽出。心中的怒意几乎将她吞没，她想打他。但她转而起身跑开，知道他一直在盯着自己的背影。

"玛利亚！"他喊道。她跑向车子，然后钻了进去。

贝瑟尼将那段影片给了玛利亚的妈妈。妈妈知道密码吗？甚至已经看过影片了吗？又或者，她只是负责妥善地保管它，最后把它放在了玛利亚的车里？妈妈把它藏在这里，是因为害怕自己的车被人搜查吗？有人来找过它，并不惜伤害妈妈也要拿到它吗？她坐在车里，再次拨打了佩妮的号码。没有应答。她必须得去应付安迪了。

玛利亚驶出停车场，想到这段影片的含义。现在她已经逼近真相了，那个可怕的真相。

48

安迪和朱莉住在城市西边，就在2222号路旁边，那是一条盘山路。玛利亚开着车，在想她得开多久才能到。那段影片将她妈妈的命运与贝瑟尼的遭遇更加紧密地绑在了一起。

安迪知道哈尔为什么自杀，并利用这个牵制莎伦。他是这一切的中心，她必须搞清楚到底是怎么回事。

玛利亚把车子停在安迪和朱莉家前面的街上，打开了后备厢。她将一套撬锁工具放入口袋，靴子里藏了一根可伸缩警棍。她没有拿泰瑟枪和手枪。买这些东西的时候她很紧张，一心想着破案，观看那些培训视频（现在看来似乎也确实教会了她使用方法），现在她觉得自己像是被困在某个自己不应该玩的游戏中。

但这是个关键点，这不是游戏。

她关上后备厢，走到门口。她按了按门铃，没人应答。

她走到后面。院子里的草长得有点高了，但花圃被修剪得很整齐，最近做过护根。院子那头有个秋千，还散布着一堆星球大战的玩偶。一把椅子上面朝下放着一本打开的平装书。这让玛利亚不由得心头一凛，因为朱莉可能在家，她可能刚刚还在院子里读书，没听到敲门声。她冒冒失失地走过去敲后门，已经想好了要对朱莉说什么谎。不过，没人应门。那本书只是早前落在那里的。

她研究着门锁。她有撬锁工具，但还是在地上那些盆栽植物里搜寻，找到第五盆时终于发现了一把钥匙。她把它插入后门锁孔，转了一下开了门。

没有警报声，不过也有可能是无声警报。她迅速地在屋里搜索，看有没有警报器，但并没有找到。朱莉和孩子也没有躺在屋里午休，她松了口气。屋里没人。

厨房的小角落里有个工作台，里面有内置抽屉和一台电脑。她碰了碰键盘，屏幕亮了起来。朱莉并没有退出用户登录。

玛利亚浏览着朱莉的电子邮件，并不是很多，有健身房客人发来的私人健身预约请求，跟客户的往来邮件，还有跟她儿子所在的幼儿园的往来邮件。

没有莎伦发来的邮件，没什么值得看的。她检查了一下用户列表。安迪在这台电脑上没有登录过。

她打开浏览器，朱莉最近的搜索记录几乎都是高端购物网站：家具、衣服和鞋子。

她还在谷歌上搜索了玛利亚。朱莉浏览了几条有关她妈妈失踪案的新闻报道，还浏览了贝瑟尼的"脸家"页面。玛利亚点开那个页面，跳到了"脸家"的登录主页面。朱莉的电邮地址和密码设置了自动保存——大家都会这么设置，再登录的时候就不用再输入一遍了。

她打开了"寻找贝瑟尼"的页面。

里面跟之前玛利亚在读过"揭露"的文章后看到的页面一样，没有什么新文章。不过，朱莉是这个页面的管理员，会收到单独发给她的信息，多数是她们的同学的好心留言，问有没有新线索，问莎伦过得如何。

接着，她看到其中有个名字是"佩妮·格拉德尼"。这个账号的头像跟哈尔夹在书里的那张照片一样。

留言是发给朱莉的，里面写道："我想让她受更多的罪。"

没有别的话了，这条留言来自一个月前，朱莉并没有回复。

她点击那个账号的简介。佩妮·格拉德尼在上面只有一个朋友——朱莉·桑托斯。佩妮没有发布任何状态，没有更新，没有给别人的发文点赞，也没有任何照片或个人资料。

好，全名是佩妮·格拉德尼。她想给她发一条信息，问她："是你吗，贝瑟尼，你藏在一个已故女孩的名字后面？你究竟是谁？"不过，那样的话，朱莉就会看到，知道自己的账户被别人登录过了。

玛利亚退出登录，现在她知道她的全名了，不过让她恼火的是，她在这期间竟然都没有问过莎伦这个，不过现在也不重要了。如果这个人是贝瑟尼……她想让她妈妈受罪。

她立即用这个孩子的真实全名"芭芭拉·格拉德尼"搜索，出现了些内容。很多年前，她在一条安静的社区街道上被某个肇事逃逸的司机撞倒了，没有目击证人，也没有指控过任何人。她当时在家外面玩，她的父母拒绝接受访问，只发了一则声明，请求有任何线索的人前来告知。里面没有提及犯罪嫌疑人，也没有提及名叫贝瑟尼·梅多斯的目击证人，只说芭芭拉在跟一个朋友玩耍。这个孩子的名字当然不会被刊登出来。

在之后的这些年里，再也没有进一步的新闻报道。这是个未解之谜。

玛利亚清空搜索记录，然后来到卧室。她发现这里的家具都很高档。安迪和朱莉为这个家花了不少钱。玛利亚去搜索衣柜，朱莉的衣服很高档，非常高档。其中有几件还保留着销售标签，有三四百美元的上衣、裤子以及毛衣。她收藏了很多鞋子，也都是高档货。安迪的西装很精美，衬衫也是。她在一个抽屉里发现了很多手表，包括两款劳力士，又在一个盒子里找到了一堆很昂贵的珠宝首饰。

他在家族企业工作，薪水一定非常可观。也可能是……他有别的收入来源。

她来到楼上朱莉年纪尚幼的儿子的房间，里面还有很多星球大战的玩具。不过，她不太想搜索这个房间，没什么可看的，但她不想放过任何角落。玛利亚检查了格兰特的衣柜，他的衣服也都很精美，有很多设计师品牌，不过他长得很快，每隔几个月很多衣服就可能穿不上了。她看了一眼他的床下，只有一个侧面印着卡通人物的行李箱……以及一个似乎装满了东西的大行李袋。旁边是个鼓鼓囊囊的公文包，安迪离开杰克的办公室时，手里拿的正是这个。

她带着一丝恐惧去看里面有什么。这个公文包跟孩子的房间不搭，除非他想扮演银行家。

里面整整齐齐地码着钞票，都是百元大钞。还缺了几沓现金。

为什么？她数了数其中的一沓，根据这个包里有多少沓，算出这里差不多有两万美元。

安迪和朱莉有几万现金，却不放在银行里。

这些钱是指控贝瑟尼从阿霍伊偷来的那些吗？如果是这样，那么贝瑟尼就没有把这些钱带到休斯敦。那能说明什么？他们杀了贝瑟尼，拿到了这些钱？他们是怎么做到的？

她花了点时间纠结该怎么做。拿走这些钱还是放着不管？如果拿走，他们就会知道有人发现了他们。但这些钱可能是谈判的筹码，她可以用来交换信息。

你不知道他们会做到什么地步。只要莎伦告诉安迪你所知道的事，他就会来跟踪你。如果他这笔现金来自正规渠道，那你就又犯了一桩罪。

选择吧。

她拉上行李袋的拉链，提起来背在了肩上。

这时，她听到汽车关门的声音，她的血液瞬间如同冻结了一样。她蹲下来从窗户往外看，只拨开了窗帘的一条缝。是安迪，他将车子停在了前面的社区邮筒那里。他会在那儿耽搁一会儿。他为什么没去上班？她看着他打开自己的信箱，取出信件。莎伦给他打电话了吗？她告诉他玛利亚知道真相的事了吗？不，他看起来不是很着急。

玛利亚背着这袋钱匆匆下楼，然后从后门出来，停在了那排盆栽植物前。她放回了钥匙，并把那盆植物放回原处。她听到车库门打开的声音，他把车开进了车库。从车库前往厨房的入口就在她必须经过的窗户旁——他走出车库时，可能会发现她。

她从另一条路逃跑，想爬过篱笆，去邻居家的院子里，但是一只凶神恶煞的大狗却冲她汪汪大叫着往她身上跳。她往后退，沿着篱笆往另一边跑过去，窘迫地背着那袋现金。周围很安静，空无一人，但她现在所在的某户人家的后院街道与她的车子所停的街道平行，所以她必须快一点。她走出院子，来到街上，转了个弯，然后又往左来到安迪和朱莉家住的那条街上。他现在一定已经在家里了，看不到她的。她的心脏在胸口怦怦直跳。

安迪站在车道上，就在拉起的车库门前，一直盯着玛利亚停在两栋房子之外的车子。现在，他看到了她。

哦，不。

她还背着那袋钱。

"玛利亚？"他拖着音喊她，"你找我吗？"他喊道，并开始朝她走来。他一定是发现了她的车，在往车库里停车时，发现那辆车是她的。也许，当他在杰克的办公楼下看到她时，就记下了她的车牌号。她记得克劳德特曾经在窗户里念她的车牌号，或许，那时他就已经知道她是个威胁了。她冷汗直冒，感到有点恶心。

他看到她背着的那个包……并认了出来："你在干什么？"他的声音变得很生硬。

她拿出钥匙对准后备厢，后备厢应声而开。

现在，他冲她跑了起来。

她将钥匙丢进靴子里，取出了伸缩警棍。轻轻一弹，警棍就啪嗒一声弹了出来。

他伸手去够那个行李袋。她用警棍打他的手臂，他诧异地怒吼。

"你在搞什么鬼！"他大喊着往后退了一步，"你这个可恶的贼！"

"你说我吗？还是你自己？这些钱，你从哪儿弄来的？"

"不关你的事。"他咬牙说道。她又用警棍去打他的另一条手臂，他咒骂着摇摇晃晃地往后退。

她挪到敞开的后备厢处，将行李袋放了进去，然后取出了一把格洛克手枪对准他。他目瞪口呆。

"收起你的枪！"他大喊。

"这是贝瑟尼从你们公司拿走的那笔钱吗？"

他盯着她。

"我要去警局，告诉他们这些钱是从你这儿拿来的。我不在乎。警方不会指控我，他们只会找你。"

"不是你想的那样。这些钱不是她的。"此刻，他的语气里带着一丝迫切的恳求。

"她把钱给了别人吗？比如我妈妈？你从我妈妈那儿拿到的这些钱？"她抬高音量，手中的枪开始摇晃，"你为了这笔钱杀了我妈妈？还是为了那个影片？"

"不！不是，我对于你妈妈一无所知！拜托，这跟你想的不一样。"

"那这是谁的钱？"

他神色一凛。手臂挨了两下警棍，他现在明显很疼，无法抓她。

你可能得开枪打死他。

她关上后备厢，那笔钱也在里面，开始挪向驾驶座。

"我分给你一半。"他说道，"拜托你把钱从后备厢里拿出来然后离开，我不会报警的。"

"我不想要钱。"

"好，那你就全部都拿走！"他喊道。

"大概只能这样了。"她说着慢慢走到驾驶门处，钻了进去。

他冲她跑过来，但她摔上了车门，从里面锁住："你不知道自己在做什么。"他说道，"她会杀了你的。"

"贝瑟尼在哪儿？"

他摇了摇头。

"那换个人名，佩妮·格拉德尼在哪儿？告诉我，我就把钱还给你。"

"我打通电话。"一会儿之后他说道，痛苦地咬了咬牙，"然后我再打给你，只是拜托你不要去报警，玛利亚。"

"别去招惹莎伦。"片刻后她说道，她已经知道该怎么做了，"我知道你对她做了什么。"

他的脸抽搐了一下。他往后一仰，想踹车窗。玛利亚按下点火按钮，在他踹下第二脚之前，开着车子离开了。

他尖叫道："你不知道自己干了些什么！"

她从后视镜里看到他站在街上盯着她。

你不知道自己干了些什么。

她浑身发抖，从主路上往南拐。她知道自己该做什么。

49

现在还不到午饭时间，安迪的姑妈克劳德特在前台。她在读新出的《人物》。

玛利亚走进办公室时，她抬眼看了一下："他不在。你该先打个电话的。”

“我知道他不在，我是来找你的。”

克劳德特对于这话似乎无动于衷。她抿了一下手指，翻了一页，对着文章里的年轻男演员的照片摇了摇头：“你知道谁才是帅的吗？加里·格兰特、西德尼·波蒂埃、保罗·纽曼，这些年轻人似乎都有点磨皮磨过头了。”她口中的这个词带着点贬义。

“是安迪从你的公司拿走了那五万美元现金，不是贝瑟尼，是安迪干的。”

“你这是指控了。”她的视线并没有因此而离开杂志。

“在你们发现这笔钱被挪用了的时候，安迪嫁祸给了贝瑟尼。不过，他之后提出与她和解，还答应你会还给你这笔钱。对不对？”

“你从中能得到什么好处？”

“你只需要回答我是或不是，克劳德特。”

“亲爱的，你应该叫我坎多莱特夫人。”

“我敢肯定，如果我告诉警方你在调查中隐瞒了关键信息，警方也会叫你坎多莱特夫人的。”

“这是家族生意，我们没有股东，也没有投资者。所以一切都是不公开的。”

“我觉得，你们跟别的公司一样，也从银行贷款，对不对？”玛利亚说道，“银行可能会关心那消失又没有报警的五万美元。这样一来，你们将来的融资就会越来越难。他们会关心你们是怎样隐瞒的这起挪用公款案，担心可能还会有更多的类似事件。”

五秒钟过去了。

“你想怎么样？”

“我也用不着报警或告诉别人。不过我想知道真相。如果你对我撒谎，我就会毁掉安迪，也一定会牵连到这个地方。”

克劳德特双手捧着杂志，搭在桌子上，她那种揶揄的态度不见了，一脸正经："好吧，贝瑟尼之前在这儿上班。是安迪推荐她过来的。然后莉兹贝丝也成了这儿的临时雇员，她们俩一拍即合，成了朋友，经常一起出去，讨论写书的事，一起参加写作俱乐部。不管贝瑟尼喜欢什么，莉兹贝丝也都喜欢。"

"莉兹贝丝。"没错，她差点忘了。不过她只在这里工作过几个星期，"在挪用公款这件事发生时？"

"对，我一开始觉得是莉兹贝丝帮贝瑟尼从公司账户上偷的那笔钱，不过她没有，是贝瑟尼登录了公司账户，将那笔钱挪到了某个伪造的供应商账户里。那个供应商并不存在，只是贝瑟尼设立的账户。"

"那就是你所掌握的不利于她的证据？可能是有人知道她的密码。她在家里把密码写在便利贴上，贴在显示器上。"她想起莎伦办公室里那个令人伤感的纪念品。

"安迪负责安保，他说是贝瑟尼做的，我也相信他。"

"安迪家里藏了一大笔现金。我看到了。"她给她看手机里的照片，那个装满了现金的行李袋，克劳德特眨了眨眼，不过情绪并没有什么波动。她没有说那笔现金就在自己的后备厢里。

"你知道他手头为什么会有这么一大笔现金吗？"

"不知道。"

"在你发现钱丢了的时候，你是什么反应？"

"上一次别人偷我的钱，是在医院里，也已经很久了。那个人不幸遭遇了车祸。"克劳德特说道，"这些巧合构成了我们的生活。"

玛利亚等待着。

按理说，他不该有这么多钱，她的眼神分明就是这么说的。

"安迪跟我说他会拿回那笔钱，从贝瑟尼的丈夫手中，不止钱，还有他的股份。我说不行，我不喜欢所谓的股市。我一向更喜欢现金。不过，过去的几个月里，杰克·柯蒂斯一直在用现金还我们钱。"

安迪去杰克的办公室。他真的在办公室给安迪现金吗？好吧，跟别的地方也没什么差别。

"那安迪把那些钱给你了吗？"

"对，现金。数额都很小，你存进去也没人会留心。我们只是把这些钱加到了手头的支票上。银行喜欢大额的现金存款。我不想别人发现什么。"

"我想安迪耍了你跟杰克。他跟杰克说，他需要还的钱要比被偷走的那笔钱多。安迪私吞了一部分钱，以负担他跟朱莉奢侈的生活。这也很傻，不过他没有仔细想过后果。"

墙上那台老式钟表的滴答声很大，克劳德特做了个深呼吸："你已经日行一善了，走吧，我会跟安迪算一算账的。"

"我想知道莉兹贝丝·冈萨雷斯。她是这个谜团的另一面。"

"她怎么了？"

"你有她的照片吗？或者住址？"克劳德特站起身，走向桌子后面角落里的文件柜。她打开了锁，抽出一个文件并将其打开，"我们雇佣她之后有她的一张照片。她必须拍照，好放到ID卡上。不过现在已经没了。"她指着一份已被撕下了照片的钉在一起的职位申请资料说道。

"你有电子版吗？"

克劳德特走到电脑旁输入了什么，随即神情一滞，抬头看向玛利亚，抿着嘴说道："照片不见了。"

玛利亚靠过去看。

克劳德特的声音冷了下来："她的资料从我们的档案里删除了。"

"谁能做到这一点？"

"网络管理员，或者安迪。"

玛利亚盯着文件里的申请表，这是莉兹贝丝曾经在此工作的仅剩的证据。她的名字是詹妮弗·伊丽莎白·冈萨雷斯。她有个社保号，住址在哈文湖。紧急联络人是一个叫作比尔·冈萨雷斯的男人，上面写着那是她的父亲，还有他休斯敦的电话号码。又是休斯敦。玛利亚拍下了这张申请表。

　　"安迪删除了她的资料？他为什么要这么做？"玛利亚说道。

　　克劳德特摇了摇头。

　　"你跟安迪说贝瑟尼的生活脱了轨。信用卡消费、酗酒、偷窃公款，还有寄给同事的不当礼物，都令她难堪不已。"

　　"对。"

　　"是有人让她的生活脱了轨。"

　　"你觉得是安迪和莉兹贝丝。"

　　"或者只有莉兹贝丝。"

　　"为什么？她有什么动机？"

　　"一开始，我想只有安迪，不过他为什么要替莉兹贝丝隐瞒？"

　　克劳德特看着她，似乎在权衡该说什么："我以为他们俩可能在交往。"

　　"他不是只喜欢朱莉吗？"玛利亚知道这是假的，不过她想看一下克劳德特的反应。

　　克劳德特说道："安迪，他对任何回头看他一眼的人都有意思，对那些无法拥有的人也是一样，比如贝瑟尼。"

　　"挪用公款事件过后，莉兹贝丝在这儿又待了多久？"

　　"贝瑟尼走了一个礼拜后，她给了我们两周通知，不过安迪就那样放她走了，还付了她没上班的钱。我有点生气，不过他说她跟贝瑟尼是好朋友，所以让她离开比较好。"

　　"你了解她多少？你看过她的推荐信吗？"

　　她挥了挥手："安迪负责检查，我没看过。"

"那她来工作的那段时间刚好帮贝瑟尼弄丢了工作。"玛利亚说道。

"我从来没这么想过，不过正是如此。"克劳德特伸手去拿电话，"我想我得叫安迪过来。"随之，她看了玛利亚一眼，让她十分吃惊，"你拿到那笔钱了？你拍下了它的照片。我敢打赌你拿走了那笔钱作为证据，所以他才不能再藏到别处。"

玛利亚尽力镇定地说道："在一个安全的地方。"在她车子的后备厢里，其实一点都不安全。

"好，你可以把钱给我。如果不是我的，可以当作是他还我的。"克劳德特的语气里怒意渐浓。

"我觉得我得留一阵子。"玛利亚说道，"等我们确定这钱是从哪儿来的。"

她们看着彼此。玛利亚看得出克劳德特不太习惯别人对她说"不"。

"他会一直咬着你不放的，小姑娘。你要去报警吗？我可以分一杯羹给你。我不希望报纸刊登这些内容。"

"如果他因为这笔钱杀了我妈妈，我不想从中分一杯羹。"她说道。

"你听我说，安迪确实是个浑蛋，但他不是一个杀人犯。"她说道。

"我可以带着这笔钱直接去警察局，即便我私自闯入了他家里，警察把我抓到牢里，你们也不能对我怎么样了。不过，他接着就得解释这笔钱的来源。不管是从你这儿还是从贝瑟尼那儿偷来的，他都是个贼，我觉得你不希望他坐牢。如果你想帮他减轻罪行，在跟警方交代你们这儿发生的事时，你可能也得交代你们这儿运输的货物超过法定货运量的事。"

"你想怎么样？"

"我想让你打给他，叫他来这儿。让他无暇分身。"

"你准备做什么？"

"跟朱莉谈一谈。"

克劳德特面露讥讽。

"你不喜欢她？"玛利亚问道。

"他可以选个更好的人。"

"她喜欢买奢侈品，也许这就是安迪偷钱的原因。"

那丝讥讽的神色愈发浓重，玛利亚知道这张牌打对了。克劳德特说："他是我的继承人，如果他傻到这种地步，不惜冒着失去继承这家公司的权力的风险去偷我的钱，却只是为了维持朱莉穿金戴银的癖好，那我就会放弃他。我会查明他是否跟我撒了谎。如果这跟你妈妈有关，我也会查出来。你不要去报警。我帮助你，你也得帮助我。"

即使安迪有可能骗了她，她也要尽力保护他。他是家人。

"那就等着瞧吧。"玛利亚说道。她走出门。

50

玛利亚开车回到朱莉和安迪的家。安迪的车不见了，但朱莉的车停在那里。她觉得安迪以为她不可能再回来。钱还在她的后备厢里。

玛利亚穿上外套，将伸缩警棍挪到腰部，掖在自己的背后。她不想用枪指着朱莉，也没有这个必要。

朱莉打开门，一脸震惊："干什么？"她有点慌乱。

"安迪呢？"

"现在我不能跟你说什么。"她刚要甩上门，玛利亚伸脚侧身把门挤开，朱莉被迫退到小门厅内。

"玛利亚，你到底有什么事？"

"你为什么要在'脸家'上跟一个死掉的女孩发信息？"

朱莉安静了下来。

"佩妮·格拉德尼。"

她抿了抿嘴："我真的不知道那是谁。"

"佩妮·格拉德尼死了，贝瑟尼的父母跟她的死有关。有人用她的名字跟你联系，我想那有可能是贝瑟尼。"

"你是怎么知道的？"

"这不重要。如果我觉得这跟我妈妈的案子有关，我就会直接报警，他们会把你们的生活搅个天翻地覆，你也不希望那样吧，因为你们家有几万块来路不明的现金。"

朱莉的脸色变得苍白，又往后退了一步。

"妈妈？"她年幼的儿子格兰特拿着一个星球大战人物玩偶来到小房间。

"亲爱的。"朱莉说道，语气立马切换到母亲的模式，"你怎么了？"

"我能喝点果汁吗？"

"当然可以。"她转身走进厨房。格兰特盯着玛利亚，好像在问"你是谁"。

玛利亚跪下来，后背的警棍挪动了一下，此刻她真希望自己没有带武器来，因为这里有个孩子。

"我不知道这是谁。"她指着玩偶说道。

格兰特向她解释那是谁，说自己要做个绝地武士，说他还有几个别的玩偶，但有时候他会把玩偶放在外面，妈妈就会抓狂，因为这些东西很贵。

"宝贝儿，苹果汁。回自己房间玩，好吗？"朱莉递给他一盒果汁。

"她可以跟我玩吗？"他指着玛利亚。

"现在不行，她要走了。"朱莉说道。

格兰特说道："再见。"

玛利亚说："再见，小甜心。"

格兰特拿着果汁穿过走廊，然后在楼梯处停了下来，冲玛利亚挥手告别。她也冲他挥手。他回到自己的房间关上门，仿佛知道大人们正酝酿着一场争吵。

"你走吧。"朱莉轻声说道，"你这个疯子不要再来我家了。我想要帮你，这就是你的回报？"

"我并不觉得你想要帮我，你只不过是要监视我，确保我没有发现你的任何事而已。那笔钱，从哪儿来的？"

"你在说什么钱？"

"你儿子床底下的那袋子钱。"

五秒钟过去了，朱莉依旧显得镇定自若："克劳德特不相信银行，让我们代她保管。"

"你放在自己儿子的床底下。"

"盗贼不会在孩子的床底下找钱。"朱莉声音平静地说道。

"不要保护安迪。他不值得你这么做。他曾经跟同事莉兹贝丝·冈萨雷斯有不正当的关系，还跟莎伦有染。我在莎伦家里看到他亲吻莎伦。"

朱莉大笑起来，脸上满是怀疑："安迪和布莱文斯夫人？当然，你是对的。"

"他跟莎伦有染已经很久了，从他青少年时代就开始了。"

朱莉瞪大双眼。玛利亚知道这是个重磅炸弹："他高中时期经常去那儿并不是为了闲逛，也不是为了贝瑟尼。他是去找莎伦的。我觉得他大概是威胁了她。安迪知道哈尔·布莱文斯自杀的真相，这就是他操控莎伦的筹码。"

"滚出我家。"朱莉说道。但玛利亚看得出她的眼中有一丝恍然

293

大悟的神色。朱莉看向地面，手背抵着嘴唇。

"佩妮·格拉德尼。谁在冒用她的名字？是贝瑟尼吗？"

"我真的不知道。"她压低了声音，似乎有些动摇，"你不能去报警，不可以。这都是安迪的事，跟我和格兰特一点关系都没有。你这么做会毁了我们的生活。"

她害怕坐牢，害怕跟儿子分开。玛利亚瞪着她说道："贝瑟尼的生活毁了，你是她最好的朋友啊。"

朱莉咬着唇。

"这个……佩妮有没有通过别的方式跟你联系？"

"她只在网上联系我，而且不多。我不认识她。我只负责把信息转达给安迪。"

"什么信息？"

"她想知道杰克怎么样了，他有没有偿还贝瑟尼偷走的钱。还要知道莎伦在做什么，是否在痛苦，是否苦不堪言。有时候，我看到是她发来的，就直接让安迪来看，我自己看都没看。"

"她有没有问别人？"

"没有，至少没向我询问。"

"联系她，问她可不可以见个面。"

朱莉没有动，玛利亚往前走了一步："马上。"

朱莉转身走向电脑，来到"寻找贝瑟尼"的页面，给佩妮·格拉德尼写了一条信息："我得见你。可以在哪儿碰面？"

回复来得很快："不可能。"

朱莉写道："有点麻烦，我必须见你。安迪遇到麻烦了。"

一分钟后，那边回复道："我稍后跟你联系，现在不安全。"

安全？玛利亚感到惊讶。

朱莉写道："不，得现在。马上。"

没有消息。

朱莉输入道："安迪遇到了个大麻烦，我们得见面谈。"

没有消息。

"告诉我你的登录信息。"玛利亚说道，朱莉照做了。玛利亚通过手机上的浏览器用朱莉的信息登录"脸家"，这样一有回复她就能立刻知道。

"如果你提醒她，我就报警，一定会让你和安迪双双被捕。只要你置身事外，我就放过你。"

"拜托你替我儿子想一想，拜托，玛利亚……"

"我不希望你跟你儿子分开。我知道那是什么滋味。朱莉，你让自己陷入了这种困境，快抽身出来。安迪不值得你这么做。"

朱莉握着拳抵着嘴唇，玛利亚出了门。

佩妮·格拉德尼只是个名字，过往的某个鬼魂。

也许"佩妮"就是贝瑟尼，她藏在这个名字后面，一心想要惩罚自己的母亲。

或者，那可能是这个事件里的另一个鬼魂——莉兹贝丝·冈萨雷斯。贝瑟尼失踪后，安迪便悄悄地抹除了她存在的痕迹，让她消失得一干二净。

朱莉在窗边看到玛利亚往自己的车子走去。她在手提电脑上输入文字，登录"脸家"，给佩妮·格拉德尼发了信息："佩妮，有个叫玛利亚的女人在找你，是她逼我给你发信息的。"

那头回复："我知道了。"

朱莉继续发送信息："她登录了我的账号。"

那头回复："了解。"

接着，那些刚刚来往的消息眨眼之间就从佩妮那边删除了，而此时的玛利亚并没有看手机，而是在启动车子。

朱莉盯着玛利亚驱车离开。作为朋友，贝瑟尼真的很令人失望，偷了那笔钱，嫁祸给安迪——朱莉一直爱着并最终赢到手的男人。她不能容忍有人伤害安迪。贝瑟尼搞砸了自己的生活，但不能拖安迪下水，再把朱莉也拖下水。

朱莉回去看儿子，坐在他的床头抱着他，不去想那些钱。安迪会搞定的，他总能搞定一切。

51

这个女人说要跟"揭露"在他赶往机场的途中碰面。尽管奥斯汀是座很美的城市，但机场附近的高速公路旁都是房屋经销商、仓库以及工业用地。在其中一个工业园区里，"揭露"看到了一个分布式灯具的公司标志，这就是她给他的地址。他转入停车场。

"揭露"的航班还有很久才起飞，如果他跟洛杉矶的制片人说他就要破解一个令警方都头疼的案子了，他们也肯定会愿意推迟这次会议。但愿如此吧。这是场赌博，他觉得自己所有的抱负和梦想都与接下来的十分钟息息相关。

这个地方后面没有车子，这有点古怪。他来到门口，门上了锁，里面没开灯。他的脊背悄然涌上一股恐惧，不过心中的抱负依然推着他向前："有人吗？我是'揭露'，我来了。"

传来一个女人的声音："哦，嘿，谢谢你赶来！我在后面，抱歉忘记开灯了，刚才在赶文书工作。"

她的声音听起来很平常。他看到一束光在走廊的尽头亮起，跟这个仓库平行。

"没关系。"他喊道。他走到亮起灯的那个办公室，停在门口处盯着里面，诧异地眨了眨眼。他眯起眼睛看着那个站在那里等他进去的身影。

他愣了一会儿，因为这太不可思议了。

"是你。"他说道。

"是我。"

接着是刺耳的声音，尖锐的疼痛，反反复复。他不知道这持续了多久。他想起了自己的父母，想起了好莱坞的团队，又想起了玛利亚。

哦，玛利亚。

接着他感觉有针刺入颈部，所有的抱负、希望和梦想都堕入了黑暗。

52

"这是真的吗？"安迪走进来时，克劳德特坐在桌子后面问道。他听到走廊那头的休息室里的调度员和卡车司机的笑声。

他挂上微笑，但她并没有笑："什么……什么是真的，克劳德特姑妈？"

"是你，而不是贝瑟尼，侵吞了我的那笔钱。"

"当然不是……"

她举起手打断了他："是谎话的话，就别说了，孩子。别跟我撒谎。"

他不再说话了。

"聪明。"她说道，"你陷害贝瑟尼偷了那笔钱，并借此跟她以及她丈夫做了笔交易，以不起诉她为条件让他们'还钱'，因为她丈夫不能在自己公司上市之前传出负面新闻，你便让他一小笔一小笔地用现金'归还'这笔钱，不但不会引起别人的注意，你跟朱莉还能有富余，权当是手续费和封口费了。所以，你私吞了最开始的那五万，然后又要求那个如履薄冰的百万富豪再付更多的钱当封口费，目前你只给了我和公司一部分的钱。我说得对吗？"

他终于开口说道："克劳德特姑妈，你让我解释一下……"

"真聪明。你比我想象中聪明多了。我知道那个马大哈朱莉想不出这个点子，你也不是幕后的策划者，安迪。你顶多是个愚蠢的投机主义者。或许，是跟你鬼混的那个临时雇员替你出的这个主意。"她鼓起双颊，"看得出你们俩谋划了一个诡计。问题是你影响到了我。你把我们都牵连了，警方会来调查我们。你让那个疯女孩觉得她妈妈的失踪跟我们有关。"她指着外面的卡车，"我不希望警方来调查我的所有卡车，安迪。"

"我都搞定了。"

"如果你真的搞定了，那个疯女孩就不会在这里给我看她拍的那袋子钱。那有可能是我的钱，你从我这里偷的。"

"我……"

"我为你做了这么多。现在起了大火，安迪，我可不想被殃及。如果你只会制造麻烦，那我就不会把公司交给你。"

"没有麻烦。"

"不会有了。"她的声音冷若冰霜，"你要搞定这件事，摆脱掉这个玛利亚。我再也不想看到她。不管是谁帮你偷走了这笔钱，你都要让他们闭嘴。我不喜欢未知的结局，避免这种结局才是我活到这把年纪的方式。"

"克劳德特姑妈……"

"我不是你姑妈，在你搞定这件事之前，我都不是你姑妈。这么多年来，我看着你只会用微笑把别人迷得神魂颠倒，而且行事还是那么冲动。我以为让你在这儿工作能让你安定下来。我错了。我已经打给了我的律师，准备修改遗嘱，如果你不解决掉这些麻烦，我就剥夺你的继承权。这是家价值数百万美元的企业，你拿它来冒了什么风险？赚快钱，好让你身材柔软的女友开心，过你那入不敷出的日子。我不喜欢庸俗的作风自有我的道理。我用自己的钱填补空缺，是不想让警方或当局起疑。我们的……别的客户欣赏我也正是因为这一点。你要跟我一样，不要跟朱莉一样，也不要做你自己。孩子，是时候长大了。明白了吗？"

他往前迈了一步，只想为自己辩解几句。但这时，她从桌底抽出枪指着他。

"克劳德特姑妈……"

"我不知道你究竟做了什么，你杀了贝瑟尼吗？"

"不……不，我没有。"他的脸色已然惨白。

"你知不知道她发生了什么事？"

"我怀疑过，但不太肯定。"他缓缓说道。

她摆了摆手："我不想知道。我也不希望你参与到这件事中。所以你得收拾好这个烂摊子，别把矛头引向我们。明白吗？"

安迪又往前迈了一步："我只希望你知道我很抱歉……"

"别动，别再往前走了。我不想听你说甜言蜜语，那已经对我没用了。如果你要威胁我，我就会射穿你的腿。卡洛斯和戴夫就在走廊那儿，我已经跟他们交代过了，如果你背叛我，他们会把你打个稀巴烂，然后把你送进医院。我自己的侄孙不听我的，他们可听。"

"我永远都不会那么做。"他说道，声音嘶哑而断断续续。

"很高兴你不会。我并不想开枪打你。现在，去清理好你的烂摊子，然后我们再聊。"

"是，夫人。"他说着，转身离开。

克劳德特盯着他，将枪放回桌子里，擦掉眼中酝酿出的一滴泪。她打开新版《人物》，尽量将精力集中在那些文字上。今天这些男演员都磨皮磨过头了，没什么质感。

53

玛利亚检查了下"脸家"页面……佩妮·格拉德尼依然没有回复。不过现在，托阿霍伊运输公司档案的福，她知道了与莉兹贝丝有关的一个哈文湖地址。于是，她开车前往比尔·冈萨雷斯家。

这是栋很宽敞、年代更为久远的房子，带有独立车库，房子上方似乎还有个公寓。这是条很安静的辅路，路旁有很多橡树。其中有一栋房子已被拆除，上面建起了一栋麦克豪宅，她把车停在那栋房子旁边，从这里看得到冈萨雷斯家的房子。她走到门口按响门铃。没人应门。

她回到车子里等待，并在网上搜索了比尔·冈萨雷斯。他名下有很多照明器材批发商，分布在休斯敦、奥斯汀和圣安东尼奥，然后就没有更多的信息了。单从这栋房子的外观来看，他也过得很好。

她发现自己有个重要的任务还没做——检查她妈妈自9月4日开始的行程表。那天贝瑟尼·柯蒂斯搭上了去休斯敦的班机，然后就消失了。

她将载有妈妈邮件信息的闪存盘插入电脑，打开了妈妈的行程表。

9月4日，她妈妈早上八点在客户位于奥斯汀的办公室有个销售会议，接着跟产品团队开午餐会议，下午两点和四点还有两个内部会议。

所以，她那天早上没有在办公室。她可能见过了贝瑟尼。

她打开妈妈的电子邮件，查询9月4日的记录。她那天收到了四十八封电子邮件。玛利亚浏览了一遍，大部分是公司的内部邮件——如何达成一笔日期将近的大单子的讨论会，还有个产品特性要求。

并没有来自贝瑟尼或其他可疑账号的邮件。她花了一点时间，找了找在这之前和之后一个星期的邮件。

销售人员一般都有很多邮件，但还是一无所获。

她转而打开寄件箱，打开之后发现，妈妈显然很喜欢将写完的邮件保存起来，以便重新起草销售计划，跟主管解释销售数据为什么会下降，圆滑地要求研发人员修复故障或提高性能。

她开始搜索。9月4日早上，有一封邮件的来件人名字里面带着"bbc"这三个字母：

帮我把它放在你的邮箱里。我不会看，不会告诉任何人。我要藏在哪儿呢？但愿你能如愿找到自己想要的东西。我会保持沉默。

已发送或归档文件里没有跟这个账号匹配的邮件地址。妈妈一定是将它删除了，但忘了这一封。警方也没留意到。

她发了封测试电邮到这个地址，没有被弹回来。这个邮件地址还存在。这封草稿的显示时间是九点零五分，她一定是从早先的客户会议里出来，准备返回公司时收到了贝瑟尼的邮件。

直到十二点十二分，她妈妈都没有再发送邮件，告诉别人她正在进行午餐会议，不能脱身，稍后会打过去。

所以，在任何人都没见过贝瑟尼·柯蒂斯的那两个小时里，妈妈是有时间的，也许不够将贝瑟尼送到机场，但也足够去取贝瑟尼留给她的东西了。

而且，贝瑟尼要求见她。杰克或警方在搜查中怎么会忽略了这一点？她有个无人知晓的邮箱账号。或者，在贝瑟尼消失时，这个邮箱也被清空了——也许是贝瑟尼自己清空的，好将自己的踪迹抹得一干二净。警方的报告以及杰克都说她清除了自己的电脑。

又或者，是别人做的。有人想将贝瑟尼发现的事掩盖起来。

她很肯定，那个DVD是贝瑟尼给她妈妈的，为了安全起见，还在上面写了她的名字，所以来找贝瑟尼的证据的人就不会对此起疑，如果贝瑟尼想把它要回去，这张DVD也不会与空白的碟片混在一起。如果玛利亚或她父亲偶然发现了这张DVD，妈妈也可以说这是工作机密。

接着，有人可能从贝瑟尼的邮箱里发现了这封邮件……然后妈妈就成了那个人的目标。

玛利亚感到一阵反胃。她竭力压下涌上喉头的胆汁。要思考，保持冷静。

她坐在车里等待，始终觉得有人会发现她在此逗留，觉得她很可疑，然后打给哈文湖警局。布鲁萨尔绝对不能知道她在这里。她不断地查看"脸家"页面，没有回复。

夜幕降临。有个男人来到这栋房子前。他将车停入车库，车库门滑落。

她等了几分钟，然后上前敲门。那个男人前来应门。靠近了看，那个男人六十几岁，有点近视。他已经换上了宽松的长运动裤和上衣，外面穿了一件浴袍，手中拿着一瓶酒。

是"揭露"组织的那个亲友失踪人员互助小组上的男人，莎伦看见他的反应不一般。

他盯着玛利亚。

他认出了我。

"你好，我想找莉兹贝丝·冈萨雷斯。"她说道。

"这儿没人叫这个名字。"他慢慢说道，非常警惕，始终紧抓着门。

"你是比尔·冈萨雷斯？"

"你是谁？"

"我叫玛利亚。莉兹贝丝跟我参加了同一个写作小组。"她早就想好要从这个点切入，"我们似乎一起参加过一个互助小组。你的亲人也失踪了吗？"

他动了动唇："我女儿莉兹贝丝。"

"真的吗？"她的心沉了下去，这是第三个叫贝丝的失踪人口，"她是何时失踪的？你有报警吗？"玛利亚双臂交叉。

"她有时候会离家出走，一走就是好几个月。如果没有她的消息，我……我就会担心。我听说有那个互助会……"

她现在不相信他了："她在哪儿，冈萨雷斯先生？在哪儿？"

"我不介意你用这种语气。"他的声音颤抖着，"现在，请你离开，不然我就报警。"

"莉兹贝丝也许有麻烦了。"

"你什么意思？"

怒火一下子窜了上来，她努力把它压下："先生，拜托了，告诉我她在哪儿。"

他的眼神黯了下去："滚开。"他摔上了门。

她走开，不过很快又返回，一路沿着阴影走。这栋房子前面有窗户，她听到他在屋里踱步。她藏在灌木丛和窗户之间，冒险偷偷往里瞥了一眼。她看到他一边拿着无绳电话，一边踱步，说："你得打给我。不要回家来。先打给我再说。"他挂断电话。

到此为止，关于这第三个叫贝丝的失踪人口只有这么多信息了。玛利亚蹲下去藏好，听着里面的动静。她听到脚步声，玻璃的咔哒声，咕嘟咕嘟倒液体的声音。比尔·冈萨雷斯大概就在窗前。她屏住呼吸。

玛利亚听到前门打开的声音。比尔走到草坪上，握着酒杯环视街道，也许是在看她是否还在附近。

灌木丛将她藏了起来，而比起灌木丛，他好像对这条街更感兴趣，似乎在试着看她是否坐在哪辆车里。

接着，电话响了起来，他回到屋里，甩上门。

"有个女孩过来问东问西。"他说道，"要找莉兹贝丝·冈萨雷斯。"他安静地听那头说话，"干什么？"他又安静了下来，"不，我不会。"

他听那头说话，似乎安静了更久的时间。玛利亚又往窗户里瞥了一眼。她的靴子里藏着警棍，不过其他的武器都在后备厢里。

"我不会。"他再次说道，不过怒气稍减。

"好吧，好了，别再叫了。"他说着挂断电话。玛利亚看着窗户里的他叹气，闭上了双眼，明显十分沮丧。接着，他上了楼。她等待着。比尔·冈萨雷斯回来了，换上了牛仔裤和套头衫，头发梳得更精致了点。他出了门。玛利亚潜行到房子的一角，看着他开出一辆越野车。

她穿过院子，跑向自己的车。他开车经过了她，往前驶去。她尾随而行。他爬上了360环线，往南驶去，接着开上了71号公路，向东开往机场。接着，他驶过机场，出了城，往休斯敦方向驶去。

她拿起手机，拨了杰克的号码，然后开了扬声器。

"你好。"他说道，她不想承认听到他的声音感觉有多好。

"我在跟踪莉兹贝丝的父亲的车。他住在城里。我想他正在开车去见她。"

"好。"

"你为什么要给安迪钱？"那头沉默。

"你知道了。"

"我发现了。"

"为了还贝瑟尼的……债。"

"她没有从阿霍伊偷那笔钱。他耍了你。"

她等待着，感受得到他听到这个消息时的挫败感："我只知道有那个可能，而我不能让任何事情阻止公司上市。"

"你就任由他勒索你。"她的语气里满是失望。

"对，我不能冒那个险。不止是为了我，也为了一起努力让公司上市的所有人……对他们中的大多数人来说，他们的优先认股权代表着可观的预期收益。我不能让他们的努力付诸东流。我愿意付封口费。"

"佩妮·格拉德尼。这个名字你有听过吗？"

"没有。"

"莉兹贝丝的父亲名叫比尔·冈萨雷斯。他住在哈文湖惠斯敦路。我从他家一路跟着他，我们现在在东城，已经快过巴斯特罗普了。他打给了莉兹贝丝，似乎非常惊慌。"

"我要报警。"

"不，不要。等我了解到更多信息后，再打给你。"她顿了顿，"不过有件事我很高兴，那就是认识了你。我很感激。"

"玛利亚……"

她挂断了电话，一直跟在比尔·冈萨雷斯后面，但也不会跟得太近。

妈妈，这些人把你卷入了他们的阴谋中，然后事情败露，他们杀了你。我要将他们从太阳底下一一铲除。我要转过身，就像在那个梦境里一样，看清那个将你从我身边带走的怪物。

"玛利亚……玛利亚！"他喊道。她挂断了，杰克将手机放入口袋。他想核实玛利亚的话。他在网上搜索，找到了惠斯敦路一个叫比尔·冈萨雷斯的房产税记录。他于四年前买了这栋房子。杰克不知道自己能否趁比尔·冈萨雷斯外出时在他家找到任何线索。这很冒险，但玛利亚说他们快到巴斯特罗普了，那是巴斯特罗普县，就在奥斯汀东部。也许，他还有别的房产。他跳到巴斯特罗普县的房产税页面，又找到了一处比尔·冈萨雷斯名下的房产，严格来说，那里不在巴斯特罗普，而是在一条位于郊区的道路上。谷歌地图显示那里多半是松林区。这栋房子在荒郊野外。

他抓起车钥匙，往车库走去。

这时门铃响了，他应了门，是莎伦。

"你好。"他有点惊讶地说道。

她从身后拿出一把手枪，对准他的胸口。他僵在原地。

"玛利亚在哪儿？"她问道。

"她不在这儿，莎伦，把枪收起来。"他这辈子从未被人用枪指着过。

"她在哪儿？"

他尽量不动声色："我不知道。"

"撒谎。你刚才还在喊她的名字。我从前门听到了。你知道她在哪儿，快带我去找她。"她拿着手枪打手势，"我想通了，我不能这么活着，所以，我要解决这一切。"

他盯着她，她轻声但坚定地说道："现在，杰克。"

54

　　这个杰弗里知道什么？克雷格问自己。他为什么这么做？他想得到什么？他是如何进入我家的？

　　他拿到了贝丝的钥匙吗？这个念头挥之不去，这个男人可能拿到了贝丝的钥匙，这一定是她失踪时带着的钥匙，被这个男人拿来对付他。这个想法像一颗有毒的小种子。克雷格从来没想过要换锁，因为换锁似乎就意味着承认贝丝永远都不会回来了。他也害怕如果换锁，玛利亚会怎么想。她既坚强又脆弱。面对着她，他感觉自己仿佛一直如履薄冰。

　　接着，他开始怀疑杰弗里·马歇尔跟布鲁萨尔有关联。布鲁萨尔是克雷格最有毅力的敌人。那些避开目光、瞪着他、在商店过道里转过身不愿靠近他的人，他都能应付，还有那些跟玛利亚一起上一年级的孩子的父母，跟她一起参加运动队的孩子的父母，她高中音乐剧后台一起工作的父母。广阔的父母联络网从搬到一个好的学区那一刻起就会开始形成，一直延续了十二年。他们可能讨厌他，但对他也无可奈何。

　　布鲁萨尔可以，他可以伤害他，为贝丝报仇，为这么多年来因贝丝选择了他而遭受的所有蔑视一雪前耻。

　　"没关系。"贝丝说道。克雷格正在看监控录像，他从屏幕上抬起头。贝丝在那里，但不是那里，他知道的，离他很近，仿佛她来到了他的公司坐下来，跟他说他工作太辛苦了，玛利亚需要他，她也需要他，所有的生活和爱都需要关注和呵护……而就在那时，在他妻子还在的最后一年里，他彻底令她失望了。

"贝丝，是这样吗？"他喃喃道，声音几不可闻。

"保护她……别让任何人伤害她。"她的声音轻若耳语。她曾经这样跟他在床上呢喃。他年轻时，她的轻声细语就像是独属于他的魔咒，让他毫无道理地爱着她。

"任何人……"克雷格重复，"你知道是谁吗？"他低声道，"会是你吗？"这是他不敢启齿的问题。

但是，她接着就消失了，仿佛从未来过，当然她确实没有来过。他眨了眨眼睛。这些天看了太多的电影和电视节目，往生者像是人生导师一般到来，刺激着人们采取行动或为他们提供见解。仿佛"闹鬼"是件好事，很有助益。他闭上双眼，做了个深呼吸。她不在那儿，她没来过那里，他知道的。他只是很想念她，想念到几乎无法想象。她清空了自己的心。他们本该一起变老，互相学习，互相安慰，冲孙子微笑，以女儿的工作和幸福为傲，一起变得更加睿智，靠在一起，爱护彼此，再也不伤害彼此。但那些全都不见了。他只剩下玛利亚。

"保护我们的女儿。"他听到贝丝轻声耳语道。他会的。

克雷格将那块包着纸的石头留在了自己的车道上，以防万一。如果有人在监视他，那他留下这块石头就好比发出了信号。监视他的人就会想知道他在做什么。他赌的是人的好奇心。

一个曾经给别人留下石头的人看到那人给自己留下的石头，会作何反应？

他在包着石头的那张纸上写道："我会离开，但我需要你保证再也别招惹我女儿。"

那是目前为止所有信息的指向——希望他和玛利亚离开。

他会上当吗？他会来看吗？他在黑暗中伺机而动。

很快……

摄像头中拍到石头上那张字条被人捡了起来，一个模糊的身影跪在那里。摄像头还拍下了街对面橡树下出现的一个身影，一个身穿黑色毛衫和牛仔裤匆匆而过的身影。钟摆正在来回摆动，一次，两次，然后第一个身影陷到第二个里。接着有人被拖下车道，然后又被拖到了那栋放着待售标志的门内。

"我在哪儿？"那个男人说道，声音浑厚而含糊。

"引用你的话：'我知道发生了什么。我知道你们太多秘密了。要不要我跟你说一说你所知道的最后一个秘密？'"克雷格说道。桌上的灯投下一小束光，屋里只亮着这一盏灯，十分昏暗。

"哪里……你……"

"你在我家车道上留下了石头。"克雷格说道，"而且，我怀疑，也是你往我车上扔的石头。"

"你对我干了什么……我没有……"

"我拍到你在我家前院里。"

"那不是我……"

他又拿出了那张包裹第一块石头的纸："我敢打赌，如果我把这个交到警方手中，他们会在你家找到非常相似的包裹纸张。"

杰弗里咬紧双唇，做了个深呼吸。

"我拍到你了，杰弗里。"克雷格重复道，"我现在就可以报警。"

那个男人冲他眨了眨眼："你怎么知道我的名字？"

"你没有随身携带钱包真是明智之举，但我发现你在跟踪我。然后查出那个人是你。"最好别将他的继子肖恩牵扯进来，他只是个无辜的孩子。

"你为什么会在这儿，杰弗里？"克雷格问道，声音轻而合乎情理。

"我只是来报价的，想买你的房子，但你绑架了我……你突袭了我……"

"我也可以杀了你。"他把手中的刀子亮出来。

杰弗里沉默了，开始颤抖。

"这真是太傻了。"杰弗里含糊地说道，想挤出笑容，"我是来给你报个合适的价格的，多皆大欢喜的事……"

"报价。"

这个男人避开了他的视线："我们希望你离开。"

"离开。"

"卖掉你的房子，搬走。去别处生活。重新开始。"

为了保护所爱之人，你会做什么？

总是有人问这个问题，书里、电影里都是如此，好像做出这个抉择需要挣扎。这对他来说从来都不需要挣扎。无论如何，任何对玛利亚不利的人都要解决掉。她已经失去太多了，不能再失去什么了。

我会杀了你，眼睛都不眨一下。我会除掉你，而且永远不会担心你所爱之人会感受到那种痛苦，因为我所爱之人是安全的。

他告诉自己这是真理。他觉得自己相信这一点。为了玛利亚，他可以做到铁石心肠。

克雷格缓缓说道："你威胁我跟我女儿搬走，这样你就能低价入手我们家的房子，将之拆除，赚取可观的利润。"

杰弗里最终点了点头："我是铂金之家的老板。我买房子，拆房子，建现代化的房子，取代那些老旧的小房子。听着，我不会对警察说你打了我……把房子卖给我就好了，我会分你一部分利润，

310

双赢……"

"你自己家旁边的房子就在拆建。"他想起跟肖恩聊天时看到的那个标志，俯身靠近杰弗里，"你干得很漂亮。"

杰弗里一言不发。

"无法想象，我家的小房子对你来说竟然是这么大的麻烦。"

"你家这里……是这条路上的最高点，在山顶上，有着附近最好的风景。我已经拿到了你家旁边所有房主的出售协议，我要拆除这栋房子。加利福尼亚有个买家想在这儿建个带栅栏的大宅邸。如果我不给他拿到这个房产，他就会另寻他处。我需要你便宜且迅速地卖掉这栋房子，而如果我来找你，你可能就会跟别人出一样的价格。我以为……鉴于你的情况，你更愿意把它卖掉。你是我要拿下的最后一个单子。"他磕磕巴巴地说道，"听着，很明显，我犯了错，我真的很抱歉。"

"你还往我车上扔了块石头？那有可能要了我的命。"

"我很确定不会砸到你。"杰弗里·马歇尔想增加自己的说服力，"我很小心的……"

"如果我死了，这儿的警察也不会管，我女儿就会把房子卖给你？"

"我没有想杀你，我发誓，我只是想催你赶紧卖房子。"

"你在我妻子的车底下粘了一部手机。"

杰弗里已经决定老实回答好尽快逃离了："对，我能从手机的应用程序上追踪它发出的信号。我在桥附近改建另一栋房子，然后收到了应用程序上的提示信息，你正在往那边开。我捡起一块石头，走到那儿。没人看到我。"

真是卑鄙到令人发指。但这就是现在的世界，因为贝丝的失踪，整个世界都觉得他没有家了。

但是，他有可能会伤害玛利亚。

伤害我的孩子。

"你怎么进入我家的？"克雷格放轻语气，好像已经不再纠结那些不愉快的事了。

"你每天都在同一时间遛狗，我观察到了。有时候，如果是遛一小会儿，你就不会锁前门。趁你遛狗，我潜入你家找到你的备用钥匙，把它压到模子上，然后打了把钥匙。"杰弗里挤出笑容，"听着，你可以从中获益，可以吗？把房子卖给我。对你来说，这里一定充满了不幸的回忆。你从这个大家都憎恶你的地方搬出去，还能赚点钱，再跟你女儿在别处重新开始，找个新家。"

克雷格握紧了那把刀子："说到家，我倒是有个主意。"

55

安迪将车子开到路边的森林深处。他想悄悄潜入那栋房子。他拿了把枪，上了膛。明天，他可以把枪放在去阿肯色州、路易斯安纳州、犹他州的卡车上，让它消失。他在那帮卡车司机中有朋友，能帮他这种不同寻常的忙。

你搞砸了。你变得不知满足，变得装聋作哑。你让一切都失控了。你让她主导，你本该制止事态的发展的。

克劳德特姑妈说得没错，搞定这一切。

安迪从门廊逼近这栋房子的一侧。没有看到她。车库门是关着的，但她可能在这里。他听得到音乐声——法兰克·辛纳屈的歌。她喜欢辛纳屈。

他没有敲门就走进了屋里，原以为这能有点用。他站在寂静的门厅处，听着屋内的动静。他要从她那里拿到自己想要的东西，然后跟她做个了断。她不得不理解，这个约定必须结束了。他不想让朱莉为他担惊受怕。

他听到楼上有音乐声。也许她正在自己阴森森的房间里，又一次回顾自己的人生。"你为什么要把这些东西都挂在墙上"，他曾经这么问她，她让他别再问这个问题。

他走进屋里。墙上都是他认识的人的照片，还有他不认识的人的照片。手提电脑播放着音乐。他往前一步，弯腰看向屏幕，因为上面有一张他、朱莉以及她儿子格兰特的照片，接着他感觉到颈部有针刺入。他头晕眼花，而那个疯子正在他身后微笑。她往他体内注入了什么东西，急剧的恐慌吞噬了他。他觉得自己的肌肉开始坍塌，力气也渐渐抽离。他跪在地上。

"什么……什么……"他的嘴唇失去了知觉，几乎无法动弹。

她往后一退："我觉得你会背叛我。我需要你再为我做一件事，安迪。现在，我只需要你不要动，继续呼吸，一会儿就好。"

"莉……兹……贝丝……"他想说话。

"我不再是她了。"她说道，黑暗像活物一般笼罩了他，将他压缩，几近窒息。

56

　　玛利亚往东开，始终与比尔·冈萨雷斯保持着几辆车的距离，一路开过巴斯特罗普。月光渐渐穿透云层，她看到这座城镇周围由于多年前的一场大火而残余的松树林正在慢慢恢复。

　　他的车子转入辅路。她必须跟着他，但他现在有可能已经发现她了。如果他停下来，那她就会截住他，逼他说出他要去哪里。

　　她将车缓缓停在路肩上，等了三十秒钟，接着转弯，任他遥遥领先。他放慢速度，她也放慢速度。接着，她想到了个主意，然后转入一家小咖啡厅的停车场。而他则继续往前。

　　她看到杰克发来的信息，是比尔·冈萨雷斯的另一处房产，位于巴斯特罗普县。她省去了原本打算要进行网上搜索的时间，将其导入地图应用软件中，然后驱车离开。

　　现在，不管她看不看得到比尔都不重要了。她知道他要去哪里。

　　但她不想落在他后面太多，只需要让他看不到她就好。

　　她驶入松树林深处。

　　地图应用程序带着她走上了一条从农场去市场的路，偏离了主干线，然后又与其汇为一条。

　　松树林开始蔓延，有些路段是土路。玛利亚开车驶入一片漆黑中，头顶是浓密的松枝，离目的地越近，车子就越颠簸。

　　她在路上急转弯，然后往山下驶去，看到了一栋房子，门廊灯发出红光。她关掉车头灯。这是一座两层的木屋，有石砌的烟囱。这里有点不起眼：过度生长的矮树丛，花圃中杂草浓密，草坪则有点高。不过，倒不像是被遗弃的房子。

冈萨雷斯的车停在一侧，旁边似乎是"揭露"的车子，这让她很吃惊。他为什么在这里？他知道了什么？有个车库，但门被关上了。

她把车停在漆黑的树林中。她打开后备厢，竭力用身体遮住灯光。她在后腰别了把枪，在口袋里放好伸缩警棍，在靴子里放了把刀。她轻轻关上后备厢，自责没有想到在停车之前武装好自己，他们可能会发现后备厢的灯光。她现在不能出错。她走向那栋隐匿在松林中的房子。

她冒险沿着弯曲的车道前行，来到灯光照不到的阴暗角落里。

车库旁边是一扇亮着灯的窗户。她凝视里面，看到比尔·冈萨雷斯一个人在厨房里，靠着冰箱揉脸，看起来很疲倦，或者是恶心。接着，他走了出去。

她听到前门被打开，她沿着房子周围潜行。他钻入"揭露"的车里，发动引擎将车开走。

他为什么要开"揭露"的车？

她心下生疑。恐惧扎在她的胸口，如同冰锥。

她仔细聆听，没有任何动静。他离开时有没有锁上门？她轻轻拧了拧门把手，门是开着的。

一股极端的恐惧沿着脊柱悄然爬上。真相就在这里。那些未知的事……那么久以来……她舒了口气，努力让自己镇定下来，然后打开了门。厨房照过来一束昏暗的灯光，比尔·冈萨雷斯离开时没有关灯。她走了进去，没有关上门，以便随时逃跑。她关上了门廊的灯。如果要逃跑，她希望黑暗能帮她隐匿行踪。

她站在小小的门厅上，门口挂了面镜子，竖着一把伞，通往二楼的阶梯上摆着一件艺术品。

空气有点不新鲜，还有点铜臭味，像是血的味道。她告诉自己那只是想象而已。

她从门厅走入小房间，那里只简单地摆了一张皮沙发、一张基本款咖啡桌。墙上挂着画作，不过都是一个孩子的作品。纸张随着时间的流逝已经泛黄，每张画作的角落里都用蜡笔仔细地写着"詹妮弗"。有一张画的是一个家，简笔画的妈妈和爸爸，他们旁边还有两个小一点的人物，是两个穿着裙子的卷发女孩。有一张是马戏团，有大象、狮子和小丑。还有一张画的是从山上俯瞰的大海。

只有一张照片被裱了起来，是两个女孩，其中一个是她在莎伦家里看到的照片中的女孩，她们有着一样的赤褐色头发和含笑的绿眼睛。是佩妮吗？她抱着一个婴儿，头上扎着一根粉红色的丝带。

后面的画作都是肖像画，各自带着标签，有妈咪、爹地、佩妮、詹妮。名字都很押韵。玛利亚往屋里面走，穿过入口来到厨房，走过楼梯。她来到了一间更大的房间，那是一间卧室，但没有床，她走了进去。里面很黑，百叶窗被完全关上，还拉上了窗帘。在微弱的灯光下，她看到了"揭露"，他被绑在椅子上，头耷拉下来靠在胸口上。

玛利亚冲他跑过去。他还有呼吸，不过被打得几乎失去了意识。这时，她感到身后有个人，于是她转过身，有人站在阴影下的角落里。

灯光骤然亮起："你好。"那个女人说道，"又见面了。"

玛利亚眨了眨眼睛。

不是贝瑟尼。

是那个坐在餐厅的露台上读书的女人。玛利亚掰断了骚扰她的那个浑蛋的手指，就在她与"揭露"碰面交换意见的那个晚上。

什么……她一直在监视我们，听我们谈论案情……

"再次感谢你为我出头。"那个女人说道。

"你是莉兹贝丝？"

"对。"她说道。这时，玛利亚看到了她手中的枪。

57

电话打进哈文湖警局时已是午夜过后。据报警者称，峡谷林大道一处正在施工的房子底下传来一声巨响。执勤小组过去调查，丹尼斯·布鲁萨尔也跟着去了，因为他要求无论何时发现非正常死亡的案子都要通知他。哈文湖的犯罪率很低，他决心要让这种罪案彻底消失。

这栋房子正在被拆除和重建，布鲁萨尔在哈文湖住了很久，他很讨厌这种房子。墙壁都建起来了，但房子还没完工。前面的标志牌上写着"铂金之家"，他在别处也看到过这样的标志牌。警员带着他走进这栋尚未完工的房子里。有个男人的尸体横在一条长长的楼梯下面，脖子断了，旁边还有个摔坏了的手电筒。

"知道他的身份了吗？"布鲁萨尔跪在尸体旁。这是一名男性，接近五十岁，衣着精致，眼镜碎了。

"是的，长官。根据驾驶执照，他叫杰弗里·马歇尔，住在隔壁。"

"所以他是擅自进入此处？"

"嗯……他钱包里有名片，他是正在建这栋房子的公司的老板。前面那个标志牌上的名字也是这个。我猜他过来是想要核对什么，然后从楼梯上摔了下来，脖子摔断了。"

"他为什么要在深更半夜过来？"

"一定是听到了什么声音吧？"警员猜测道，"也许有贼？贼会从这些房子里偷铜。"

布鲁萨尔往后一仰，看到这个男人的手腕上有条表带，图案很有特色，跟那段视频上想害死克雷格·邓宁的人的手腕处的图案相似。

他做了个深呼吸："有人在马歇尔家吗？"

"没有，警官，没人应门。是别的邻居听到了碰撞声，然后报了警，执勤小组三分钟后就赶过来了。"

"他们有没有看到有人离开现场？"

"没有，警官。"

布鲁萨尔站在那里，觉得非常疲惫。他抽出手机拨打克雷格的号码，不知道附近的黑暗中会不会响起手机铃声。但什么都没有，克雷格也没有接听。

你找到那个跟踪你的男人了吗，克雷格？在我之前找到了他？

布鲁萨尔说道："好，跟进这起案子。我希望你们能仔细搜查这个地方，找到证明这不是意外事故的所有证据。"

58

"莉兹贝丝？"玛利亚再次问道。

"是。慢慢地，转过身去。双手抱头。"玛利亚照做。莉兹贝丝拿走了她的警棍和掖在牛仔裤后面的枪，但她没有看到藏在玛利亚靴子里的那把刀。玛利亚不知道自己能否在莉兹贝丝开枪之前把它抽出来。

"好，再转回来。"莉兹贝丝说道。

玛利亚照做。她握枪的那只手很稳。她们俩都一言不发。玛利亚受不了这种安静，所以她开口了，想把这一切拼凑起来。

"比尔·冈萨雷斯不是你父亲，是你继父。"

"对。"

"詹妮和佩妮。佩妮·格拉德尼是你的姐姐。你是那段影片背景里哭泣的婴儿。"

那把枪一动不动："对，佩妮是我姐姐。"

"你的仇恨是冲着布莱文斯一家来的。"

"仇恨这个词根本不足以形容我所做的一切。"她的语气很镇定。

"为什么'揭露'在这儿？他没有伤害过你。"

"有太多需要担心的人了。'揭露'，安迪，还有你。不过所幸我们还有一起罪案可聊。这就是为贝瑟尼和你妈妈招致不幸的原因。'揭露'要在他的博客上写一篇说明。我觉得他最好在这儿跟你一起进行。"

"贝瑟尼在哪儿？"她的声音很小。

"离这儿不远。"莉兹贝丝说道，声音很轻，毫无起伏。

我想让她受罪。

"你就是让贝瑟尼的生活脱轨的幕后黑手。假装跟她做朋友，然后毁了她。趁她喝醉给她下药，她妈妈在她车里找到的被栽赃的药丸，那些恶作剧，还有被滥用的信用卡。"

莉兹贝丝点了一下头。

"就因为哈尔害死了你姐姐。但贝瑟尼是无辜的，你为什么不放过她？"

"她们都不无辜，哈尔、莎伦、贝瑟尼……你妈妈。"

"我妈妈在这儿？"玛利亚抬高音量。喉头泛起一阵阵恶心。

"她离这儿不远。"莉兹贝丝说道，语气依旧很平静，重复着她刚才提及贝瑟尼时所说的话。

那是什么意思？玛利亚的心如同被恐惧劈开："哈尔已经死了，你这么做又有什么意义？"

"'揭露'？"莉兹贝丝喊道。

"揭露"睁开肿胀的双眼看着玛利亚，用口型说着"抱歉"。

"你想让我跟你说完整个故事吗？"莉兹贝丝对"揭露"说道，"我本来想跟你说一会儿的，让你拿到那个案子。"

"揭露"点了点头，动作非常慢。他的嘴里塞着布，双唇在流血。

玛利亚想说，查德，没什么案子了，她不准备放我们走了。

她看得出莉兹贝丝在逼他就几个贝丝的谜团写篇博文以作解答，然后再悲惨地被……玛利亚杀死。而莉兹贝丝就会融入那片阴影中，再次消失，取个新名字出现在别处。

"先从哈尔说起。"莉兹贝丝说道。

"他是因为内疚而自杀的。"玛利亚说道。

"哦，他内疚啊。"她说道，"他买了张去休斯敦的机票，因为他想见我。"

"你？"

"嗯，我妈妈一个星期前刚刚自杀，他对此只是觉得有一点内疚。"莉兹贝丝说道，"佩妮的死毁了我们家，就像一个永远都不会消失的涟漪。消失，也是一种存在。"她喉头滚了滚，"我爸爸两年后得了癌症，他也没有想与之抗争，根本没有活下去的意愿，他都没有做化疗，就那样让自己死了。"

"我看到那段影片了，你爸爸在里面。"

莉兹贝丝咬了咬下唇："你找到那张DVD了。"

"对。"

"我以为贝瑟尼从我这儿偷走之后就把它销毁了。她应该这么做的。DVD在哪儿？"

"在警局。"

莉兹贝丝没有说话，沉默溢满整个房间："我爸爸没在影片里，那是哈尔·布莱文斯。"

但那不对啊，玛利亚心想。哈尔开车撞了佩妮，他醉醺醺地握着方向盘，没有在屋内。玛利亚张开嘴想说话，但莉兹贝丝继续道："我爸爸没有活下去、与癌症斗争的勇气，就算是为了我跟我妈妈。癌症夺走他的生命后，妈妈再婚了。"

"比尔·冈萨雷斯。"

"对，比尔试了又试，但妈妈还是从未开心，从来没有。这种悲伤最后害死了她，药和酒。是我发现的她，那时我十四岁。"

玛利亚喉头又涌起一阵恶心："抱歉……"

莉兹贝丝摆了摆手，不想要她的同情："然后我打给了哈尔。一年前，妈妈发现了哈尔和莎伦，但什么都没做。她无法证明他们有罪，但她在自己的自杀留言中都写了出来。我告诉哈尔，我爸妈因为他所做的事都死了。"

"你是怎么知道的？"

"通过我父母的话。"她瞥了一眼"揭露"，"你能猜到吗？"

玛利亚缓缓说道："哈尔不是喝醉了开车去接贝瑟尼。他有别的原因。他是因为跟同事发生不正当关系和酗酒被开除的。你妈妈就是那个同事吗？"

"我妈妈没错。你说话小心点。"

"那我没法猜了。"玛利亚说道。

"你怕的是我吗？因为你不敢去想那个最有可能的情景。"莉兹贝丝说道，"开车的不是哈尔。"

玛利亚胸口一紧："是莎伦。"

"哈尔那时已经在我家了，莎伦不想带贝瑟尼去跟小朋友玩耍，所以哈尔去了。但哈尔其实是去见我妈妈的。趁贝瑟尼和佩妮一起玩的时候，他们上了楼聊天，甚至更糟。我还是个婴儿，在婴儿床里睡觉。他们既傻又蠢，但出轨的人一般都是相互认识的家庭，可以拿孩子当幌子。贝瑟尼没有把佩妮留在屋里。莎伦知道她女儿去了哪儿，她发现自己的丈夫利用孩子的玩耍时间跟我妈妈在一起，所以她急速开车经过，撞了佩妮，扬长而去，就当佩妮什么都不是。也许那是对我妈妈的报复，也许那是场意外，不过都不重要，因为她还是错了。直到看到我妈妈的自杀遗言，我才知道了所有的细节。她把所有的事实全盘托出，那场婚外情，她的怀疑——莎伦跟疯子一样开车来抓他们，佩妮被撞，那可鄙的一家人几个月后离开了休斯敦，去过正常的生活，去过格拉德尼一家永远都无法过上的生活。但我妈妈没有证据，她不想去报警。我保留了她的自杀遗言，那样就只有我知道为何我爱的所有人都死了。"

"我很抱歉。"玛利亚害怕地重复道，"你妈妈为什么不告诉别人？"

"她不希望失去我爸爸，也不想失去她生活中剩下的一切，包括她的工作、朋友和父母。"莉兹贝丝摇了摇头，"如果她的孩子的死是她出轨造成的，你觉得大家会怎么想她？包括她的家人、她的教会。这个社会喜欢憎恨一个任性的母亲。"

玛利亚没有回答。

"所以，哈尔通过休斯敦的一个朋友密切留意着我妈妈。他听说她自杀了。我打给他时，他说他要来休斯敦见我，已经买了机票。我猜他是想告解，觉得我还不知道真相。但我听得出，他无法面对这一切。所以我坐大巴来见了他。我要他请假在家，这样我们才能聊天，向他保证不会将他们夫妻俩所做的事告诉警方。我拿了我父亲的枪，我想那把枪吓到他了，但也让他看到了我的成熟和认真。我们坐了下来。我想他一旦知道我们家是如何被毁得那么彻底的，他就会无

322

法再忍受跟莎伦一起过日子。他们隐瞒了一个可怕的秘密，两个人一起，而且已经有三个人为此死掉了。"她看了"揭露"一眼，"这是你播客的口吻吗？对你来说，戏剧性够足了吧？"

"他自杀了。"玛利亚喃喃道。

"我让他选，自杀，或者我开枪打死他，再在他家人回来时打死她们。他妻子在我们家门口疾驰而过是他的错。他也认了。我想是这么多年的谎言击垮了他。我看着他自杀。我给了他我父亲当年用来止痛剩下的药。他坐在那儿吞下了药丸，喝了一瓶我从家带来的酒，他让我答应他，既然他已经自杀，我就不要再害他的家人。我还在他失去意识时握了握他的手。我不是个怪物，我比他要好。"

埃本·加尔萨是怎么说哈尔拿到的那瓶酒和药丸的来着？送货上门的，所以是莉兹贝丝，但她是带着预谋和怨恨的。玛利亚无言以对："你怎么……"

"在这场小悲剧中，我真的是你该指责的人吗？"莉兹贝丝清了清喉咙，"我站在他邻居家院子里的树后，看着贝瑟尼和安迪放学回家，看着莎伦回来，看着警察赶来。我只是个孩子，看着这件令人兴奋的事。接着，我去了大巴站，回到了休斯敦。"

"是谁擦掉了哈尔的遗书上关于佩妮的话？"

"莎伦，也许吧。她能做的大概就是抹掉关于我姐姐的话，也许是出于恐慌。她无法毁掉那条自杀遗言，她需要那张字条阻止警方进一步调查，让整件事变成单纯的自杀。但在新闻报道中，对哈尔的那张自杀遗言的草稿只字未提。"

"安迪发现了自杀遗言的草稿，我猜，因此才对莎伦做了那些事，说是为了贝瑟尼好。安迪在赶到现场时拿走了那些草稿，发现了自杀的哈尔。这些草稿就成了他利用莎伦的把柄，即使他不知道佩妮是谁，但这是莎伦不想公开的秘密，所以他把她骗上了床，操纵她做任何事。"玛利亚摇了摇头。安迪总是这样的投机分子。

莉兹贝丝不以为然："哈尔的死并不能完全抵罪，他的欲望毁了我们一家，跟一个撞死孩子后逃逸并掩饰罪行的女人当夫妻，那么理所当然，那个女人还用信仰和体面掩饰着自己。"她清了清喉咙，"但我杀了他，只是因为我跟他说我父母的死都是他和莎伦造成的。"她冲玛利亚微笑，这让玛利亚觉得恶心，"我拜访他的时候杀了他，还冲他笑。如果我全力以赴，还能做些什么呢？"尽管她的笑声那么小，玛利亚还是感觉像是割在皮肤上的刀子。

得让她一直说下去，玛利亚心想："你已经报了仇。为什么非得紧咬着贝瑟尼不放？"

"贝瑟尼不肯跟佩妮一起出去。你在她拍的影片里看到了。如果她也出了门，莎伦就会停车。"

"她们只有四岁……你不能因为一位母亲的所作所为就怪罪她的孩子。"

"哦，我不这么想。责任就是责任。"莉兹贝丝说道，"这都是他们的错。我想伤害莎伦，最佳的方式就是带走她的女儿，一点一点，一步一步。我只需要等自己的年龄足够大，等到贝瑟尼获得幸福。我希望在我找她麻烦之前，她是幸福的。"

"你需要别人的帮助，莉兹贝丝。"玛利亚上前一步。

那把枪直指她的额头中央："其实，我才是这里心理正常的那个人。我已经处理好了自己的情绪，但你跟'揭露'都没有。我也并不觉得你有资格指责我。你做得更糟。"她又笑了起来，带着一丝扭曲。

玛利亚不知道莉兹贝丝是什么意思，但她仍旧一动不动："所以你就去找贝瑟尼的麻烦了。"

"我觉得在毁掉莎伦之前先毁掉她更好。所以，我研究她的生活，花了四个月。接着，我跟贝瑟尼做了朋友。她不知道我是谁，不太记得那天的事了，她自动把那天屏蔽了。"

玛利亚感到恶心搅翻了她的五脏六腑。

"我尽量避开莎伦，以免她看出我跟我妈妈或姐姐很像。"玛利亚想到莎伦跟她说她看到贝瑟尼和莉兹贝丝一起吃午餐，后者离席而去，"贝瑟尼很孤单，很无聊。我跟踪了她，发现她对写作很感兴趣。她有份工作。所以我也培养对写作的兴趣，去了她的公司工作。我认出安迪就是她爸爸死那天跟她一起回家来的男孩。安迪不打算雇佣我，但我说服了他，就在他的办公室里，我们锁上了门。"她的笑容冷淡而扭曲，指尖抚着唇边，"他并不是最难对付的人，我很快就发现他一直都很缺钱，去买香槟和那些奢侈品。我想到了一个办法，我不能让贝瑟尼因为杰克的公司而暴富，那样我就没办法接触她了。我必须在她变富之前伤害她、毁掉她。"

"你挪用了那笔钱。"玛利亚说道。

"但我没有弄脏自己的手。我把这个主意种在了安迪的脑子里，如果你让一个男人觉得那就是他的主意，他就会付诸行动。"

"然后安迪偷走了那笔钱。"

"我也帮了忙，但我也要保证这次偷窃被人发现。我跟他说，我们必须嫁祸给贝瑟尼。他没有意见，没有觉得有多难接受，然后他就在我的掌控中了。看到了吧，我知道我需要一起罪案，将贝瑟尼的死以及最终莎伦的死与之绑在一起。安迪偷走这笔钱就是我所需要的罪案。金钱是多么好而简单的谋杀动机，让这一切看起来像是贝瑟尼偷走了钱，从而毁掉她的生活。等我解决掉她，安迪就成了有动机杀了她的人，我随时都可以打那张牌。我有他偷窃的证据，但我可以放在适当的地方，让别人看起来是贝瑟尼拿到了证据，而他则为了让她闭嘴而杀了她。然后，再过几个月，她妈妈就能——"她比了个引号，"'发现'，我再解决掉她，然后安迪这个蠢材的作用就发挥完毕了。发现了他挪用公款事件的可怜的妈妈和女儿。在有了简单的新案子作为新闻报道时，警方就不会查旧案了。"

玛利亚盯着她："那也让你有了机会利用杰克，你知道杰克会不惜一切保护自己的名誉，保护自己的宝贝公司。"

"这样安迪就能从他可怕的姑妈和他在这世上最恨的人那儿拿钱了，安迪觉得自己很伟大。"她抿起嘴，"但绝大多数钱都给了我，不然我就会去克劳德特那儿告发他。朱莉的生活很奢靡，所以他得从杰克那儿拿更多的钱，好有足够的现金流。"

她用的是过去式："安迪在哪儿？"

她忽略了这个问题："比尔打给我时，我就知道你会跟踪他到这儿来。"她说道，"你并不是这儿最聪明的人，我才是。"

"安迪此刻一定很绝望，因为他姑妈知道是他而不是贝瑟尼拿走了那笔钱。"

"哦，确实如此。"莉兹贝丝同意道，"我跟他说，我会把你引到这儿，然后我们再做笔交易。"

"交易。"

"我把安迪给你。我觉得你会需要他的。你得有个怪罪的对象。"

"怪罪。"

"我是说你妈妈。我以为她手上有贝瑟尼那天录的视频。我给贝瑟尼看的是副本，把事实都告诉她之后，告诉她如果不照做，我就会告诉警方她妈妈杀了我姐姐，这个也没有诉讼时效一说。但贝瑟尼偷走了那张DVD，不在她在休斯敦的东西里。我不知道她是把它藏在了哪儿还是给了别人。"她的嘴唇颤了颤，"最大的可能性是给了她妈妈。但我不能向莎伦透露自己的身份。我得等她不在家的时候去搜她家，接着再去搜安迪和朱莉家、贝瑟尼的同事家，还有她写作小组的朋友家。我花了几个星期，还必须低调行事，不让人觉得可疑，避免跟别人打照面。我以为她毁了那张DVD，她完全有理由这么做。我观察了每个对她重要的人，然后等家里没人时搜了他们的家。但随后我意识到，你妈妈有可能拿到了这张DVD。她曾经跟我们一起喝东西，是贝瑟尼邀请的她。那也是我们唯一一次跟一个我不认识的第三者进行社交。我觉得贝瑟尼没有向你妈妈吐露这个秘密，因为贝丝·邓宁本可以去报警的。我意识到，她可能手里有证据，但她自己不知道。"

"为什么？"玛利亚的声音很冷，因为她开始怀疑最糟糕的情况了。

"我指使安迪去跟你妈妈套近乎，利用彼此对贝瑟尼的担忧作为切入点，查明贝丝·邓宁是否拿到了影片。当然，他一定是过火了，开始跟她上床。如果这令你和你爸爸感到不快，我很抱歉。"

你不要对我们做这种事，妈妈。这个男人是谁？他是谁？爸爸说你有婚外情……你不要让我们家分崩离析。

我们现在不要这么做。你不要这么做。

这些话仿佛来自梦里。

"你在说谎。"玛利亚咬牙说道。

"那你那天跟你妈妈在吵什么？"

"争吵。"玛利亚重复这个词，似乎带着疑问，"那天？你怎么——"

她听到树林中的风声，令人毛骨悚然。

"不过我想，我们得了结这一切了。"莉兹贝丝说道，"你跟'揭露'不该试图将这两起案子联系起来。我不得不跟踪他和你。我想毁了莎伦，但不想把自己卷入其中，而你让我的希望落空了。一切都失去了控制。"

"你不能杀我们。"玛利亚说道，"大家知道我来了这儿，你不会逍遥法外的。"莉兹贝丝用枪指着她走出房间，逼她走过走廊，来到楼上的第二间房间。

玛利亚屏住呼吸。

安迪躺在地上，没有意识，呼吸声很重。他一动不动，但还活着。

她扫过整个房间，僵在原地。

墙上都是照片——过去的、现在的，地图、行程表、快照。打量这些东西时，玛利亚发现这是贝瑟尼·布莱文斯·柯蒂斯的一生：有她跟杰克一起出去的照片，有杰克来到办公室的照片，有贝瑟尼单独在咖啡厅写日志、在咖啡厅往手提电脑上打字、对着自己的文字皱眉、跟她妈妈共进午餐的照片，有贝瑟尼跟安迪·坎多莱特以及其他阿霍伊同事一起在酒吧的照片。她喉头发干，还有一张贝瑟尼和贝丝·邓宁的照片，两人都戴着韦伯康会议的工作牌，举着玛格丽特大笑。

或许就是那晚，她们俩相见了，甚至那时莉兹贝丝就已经开始在监视她了。

玛利亚抚摸着妈妈的脸。

照片旁边是用铅笔写的行程表，上面有各种说明："趁贝瑟尼跟咖啡店服务生聊天的时候，读贝瑟尼的邮件。她很孤单，一直都很累。想写作，婚姻不是特别幸福，但忠于杰克。似乎在保护他。她的同事安迪跟她调情，她无视了他，这让他很生气。可能有用。"

后面还有几份报告：

如何成为贝瑟尼的朋友——计划书

1. 假装是个作家。

2. 对真实罪案感兴趣。哈哈哈！她完全想不到。

3. 不见莎伦——不能冒险，她会认出你的。

4.一起可以作为跟进调查的罪案：安迪？挪用公款？让他觉得这个点子是他想出来的。利用这次偷窃将他们一网打尽。害怕这次犯罪被曝光就是你所需要的筹码。

5.不同颜色的假发／隐形眼镜。如果被问及为何戴假发，就跟贝瑟尼说因为癌症做过化疗。这能让你更可怜。

6.一步一步让她没有理由再待在奥斯汀，然后把她引到休斯敦去。这是持久战，最后一战。不要动摇。你要把贝瑟尼带走，就像他们带走佩妮一样。

另一面墙上都是莉兹贝丝·冈萨雷斯的照片，有各种不同的样子，仿佛艺术家在研究她可能呈现出的样子。不同的发色，不同的瞳孔颜色，不同的妆容，不同的衣服。守旧的莉兹贝丝，时髦的莉兹贝丝，学术派的莉兹贝丝，妖娆的莉兹贝丝。一个有着十几种面貌的女人。

还有一张她妈妈的照片。底下用粗粗的黑笔写着："她知道什么？"

玛利亚将这几个字念出声，仿佛比起一个生命的可怕出局，里面的意味更加深长。旁边还粘着她妈妈和安迪一起在咖啡厅、酒店的照片。一个有魅力的年轻男性的注意，大概就是一个不幸福的女人的解毒剂，她想知道如果她丈夫发现被戴绿帽子会是什么感觉。然后是更多的新闻简报，还有在贝丝·邓宁消失后，玛利亚跟她父亲频繁出现在众多新闻里的剪报。

接着是另一个清单，手写的标题令人毛骨悚然——贝丝在她最后的日子里说了什么。她找玛利亚，不肯说她是否有那张DVD，恳求回家。

这些话咔哒咔哒地回响在玛利亚的脑海中。

这个房间就像一个疯女人的脑子。

转过身，转过身去看你身后的怪物。

"我是个隐形人。"莉兹贝丝·冈萨雷斯在她身后说道，"我们总是会相信呈现在我们眼前的事。"

玛利亚设法找回了自己的声音："你是个怪物。"

"你也一样。"莉兹贝丝说道，声音宛若死亡静静到来。

59

安迪咳嗽了一下，呻吟着又陷入昏迷。

"你想杀他吗？"莉兹贝丝问道，"鉴于他对你妈妈、对你家所做的一切，我成全你。"

"为了什么？"

"安迪利用了你妈妈。他也是这样对莎伦和朱莉的。找到她们的弱点，然后伺机满足她们，为所欲为。你不恨他吗？他跟我说，你用警棍打了他。"她双唇再度抿紧，"我打赌那肯定很爽。"

玛利亚说道："你给他下药了吗？"

"是动物镇定剂。我继父在这儿养了马。他对我有求必应，也恨布莱文斯一家，因为他们害了我妈妈。我是他的唯一，他也是我的一切。人们为了不孤单一人，会忍受很多。"莉兹贝丝踢了踢安迪，"他毁了你家，是不是？坏男孩。"

"你是说……你……"玛利亚几乎不敢直视蜷缩在地上的安迪的宽大的身躯，"你是说他杀了我妈妈？"

为了掩饰他们的风流韵事？

她喉头泛起恶心。

莉兹贝丝轻轻摸了摸玛利亚的下巴，像朋友一样。玛利亚在震惊过后努力思考。

拿起你的刀子刺她，伤害她，然后逃跑。

玛利亚逼自己说话："或者……你是说安迪跟哈尔一样？安迪知道是谁杀了我妈妈，然后保护了那个人？"

"最终，你妈妈在跟安迪说枕边话时，说贝瑟尼让她保管重要的东西。这就是我跟踪她的原因……"莉兹贝丝说道，然后他们听到车道上碎石的研磨声。莉兹贝丝走到窗前往外看，"哦，谢谢你啊，因果报应，是莎伦和杰克。"

玛利亚几乎听不清她在说什么。趁莉兹贝丝在窗前转身的空当，她去拿靴子里的刀子，抽出来冲她刺过去。杰克，他来了。她不知道他为什么把莎伦带了过来，但她不能让莉兹贝丝伤害杰克。

玛利亚划伤了莉兹贝丝握枪的那只手。刀刃卡在莉兹贝丝袖子的布料里，只划破了皮肤。莉兹贝丝个子稍矮，但很结实强壮，而且知道如何格斗。她狠狠地打向玛利亚，打了鼻子两下，然后用枪打她的喉咙。玛利亚跌跌撞撞地往后退，眼中盈满泪水，脸上都是血。她再次挥起刀子，莉兹贝丝抓住她的手臂一拧，刀子咔哒一声落在地上。

"你跟他上过床。我会让你跟他告别。而且，我想问候一下莎伦。"

莉兹贝丝用枪戳着玛利亚的头部，拿她当盾牌，匆匆下楼。

莉兹贝丝和玛利亚走了出来，莎伦瞪着已然来到门廊的两人，她用枪指着杰克。莉兹贝丝的枪指着玛利亚。杰克闭上双眼。

"抱歉。"玛利亚说道，"我不该告诉你我要去哪儿的。"

"你好，梅多斯夫人。"莉兹贝丝欢快地说道，"你认识我吗？我倒是认识你。终于见面了。"

莎伦震惊地瞪大双眼。

"也许，你看得出我有点像我妈妈？"莉兹贝丝说道，"或是我姐姐？"

"你像佩妮·格拉德尼。"莎伦说道，"你是那个婴儿，詹妮。"她的声音沙哑得像充满了灰尘。

"莉兹贝丝·冈萨雷斯。"莉兹贝丝说道，"你女儿最好的神秘朋友。"

莎伦的喉头滚了滚。

"我爸爸没熬过癌症，我妈妈自杀了，你轧过了我姐姐。这都是因为你。"

莎伦颤抖道："贝瑟尼……"

"在这儿。正等着你。"这给了她残忍的希望。

"莎伦——"玛利亚开口，但莉兹贝丝没让她说完，"贝瑟尼就躺在两百码远的坟墓里。"

莎伦仿佛没能理解这句话："她去了休斯敦。"

"她是去了，因为是我逼她去的。她知道我只要打一通电话就能毁了你。我想让她去看看我曾经生活过的那栋房子，现在还在我继父名下。我用詹妮弗·格拉德尼这个名字跟她一起飞到休斯敦——那是我的第一个名字。我说要去曝光你是凶手，她快要怕死了。我跟她说佩妮是谁，我是谁，你谋杀了我姐姐，我要曝光你，你余生都要蹲在监狱里。我写了一篇关于那天你撞倒我姐姐，然后换了名字，让别人相信是她父亲在开车的小说。我让她把这篇小说带到那个蠢透了的写作小组去，我听着他们的批评，看着她直冒冷汗。这让她想到你也将受到这样的谴责。莎伦，为了保护你那毫无意义的生活，为了保护杰克，她会做任何事的，而且她真的这么做了。这就是她为什么离开杰克、放弃了一大笔财富。这就是我为什么告诉她休斯敦机场摄像头哪儿有盲区。我们可以消失一阵子，换装，然后手挽手地走出去。他们在监控视频里找的是一个单独行走的女人。"

杰克的喉头滚了滚。玛利亚努力注视着他，给他力量。

莉兹贝丝继续道："我派比尔去'揭露'的互助小组，去看他是否会谈论这个案子，看玛利亚是否会出现。但他没有想到莎伦会在那儿。我想你认出了他，莎伦，他在娶我妈妈之前是对街的邻居。你那时就知道过去的事要回来了。你本可以向那些善良的人坦白一切，但你做不到，你不想负责任。你知道代价是什么吗？你的女儿。"

"上帝啊，帮帮我。"莎伦喃喃道，"上帝啊，请原谅我，原谅这个女孩。"

莉兹贝丝的话就像一把刀子："去你的原谅。我把贝瑟尼带到我们家，也就是佩妮死的地方，这是忏悔的一部分，看她对于那天记得多少，逼她想起来。你知道你女儿对我说了什么吗？"

莎伦几乎无法看向她。

"她说她差不多都不记得了，但回到那栋房子里，她想起了在婴儿床里哭泣的我，我哭得那么大声，因为我妈妈正忙着跟你的废物丈夫亲热，因为他们两个没有丝毫的自控力。她说那是场意外。她跟我吵，求我不要来找你，说她为了这个愿意做任何事。然后她就袭击了我，她想在那儿，也就是我自己的家里，把我杀了，好保护她亲爱的妈妈。杀了我，我们家最后的血脉。为此，我勒死了她。"

莎伦尖叫起来。

莉兹贝丝扮了个鬼脸："哦，痛苦吗？你真可怜。"她的话像一记鞭子，"我在她的包里找到了写在一张卡片上的电子邮箱和密码，那是为了与你联络而设的。那样，我就不需要她了。只要安迪一直从杰克那儿拿钱，支付那笔根本不存在的债务，安迪就会开心地闭上嘴巴。只要杰克无法享受成功，而是如同活在阴云之下，安迪就高兴了。"

莎伦呜咽着，勃然大怒："你杀了我女儿。"枪在晃动。

"你杀了我姐姐。"

"不要再杀人了。"玛利亚说道，声音平静而坚定。

"你没有资格插嘴。"莉兹贝丝说道，"你跟你爸爸都没有。"

玛利亚胸口一凛。这个女人疯了，随便她说什么吧。

"莎伦，只要你跟我进来，我就会放他们走。我带你去见她。但你必须放下枪。"莉兹贝丝的语气柔软而具有哄骗性。

"把我们都放走，你想要什么？"杰克说道，"多少钱？"

"你这个有钱的呆子，你来到她身边，给了她那么好的生活——"莉兹贝丝弯起手指，五指各相距一厘米，"但我阻止了你。"

"你甚至想破坏杰克的生意。"玛利亚说道，她想起了凯伦的话，"当他跟我妈妈的公司接洽时，你肆意毁了公司高管的车子，然后毁了这笔交易。"

"我跟踪了他。他在停车场里正往自己的车子走去，我听到他打给自己的公司，生气地告诉他们交易取消了。所以，我连续两天毁坏了高管专用车位的车子，好给杰克抹黑。他为什么应该幸福？"莉兹贝丝说道。

杰克猛地冲莉兹贝丝说道："你不爱你的家人，从来都不爱。你只是看着他们受苦，但你觉得自己被亏欠了什么。金钱能弥补你吗？好，我把所有的钱都给你。尽管拿走。我全都签给你。"

她大笑起来，将玛利亚摆在他们之间，像个盾牌。玛利亚平静地说道："她要把我们都杀掉，伪装成是安迪做的。莎伦，开枪打她。"

门廊上寂静无声。莎伦在哭，她握着的那把枪稳稳地指着玛利亚，她上气不接下气地祈祷着。莉兹贝丝的枪指着莎伦。

杰克往前站在莎伦面前。

"走开！"莉兹贝丝喊道，仿佛不能先射击别处。他读懂了她。她盯着那个女人，将她生命里的一切不幸都归咎在她的身上。

"你杀了我女儿。"莎伦说道，试图控制怒火。

"你该为这一切负责。"莉兹贝丝说道，"什么样的人会做出你做的那些事？你跟玛利亚一样，把人扔在大街上……"

"别说了！"玛利亚尖叫道。她的脑海中全是一些没由来的画面和想法，她爸爸的脸，她妈妈的声音。她扭动手臂挣脱了莉兹贝丝，猛地跑开，跌下了门廊。

"就好像你有多高尚似的！我那天跟踪了她。我看到发生了什么！"

把人扔在大街上。我看到发生了什么。

空气中的话语。假话，一定是假话。

转过身，看清身后的怪物。假如没人在那里怎么办？假如那个怪物就是自己怎么办？

玛利亚跳回门廊上，抓住了莉兹贝丝的手臂。莎伦再度尖叫起来，开始向四处开火。杰克猛地跳到玛利亚身上，将她撞下门廊，跌入了泥里。

这两个开枪的女人讨厌失去理智，此时却完全失去了理智。

玛利亚尖叫，鸟儿从树上仓皇地飞走。

60

　　警方找到了埋在巴斯特罗普境内相邻的两具尸体——贝瑟尼·柯蒂斯和贝丝·邓宁。调查结论为莉兹贝丝·冈萨雷斯杀了这两人：杀贝瑟尼是为了报仇，杀贝丝是为了拿到贝瑟尼留下的证据。据推测，这个证据包含莉兹贝丝的姐姐佩妮死的那天录的DVD。

　　贝瑟尼被勒死了，贝丝是被石头砸中后脑而死的。

　　哈文湖错怪了克雷格·邓宁。

　　新闻电视台用国内新闻版报道了三个贝丝的故事：心理失常的年轻女人精心策划了一场复仇，仇家是害了她们一家的另一家人。比尔·冈萨雷斯为了避免牢狱之灾，交代了自己在帮助继女进行所谓的"项目"过程中所扮演的角色。安迪·坎多莱特为了获得豁免权，交代了自己陷害贝瑟尼·柯蒂斯挪用公款和勒索杰克·柯蒂斯的罪行。朱莉立即跟安迪断了关系，和儿子格兰特搬到了加州。

　　"揭露"的制片人飞到犯罪现场以及"揭露"在奥斯汀的病房，以听取他的建议。一个月后，《美国未解之案》开始在某家平台播放。

　　莎伦活了下来，一颗子弹打中了她的肩膀。莉兹贝丝死了，子弹刺穿了她的喉咙。她的仇恨最终跟着她一起烟消云散。莎伦坦白了这个持续数年并毁了两个家庭的秘密。她被带回了休斯敦，但鉴于她在这场复仇中失去了丈夫和女儿，检察官决定不予起诉。她在奥斯汀的教堂决定因为她的悔悟而支持她，而不是她曾经是什么样的人，而且她大部分时间都待在家里——她的监狱，直到媒体的浪潮平息下去。

杰弗里·马歇尔的死被判定为意外，他跌下楼梯，摔断了脖子并导致颅骨骨折。

杰弗里·马歇尔可能是自己滚下楼梯的，因为他有财政危机，也有可能是滑了一跤。布鲁萨尔在与自己的良知较劲。因为没有证据显示克雷格与此有关，所以他决定就此结这个案子。

幸亏肖恩·奥博斯特不太喜欢他的继父，跟妈妈的关系也不亲近，所以他从来没跟妈妈或警方提及那个来询问他继父的男人。

克雷格·邓宁的妻子的尸体被找到时，哈文湖被迫对他进行再评估。不跟他说话的邻居们出现在邓宁家的门廊上，送来晚餐和歉意。他都接受了。他的会计师事务所请他回公司上班，他以前的客户争相寻求他的意见。

"我们错了，真抱歉我们指责了你。原谅我们吧，让我们重拾对彼此的好感。"他们说道。

克雷格一直微笑、点头、说谢谢，一直在想如果自己住在别的地方多好，但玛利亚需要回归常态。

玛利亚去跟杰克共进晚餐——这是这星期的第二次了，并很早回来，跟爸爸坐在沙发上。电视上播放的是特纳经典电影频道，但静了音。这又是一部希区柯克的电影《迷魂记》，一部身份和记忆错综复杂的电影，在那里，我们只会看到我们想看的东西，我们就是我们希望成为的自己。她就那样让电影一直静音。

克雷格觉得自己不再需要那个躺椅了，就卖掉了它，跟女儿一起坐在沙发上。利奥摇摇摆摆地走了进来，坐在旁边的地上，哀求地盯着他们，看有没有可能会有奖励。

"约会还好吗？"他问道。

"嗯，杰克是个好男人。我不知道我们能发展到哪一步，但我享受他的陪伴。"

"你似乎不太享受。"

"我无权享受什么，爸爸。"两人之间的沉默有点尴尬，"凯伦又给我提供了一份妈妈以前公司的职位，很诱人。但我还没办法往前走，因为我还没跟你说莉兹贝丝对我暗示的事情。"

"什么事？"

"莉兹贝丝一直暗示说我把妈妈丢在了大街上。她为什么要那样说？"

他动了动嘴唇，握住她的手："因为她是个疯子。"

"但大家都知道是莉兹贝丝杀了她，埋了她。"

"因为那是个谎言。"他握紧了她的手。

"她还说，贝瑟尼对佩妮之死的记忆被创伤抑制了。我想我的情况也一样。我回想起了一些片段。"她看向她的父亲，"那天，妈妈消失了……我病了，吃了药。但我觉得……我发现了她跟安迪的事，不知道是怎么发现的。我从第一眼看到安迪就不喜欢他，当时我都没有讨厌他的理由。"

"玛利亚……"

"你指责她有婚外情。莉兹贝丝说安迪跟妈妈上了床。"她问出了这个糟糕的问题，"你知道这件事吗？"

"对。前一晚我跟踪了她，看到她去见他了。那就是我们在争吵的事。贝丝跟我约好在那块空地见面。我没有生病，那只是向公司请假的借口，也没有回家来。但她不想在家聊这个，你还生着病。"他挤出这些话，仿佛说出来让他太过痛苦。

"所以我跟你去了那儿？可我病了啊。"玛利亚的话像是在呓语。

"我……我跟你说了出轨的事，她跟安迪·坎多莱特。我想把你拉到我这边。我以为如果你知道，你妈妈就会跟他断掉关系。我们又

338

可以做回一家人。我很抱歉。"

"你不要把我们的女儿卷进来"，凯伦在办公室不小心听到了那通电话，她曾经这样引用她妈妈的话。

他一定在那通电话里威胁她要告诉我，之后也确实这么做了。

"莉兹贝丝说她那天在跟踪妈妈，想看她有没有贝瑟尼从她那里偷走的DVD。她那天跟着妈妈，因为妈妈告诉安迪，贝瑟尼给了她什么东西。她一直在向我暗示她看到了什么。"玛利亚做了个深呼吸，"告诉我发生了什么。"

他忍着泪摇了摇头。

"爸爸，你必须告诉我，我们不能这么继续下去。"

他就要坦白那件最糟糕的事了，我必须在这里陪他。我们不能重蹈莎伦和哈尔的覆辙。这会毁掉一个人。

"你气疯了。尤其是在她批评了你在学校的糟糕选择之后。就算你服用了药物和发烧也没有用。她想跟你据理力争。她抓住你的胳膊，你推了她。她跌倒了，头撞在了一块石头上。流了那么多血，我慌了神。你失去理智。我得把你从那儿带走。你的大脑就那样停止了运作。我摸不到贝丝的脉搏，我想她已经死了。我很慌，不能让你因为她跟我之间的不和而卷入麻烦。是我把你拖到了那儿，这是我的错。于是我又带你回了家，把你扶到床上躺下。你就那样屏蔽了那段记忆。你相信你已经杀了她。"

玛利亚无法看他。他清了清喉咙："我回来找她，但她的尸体不见了，石头也不见了。有人带走了她的尸体，是一直监视她的莉兹贝丝。"他的声音发抖，"我不知道该做什么。是别人发现了她的尸体吗？如果是这样，警察在哪儿？他们一定会把这儿当作犯罪现场。我想，我可能太过慌张了，所以没摸到她的脉搏，于是她爬走或溜走了。但石头跟血迹都不见了，仿佛她从未出现在那儿。如果我说出真相，你的人生就毁了。"

正如莎伦的辩词。玛利亚开始颤抖，止不住地颤抖。

"之后我赶到家，等警方打给我，说他们找到了她。但他们没有。你醒来了，一举一动都在说明那件事没有发生过，仿佛不记得那天的事了。我起初觉得你是假装的，但你肯定没有。就好像那件事根本没发生过一样。"他的声音再次颤抖起来。

"莉兹贝丝说贝瑟尼也是同样的情形。"玛利亚几乎无法组织语言，语言仿佛是一种屏障，如果她不记得了，那事情就没有发生过，"但我记得我去找她……"

"我跟你说我们去找了她。我反复地对你说同样的话，最后你自己也相信了，因为你不愿想起现实。"

玛利亚感觉自己就要崩溃了。

"所以我什么都没说。我以为有人带走了她，要来勒索我。但那从未发生。她就那样消失了。"克雷格握着她的手，"但我发誓，我真的没摸到脉搏。"

"莉兹贝丝有个清单，列的是妈妈在最后几个小时里所说的话。莉兹贝丝带她去了那栋房子，对不对？妈妈当时奄奄一息，伤得很重，那个女人想让她说话。"玛利亚的双手弯曲，生气地抓着头皮，"是我杀了她。"

"不，不。几天前，你觉得是我杀了她时你说：'我可以因为是意外而原谅你。'这是意外，你并不想伤害她。绝对不想，永远都不想。"

玛利亚发出的声音难以辨认。

克雷格的声音很平静，试图用自己的话让她冷静下来："听我说，警方在莉兹贝丝那个贴满照片的卧室里发现了贝丝的DNA。她当时还活着，活了一段时间，我想莉兹贝丝带她去问话了，是为了查明贝丝知道什么。她把她带到了巴斯特罗普，她死在了那间卧室里。如果她当时已经死了，莉兹贝丝就不会把她带到那栋房子，你没有杀死她。你明白吗？莉兹贝丝没有送她去接受治疗，这才害死了她。或者是我害死了她，我因为对你保护过度而没有选择马上报警。不是你杀了她。"

"我推了她，是我的错……我的错……"

"听我说。"他说道，"你伤害了她，那是场意外。但杀死她的人是莉兹贝丝。我做梦都没想到会有人把她带走。"

"你愿意承担所有的愧疚，爸爸。你让哈文湖的人都讨厌你。你本可以说出来的……"

"我必须保护你，一直保护你。"他拥抱她，"我很抱歉，这是我的错，不是你的。但我真的以为她死了，你又那么难过……那一刻，我只能帮你。那是你啊，玛利亚。我们都做出了各自的选择，或好或坏，然后必须尽最大的可能利用它。当你显然已经忘了那件事时，我不得不充分利用这一点，为了保护你。"

玛利亚闭上双眼。

她那么爱她的妈妈，然而真相并未让她解脱，反而把她困在了笼子里。回忆的碎片现在都说得通了：她妈妈惊讶的脸，"我们现在不要这么做"这句话点燃了那场致命的争执，关于爱和忠诚以及一个摇摇欲坠的家庭，妈妈指着她身后那个怪物的感觉。

妈妈——那个在她不完整的记忆里的幽灵——指的是她。那个怪物就是她。

她曾经想象是杰克杀了贝瑟尼，失控并暴力地一推，这是她当时的行为的一种影射。当她看到哈文湖的全貌时晕倒在杰克家，包括她害妈妈受到重伤的地方。她又听到"我们现在不要这么做"这句话了，这成了她耳中的回声，因为终结她们家的那片土地和那条路吞噬了她。

　　"不，宝贝儿，你很安全。"她听到她妈妈的声音，"你现在安全了。你现在安全了。"从杰克家看到那片土地时，她竟然晕倒了。在她推倒妈妈前，妈妈的手放在她肩膀上。

　　哦，妈妈，我很抱歉很抱歉，拜托你醒过来。妈妈，拜托拜托，我不是故意的……

后　记

八个星期后。

玛利亚站在那块空地旁，记忆缓缓恢复，就像透过门窗在房里升起的烟雾。

她知道自己得做什么。她等待着。

她在杰克家看到这块土地时晕倒了，那是自妈妈失踪后，她第一次到这里来。她不能这么活着。

她的父亲从公司开车过来，身上还穿着西装。在过去的两个月中，他一直保持缄默，看着她如何应对，给她空间。

"嗨。"他说着，给了她一个拥抱，将她紧紧抱住，"你怎么在这儿？"

他的声音里带着一丝恐惧。

"因为现在我想起来了，能告诉布鲁萨尔这儿究竟发生了什么。而且我必须这么做。但只有你觉得没关系，我才能那么做，爸爸。"

他一言不发。她想起他为她所做的牺牲：他的名誉、事业、内心的平静，都是为了保护她。她努力不去想杰弗里·马歇尔，那已经被判为意外了，他还想伤害她的父亲。所以，她可以忘去那些怀疑。

"我想你应该去做你需要做的事。"他轻轻说道，"我已经太久不让你自己做决定了，现在，你应该自己决定。"

"我们会怎么样？"

"他有可能把我们都抓起来。你会被指控袭击或谋杀未遂，我则是妨碍司法。也许，他会放我们回家。我不知道。但有你在，我什么都可以面对。"

"我得说出真相，爸爸。"她说道，"所有的真相，如果不说，我就无法自处。"她握住他的手，"但那就意味着你也得说出真相，我们不能犯莎伦犯过的错，不能说那都是莉兹贝丝的错。"

他慢慢点头，仿佛知道这一天会来一样："你想让我打给布鲁萨尔吗？"

布鲁萨尔开车驶近，然后走了出来。

"我刚才让他来这儿跟我们碰面。"玛利亚说道。

爸爸点了点头。

"我想这是一种解脱，爸爸。"

"揭露"跟她共进晚餐时说："除了真相，别无其他治愈方式。"他说得对。

克雷格暂时闭上眼睛，但玛利亚握住他的手，一起走向这位警察局局长。

"嗨。"布鲁萨尔说道。

"我知道你爱我妈妈，你也知道我们都爱她。"玛利亚说道，布鲁萨尔点了点头。

"我们在咖啡店里一起看DVD时，你说如果是我爸爸杀了我妈妈，你知道那肯定是意外，你还记得吗？你还说他绝对不愿意伤害她，或许是他慌了并掩饰了罪行，而我则是帮凶。"玛利亚长长地舒出一口气，"你还记得吗？"

布鲁萨尔仍然点了点头，看着他们。

"你说得对。但是是我伤害了妈妈，爸爸保护了我。我伤害了她，我不是故意的。爸爸只是想保护我。我甚至都不记得自己做了什么，爸爸把我带走了，莉兹贝丝则趁机带走了妈妈。"她伸出手，仿佛是在寻求谅解，或是手铐，"我不知道该怎么做才能跟这个世界和解。你可以帮我吗？我不能跟莎伦和她丈夫一样。我不能带着这个秘密生活。"

布鲁萨尔一时间没有任何动作。接着，他拥抱了玛利亚，将她的头按在他的肩头。她靠着他抽噎，仿佛整个世界的重量都压在了她的身上。他看向玛利亚身后的克雷格，而他只是一言不发地与他对视。随后，克雷格闭上双眼。

"你妈妈会希望怎么样？"布鲁萨尔在玛利亚耳边轻轻说道，"你觉得你妈妈会希望你受折磨、付出代价吗？"

"我不知道，我不知道。"

"你妈妈知道你永远都不会想要伤害她，不管发生什么。相信我。"

玛利亚在他怀中颤抖不已。

"她知道的，她知道的。那才是最重要的事。她知道的，她知道的，宝贝女儿。她知道的。"

玛利亚抽噎不止，她努力呼吸，一下、两下，接着又是一下。

布鲁萨尔用口型对克雷格说"带她回家"。

带她回家。没事的，带她回家。

致 谢

写*The Three Beths*（《追影子的女孩》）时，我的家被烧毁了。家人是我最关心的人，所以在我们流离失所的这段时间里，要想保持创作力极具挑战性。我由衷地感谢那些帮助过我写这本书的人，特别感谢林德赛·罗斯（一直在我的困难时期给予我耐心的指导）、本·塞维尔、凯伦·柯斯托尼克、贝丝·德·古兹曼、马修·巴拉斯特、安迪·多兹、乔丹·鲁宾斯坦、乔·本因卡斯、福莱姆·托努兹、杰夫·霍尔特、尼迪·普格利亚、罗莉·帕科西麦迪斯、彼得·金斯伯格、霍利·弗雷德里克、乔纳森·莱昂斯、萨拉·派里洛、玛德琳·塔维斯、雪莉·斯图尔特、伊莱恩·本尼思迪以及奇普·埃文斯。

特别感谢我们在奥斯汀和世界各地的诸位邻居、朋友和热心的陌生人，你们在此期间给予了我们家帮助、安慰和援助。

也很感谢同行作家们，J.T.艾里森、梅格·嘉迪纳和劳拉·本尼迪克特，他们在我们的灾后余波里组织作家和读者预购我的书，帮我重建私人图书馆。他们的好意和那些积极响应的人的慷慨对于正在撰写此书的我来说意义重大。艾里森还好心地读了这本书的初稿并体贴地给了我反馈，梅格跟我约在当地的咖啡店进行写作会谈。谢谢你们。

也很感谢哈兰·科本和丹尼尔·斯塔肖尔，他们一直是我写作和重写本书期间的好友，鼓励着我挺过那些艰难的时刻。

我最诚挚的谢意一如既往地要献给莱斯利、查尔斯和威廉，谢谢你们的爱和支持。

地图上没有哈文湖，你也找不到"脸家"这个广为应用的社交网站。

所有为达到戏剧冲突的目的的事实错误或篡改都是我的错。